Vincent Ortis

Après des études de droit au tout début des années 1980, Vincent Ortis crée des jeux dans le monde naissant de la micro-informatique avant de passer aux bases de données. Cadre à la Sécurité sociale, puis formateur, il écrit en parallèle des chansons, des pièces de théâtre et participe à l'élaboration de plusieurs scénarios. *Pour seul refuge* (Robert Laffont, 2019), son premier roman, a reçu le Grand Prix des Enquêteurs.

POUR SEUL REFUGE

VINCENT ORTIS

POUR SEUL REFUGE

LE FIGARO
MAGAZINE

LA BÊTE NOIRE
Robert Laffont

ISBN 978-2-266-31243-1
Dépôt légal : octobre 2020

Préambule

Billings, Montana

Elle avait encore cent soixante-sept pas à vivre. Des pas de petite fille.

Elle cheminait sur Yellowstone River Road, hypnotisée par l'écran vert de sa Game Boy. Insensible aux maisonnettes dupliquées à l'infini avec leur gazon ras qui précédait un perron en bois. Le ciel était gris. Elle jeta un coup d'œil rapide à la rivière qui, en contrebas, charriait des branchages dans une eau boueuse, et trouva que les cristaux liquides étaient plus attrayants. À douze ans, on voit les choses telles qu'elles sont, pas pour ce qu'elles représentent. Des rivières, en Toscane, Graziella en avait vu des dizaines. La Toscane, c'était hier.

Un mois auparavant, à l'aéroport de Fiumicino, elle avait embrassé les joues mouillées de sa grand-mère sous le regard de son père. « Ce n'est qu'un au revoir, mamma », avait-il grondé en tentant d'affermir sa voix. Ils avaient tous pleuré. Bêtement, quelqu'un avait dit : « L'Amérique, ce n'est pas le bout du monde, tout de même ! »

Son père était à son nouveau travail et sa mère finissait de décorer l'appartement que la famille avait trouvé sur Belknap Avenue. Elle lui avait recommandé de ne pas s'éloigner et, par précaution, lui avait noté leur nouvelle adresse sur un bout de papier.

Le sentier qui serpentait jusqu'au bord de la Yellowstone attira son attention, mais elle décida, par prudence, de longer le parc sans y pénétrer.

Elle se figea, hypnotisée par son jeu : elle avait réussi à sauter par-dessus les barils de poudre, gober une fraise bonus et atterrir sur la plate-forme verte ! Cette suite de mouvements des deux pouces fut récompensée par la musique joyeuse proclamant le passage au quatrième niveau. La mélodie monta dans les airs, les yeux de Graziella s'illuminèrent : son père allait être bluffé ! « Wouah, une vie supplémentaire ! » Elle apprécia ce chant de victoire à sa juste valeur et le laissa se manifester une seconde fois.

Le son guilleret porté par la brise se dilua entre les arbustes du parc.

Étendu sur la terre humide, le prédateur qui somnolait perçut les notes aigrelettes. Il était torse nu, la poitrine boursouflée de cicatrices. Son dos aussi était zébré de balafres. Tel un chien de chasse, il dressa l'oreille, puis se leva. Allongeant le cou, il balança la tête pour capter la direction de la musique. Elle était proche. Il se coula entre les troncs ; les branches basses semblaient s'éloigner de son corps, il n'en effleura aucune.

Il renifla en retroussant les narines : des effluves sucrés lui parvinrent. Des essences fraîches et printanières. La piste le mena sur le sentier parallèle à la route. Absorbé, à la recherche de sa proie, il s'écorcha à des ronces. Irrité, il glissa son museau sale entre deux épineux : à quelques mètres, tête baissée, la petite femelle se tenait devant lui, son jean moulant ses formes juvéniles. Il ressentit une envie animale.

Elle avait encore cent douze pas à vivre et quatorze minutes.

Cent douze pas très courts, quatorze minutes très longues…

I

1.

La Highway serpentait en lacet paresseux sur les flancs de la montagne de Powell County. Le puissant faisceau des phares du 4 × 4 perçait difficilement le rideau. Le dieu Waconda des Sioux lavait à grande eau son territoire ancestral. Et il ne lésinait pas sur les quantités !

Braver la nationale qui traverse d'est en ouest le Montana relevait de la pure démence, ou au moins d'une bonne part d'inconscience. De fait, le conducteur du Cherokee n'avait plus croisé de véhicule depuis près de deux heures.

Il venait de passer Elliston et roulait à faible allure, les yeux rivés sur la chaussée glissante. Sur sa droite, la terre dévalait la falaise visqueuse, puis franchissait la route et se déversait en contrebas sur les fûts serrés des mélèzes.

La pluie tambourinait sur la carrosserie mal isolée, augmentant le stress de l'homme qui se concentrait sur la conduite. Il remua son corps imposant enfoncé dans le siège avachi, qui poussa un crissement plaintif.

Ted Cortino lança au jugé sa main massive à la recherche des boutons de l'autoradio et ralluma le poste qu'il avait éteint cinq minutes auparavant.

« … Faudra vous y faire, les gars ! Selon où vous vous trouvez, le Montana vous offre soit une pluie diluvienne, soit des bourrasques de neige ! Rien de mieux à vous proposer, c'est un temps de saison et on vous avait prévenus. Restez quand même à notre écoute sur 108.4 car la programmation est "d'enferrrrrr" ! Un de nos auditeurs, un certain Noé de l'Arche, est en ligne, ce temps lui rappelle sa jeunesse. Alors, Noé… »

— Pas plus mal, marmonna le chauffeur. Moins on est de fous, moins on risque.

Il tourna le bouton pour la énième fois à la recherche d'une autre station. Le poste grésilla, puis de la country hachée sortit de l'unique haut-parleur. Depuis quand n'avait-il pas assisté à un concert de country ? Un bail ! Le dernier, ç'avait été celui de Buck Cassidy, au Civic Center d'Helena. Une éternité et une bien belle soirée ! La prestation scénique avait été moyenne, mais Thelma l'accompagnait et cela avait suffi à en faire une soirée mémorable.

Il se saisit de la canette de Coca posée sur le siège passager, la coinça entre ses cuisses, l'ouvrit et la vida d'un trait.

Thelma appréciait les montagnes qu'il traversait. Elle voyait « des champs de parapluies fermés » là où lui ne distinguait que des forêts de pins. Des parapluies ! Il n'y avait que sa Thelma pour imaginer des choses qui n'existaient pas. Pour leur voyage de noces, entre la journée à Paris et le séjour à Rome, elle avait insisté pour visiter la Suisse. Elle voulait voir le Valais,

le mont Blanc, les Dolomites : une natu
parlait. Car les montagnes parlaient à sa femm
tentait de faire partager ses émotions à Ted. Il fais
semblant de la comprendre mais l'écouter lui suffisait.

Il passa une main fébrile dans ses cheveux ondulés, un réflexe pour combattre le trouble qui l'envahissait quand il pensait à Thelma. Les épreuves de la vie façonnent le visage qui, avec le temps, est le reflet de l'âme. Le regard clair de Ted ne parvenait plus à adoucir ses traits durs.

Il jeta un coup d'œil dans le rétroviseur, plus par ennui que par sécurité. Les feux arrière du Cherokee embrasaient le déluge qui nettoyait le Montana.

La country entraînante céda la place à du rap syncopé dont les paroles peinaient à se frayer un passage à travers les interférences. Ted éteignit de nouveau le poste.

La nuit allait être longue.

L'US 12 déroulait son tracé sinueux entrecoupé parfois de lignes droites, et Ted aurait pu rouler plus vite sans prendre de risques, pourtant il se l'interdisait. Cette route lui appartenait. Il l'avait parcourue pendant des années, son bras droit entourant les épaules de Thelma, les cheveux roux de sa femme lui caressant le cou. Le couple l'empruntait pour les vacances, pour le plaisir, pour l'amour !

Ses grosses mains puissantes serrèrent le volant, ses mâchoires se crispèrent, ses yeux ne voyaient plus la pluie, d'autres images s'interposaient.

L'habitacle sentait l'humidité, Ted avait les doigts sur la molette du chauffage quand les phares du 4 × 4 accrochèrent une voiture arrêtée au bord de la route avec ses feux de détresse clignotants. La portière avant du véhicule s'ouvrit et un homme bondit sur la chaussée en faisant de grands gestes désordonnés.

Ted freina. Courbé sous l'averse, l'inconnu se précipita vers le Cherokee et se réfugia à l'intérieur. Un bruit de métal écrasé lui fit relever les fesses.

— Ma canette de Coca, dit Ted.

— Excusez-moi, répondit l'inconnu en lui tendant la canette cabossée.

Ted la rangea dans le vide-poche de la portière.

— Quelle chance que vous soyez passé !

Ted le dévisagea. L'habitacle était sombre mais les warnings éclairaient de façon sporadique le visage d'un homme autour de la cinquantaine, aux traits réguliers ; il portait un manteau clair inadapté pour la montagne.

— Je suis en panne. Une voiture neuve ! Une Lincoln Navigator, vous vous rendez compte ! Elle est tombée en rade. Elle a toussé, hoqueté, puis plus rien.

— L'essence ?

— J'ai fait le plein il n'y a pas trois heures et j'ai un jerrycan. Je suis plutôt du genre prudent.

— Pas assez, à première vue.

L'homme s'essuyait les mains sur son pantalon.

— Vous pourriez y jeter un œil ?

— Certainement pas ! Je déteste la mécanique et vu le temps… Je peux vous emmener à Missoula.

— C'est à plus de cent miles de Thompson Falls.

— Avec ce temps, trois heures de route au bas mot, avec une voiture en état de marche.

L'inconnu fronça les sourcils et renifla : l'odeur de sous-bois du vieux Cherokee lui fit regretter le parfum de vanille de la Lincoln.

— Ça ne m'arrange pas.

— Ça, c'est votre problème. Soit vous attendez ici, soit vous venez avec moi.

— Mon téléphone portable ne passe pas… et le vôtre ?

— Comme le vôtre. Ici, rien ne passe… juste une voiture de temps en temps.

L'homme hésita. L'eau dégoulinait de ses cheveux trempés.

— Et si je vous suis à Missoula…

— Je vous héberge pour la nuit. Pas dans mes habitudes, mais vu la situation… Demain matin, je vous descends en ville, où vous trouverez un dépanneur, un taxi, même le téléphone si vous voulez.

— Je n'ai pas le choix. Il n'y a pas de village entre ici et Missoula ?

— Fallait tomber en panne en Floride.

— Pardon, je ne me suis pas présenté…

— On a tout le temps pour ça. Y a encore deux heures de route jusqu'à Missoula et il est tard. Récupérez vos affaires et jetez-les à l'arrière, il y a de la place. Prenez le ciré pour vous protéger. Je ne vous aide pas, on se mouillerait à deux pour rien.

— Sûr.

L'homme enfila avec difficulté l'imperméable et sortit sous l'averse. Ted, les deux mains tendues sur le volant, le regarda effectuer au pas de course deux allers-retours entre le coffre de son véhicule et l'arrière du Cherokee. Il pénétra dans l'habitacle de la Lincoln. Les feux de détresse s'éteignirent. Il en ressortit aussitôt et s'engouffra dans le 4 × 4. Il se démena pour s'extirper du ciré, qu'il plia et rangea à l'arrière, puis s'essuya les mains avec un mouchoir qu'il pêcha dans une poche de son manteau. Ted l'observait, le visage inexpressif.

— J'ai éteint les feux de détresse. Il aurait peut-être fallu les laisser allumés ?

— La route est large. Pas de risque. On y va ?

— Oui... Oui, merci !

Ils roulèrent sans échanger un mot de plus. L'inconnu arborait une mine préoccupée.

Sur le tableau de bord, les chiffres luminescents oscillaient entre moins trois et un degré. Le pilonnage sur le toit diminua, puis cessa, et les premiers flocons voletèrent devant les phares de la voiture. L'inconnu effaça la buée qui envahissait la vitre de son côté avec un Kleenex roulé en boule et se décida à rompre le silence qui s'était installé.

— Je m'appelle Edward, Edward McCarthy, je suis juge, à Helena.

Il tendit le bras par-dessus le levier de vitesse. Les deux hommes échangèrent une poignée de main ferme.

— Ted.

— Ted ?

— Ouais.

— Vous êtes du comté ?

— On peut dire ça.

Edward sourit.

— Excusez-moi, ce n'est pas de la curiosité, j'ai juste le réflexe du citadin qui aime savoir à qui il a affaire.

— À cheval donné on ne regarde pas les dents. Proverbe de la campagne. Je suis flic à Cheyenne.

— Dans le Wyoming ? C'est pas franchement le comté. Ça fait même une belle distance.

Ted jeta un coup d'œil sur le compteur journalier du tableau de bord.

— 954 miles. C'est pour ça que je veux arriver le plus tôt possible. J'ai une maison au-dessus de Missoula. Elle est rustique, mais on sera à l'abri. Vous voulez du café ? J'ai un Thermos, il doit être encore tiède.

— Je suis plutôt thé, mais avec ce froid, ça ne se refuse pas, répondit Edward en prenant la bouteille.

Il se versa une bonne rasade dans le gobelet qui bouchait le flacon.

★

Laura McCarthy frissonna et ramena sur ses épaules le châle qui avait glissé. Sa penderie ne contenait aucune robe de chambre épaisse, elle les trouvait peu seyantes. Elle avait revêtu un déshabillé léger, inapproprié pour la saison. Coquette, y compris quand elle était seule !

Laura était une belle femme, la quarantaine, brune aux yeux clairs, avec un visage aux pommettes hautes et un petit menton qui lui donnaient un air de poupée Barbie.

Elle s'enveloppa dans un plaid en repensant à son mari. Enfin, son ex-mari. Il était passé en coup de vent pour lui reprocher son manque de vigilance envers leur fils. Un confrère venait de le prévenir : Ben, leur « abruti de gamin », s'était fait arrêter près de la frontière du Canada avec de la drogue plein la voiture. Ben ? « Oui, Ben ! Ton fils ! La mère s'envoie en l'air et le fils deale ! Quel gâchis ! Je vais à Thompson

Falls, c'est là qu'il est emprisonné. Dès que j'ai quelque chose, je te téléphone. »

Il avait pris la peine de lui demander si elle couchait toujours avec son toubib. Elle l'avait envoyé bouler. Elle n'allait pas lui avouer qu'ils avaient rompu. Il aurait affiché ce sourire de contentement qui l'horripilait.

Non, Ben n'avait pas pu rechuter. En plus, dealer, c'était autrement plus grave. Il avait même décidé de changer d'université et d'orientation pour rompre avec ses mauvaises relations. Il était passé du droit à la géologie. Edward allait résoudre tout ça. Après tout, la justice était son domaine.

Elle alluma la télévision et chercha la chaîne météo sur le câble. La présentatrice, devant sa carte constellée de nuages gris d'où tombaient des flocons, recommandait de ne pas prendre la voiture. Les routes de montagne étaient déjà bloquées par la neige.

— Bien fait, dit Laura.

★

Edward dormait la bouche entrouverte. Le Cherokee ralentit et bifurqua sur une route s'enfonçant dans une gorge encaissée. La température chuta à moins cinq degrés. Les virages en épingle à cheveux rendaient la conduite délicate. Le corps de l'homme endormi, retenu par la ceinture de sécurité, suivait en rythme les méandres du parcours.

À chaque coup de volant, les coteaux, brièvement éclairés par les phares, retournaient aussitôt dans la pénombre. Ted devait franchir ce tronçon sinueux avant que la neige ne recouvre la chaussée. La route était étroite et ne pardonnerait aucune faute d'attention.

Les flocons se raréfièrent quand la voiture déboucha sur la crête. Le chauffeur se détendit. Il en profita pour ouvrir la boîte à gants et prendre un paquet de chips entamé. Le crissement du sachet ne dérangea pas le passager, calé contre l'appuie-tête. Les chips avalées, Ted jeta le sachet sur le siège arrière.

L'accalmie ne dura pas. Les flocons, drus, lourds, reprirent leur danse folle, mettant à l'épreuve les nerfs fatigués du conducteur. La neige atteignait maintenant l'axe des roues du 4 × 4. Le paysage était fantasmagorique.

Ted soupira d'aise lorsque la voiture parvint enfin sur le plateau. Son plateau ! Dix miles de long sur vingt de large, ras comme un lac gelé, entouré de montagnes aux dents acérées.

La voiture termina le parcours au pas. Comme si elle attendait ce signal, la neige cessa de tomber, un vent léger poussa les nuages et un faible rayon de lune éclaira une cabane de bûcheron : sinistre petit cube noir sur une mer blanche.

Ted se gara face à l'entrée. Les phares éclairaient les escaliers de bois enneigés qui menaient à une véranda. Sans couper le moteur et après avoir récupéré une lampe torche, il se laissa glisser hors du véhicule. Il avait de la neige jusqu'aux genoux. Il grimpa les marches en s'appuyant à la rampe et poussa la porte d'entrée qui n'était jamais verrouillée.

Il arrivait que des chasseurs passent par ici à la belle saison. Une fois, il avait trouvé un billet de cinq dollars glissé sous un bol. Il en avait déduit que l'argent était un dédommagement pour le bois consommé par les personnes qui avaient trouvé refuge dans le chalet.

Il promena le pinceau de la torche sur les meubles dépareillés, traversa l'immense pièce et se rendit dans un appentis situé au fond. Les priorités étaient la lumière et le chauffage. Il allait mettre en marche le groupe électrogène, ensuite allumer le feu dans la cheminée.

En plus des conserves et des pots rangés sur des étagères, la réserve contenait un énorme tas de bûches qui montait jusqu'au plafond, un stock de jerrycans d'essence et un compresseur.

Ted ôta ses gants et se pencha sur l'engin. Après avoir vérifié la jauge, il ouvrit le robinet d'admission et tira sur le démarreur. Le moteur Ford pétarada dès la troisième sollicitation. Ted tapota le réservoir.

— Bonne vieille machine américaine !

Satisfait, il choisit quelques bûches et retourna dans la grande pièce. L'unique ampoule s'éclaira, vacilla puis se stabilisa, répandant un halo blafard.

« Tu aurais pu enlever ton anorak, tu le salis ! »

Il haussa les épaules : plus personne ne lui ferait ce genre de réflexion. Pourtant la voix de Thelma résonnait sans cesse à ses oreilles. Des phrases de la vie quotidienne, des phrases réflexes. « Téléphone à tes parents », « T'as besoin de rien ? », « T'as fermé la porte ? ».

« T'as bien dormi ? » Non, il y avait des années qu'il ne dormait plus.

Arrivé à la cheminée, il laissa tomber les bûches, qui heurtèrent le plancher avec un son mat. D'anciens numéros du *Rocky Mountain News* et des brindilles sèches l'aidèrent à démarrer le feu. Il l'alimenta avec trois bûches avant de regagner l'extérieur.

Il trouva la morsure du froid sur son visage revigorante et un violent sentiment de puissance le submergea. L'air pollué par les effluves du 4 × 4 le rappela à la réalité. Il souleva le couvercle d'un coffre en bois placé sous la fenêtre de la véranda et en sortit une pelle.

Il déneigea les marches, tailla un chemin entre la voiture et le perron. Il allait faire plusieurs allers-retours pour décharger le coffre et devait éviter de glisser et se blesser.

Les deux sacs d'Edward furent déposés en dernier. Ted jugea que la température dans la maison était assez supportable pour y transporter son invité.

Il coupa les phares et le moteur du véhicule. Malgré sa stature imposante, il peina pour extraire de l'habitacle le corps d'Edward. Il faillit même chuter, mais ses cuisses musclées réagirent efficacement. Il déposa son colis sur le canapé face à la cheminée. Colis qui pour la première fois poussa quelques grognements.

Le plancher en épicéa brut pompait les flaques d'eau que Ted avait laissées derrière lui. Avec ses cent mètres carrés d'un seul tenant, la pièce faisait office de salon, salle à manger, cuisine, pièce de rangement. Le mobilier disparate était le signe d'une maison habitée en pointillé : deux grands buffets vétustes, une table imposante en chêne, un évier en pierre, une cuisinière mixte à bois et bouteille de gaz. Et le divan où dormait Edward. Seul un vélo d'appartement avec un écran numérique noir clipé sur le guidon dénotait dans cette cabane où le bois était omniprésent.

Lampe électrique à la main, Ted gravit l'escalier qui menait à l'étage et pénétra dans sa chambre. Il tourna l'antique interrupteur en bakélite blanche. La pièce était meublée d'un lit et de deux vieilles armoires. Ted espérait retrouver le parfum de Thelma, or la fragrance avait quitté la pièce depuis longtemps. De la buée s'échappa de sa bouche quand il soupira.

Il trouva dans un tiroir une couverture et un coussin protégés par des housses en plastique. Coinçant la torche sous son bras, il regagna la pièce du bas tout en déchirant les emballages.

Il recouvrit le corps avec la couverture et refréna la pulsion qui l'envahit d'écraser l'oreiller sur le visage du juge. Après lui avoir jeté un regard haineux, il lança la taie par terre. Les flammes de la cheminée, en se reflétant sur ses pupilles, lui donnaient un air démoniaque alors qu'il se baissait sur le divan.

Le léger mouvement que fit l'homme dans son sommeil surprit Ted, qui se releva et s'éloigna en direction du petit local. Quelques secondes après, un silence total et l'obscurité s'installèrent.

Ted remonta dans sa chambre et s'allongea sur le lit sans se déshabiller.

Dans la cabane, le seul signe de vie était le feu dans la cheminée. Une flamme dans une tombe. Une tombe plantée au sommet d'une montagne. Dans cette atmosphère de sépulture, Ted pouvait enfin s'adresser à Thelma.

2.

Edward McCarthy avait froid. Il ramena la couverture sous son menton, découvrant ses chevilles dans le mouvement. Il pesta. En ouvrant les yeux, il aperçut des poutres au-dessus de lui. Il vit qu'il était allongé sur un vieux divan en tissu. Sa bouche était sèche et pâteuse. Il avait fumé une fois un joint…

Il bondit sur ses pieds et regarda autour de lui. Cette maison, tout en rondins de bois, avait dû être construite par Davy Crockett. Il grelottait. La cheminée était éteinte. Ses deux sacs de voyage se trouvaient sur le sol. Il en extirpa un chandail et une trousse de toilette, avec l'idée de trouver la salle de bains. Une première porte s'ouvrit sur une réserve. Il eut plus de succès avec la seconde. Malheureusement, il eut beau tourner les robinets du lavabo et de la douche, aucun filet d'eau ne daigna couler. Il retourna dans la réserve, où il avait repéré des packs de Coca-Cola sur une étagère, et préleva une bouteille.

Les craquements du bois lui firent prendre conscience du silence. Où était passé le chauffeur du véhicule ? Ted ? Oui, il avait dit s'appeler Ted. Penser à cet homme lui fit se remémorer la panne et la raison de son voyage. Il était plus de dix heures à sa montre : il aurait déjà dû être à Thompson Falls. Son fils devait être effondré ! Dans quels sales draps s'était-il fourré ?

Edward, tout en enfilant son pull, grimpa l'escalier à la recherche de l'inconnu qui l'avait hébergé. Il perçut un léger ronflement. Son humeur s'assombrit un peu plus.

Il retourna dans la pièce principale, l'arpenta d'un pas nerveux. Il perdait du temps par la faute d'une voiture qui tombait en panne aux premiers froids. Une voiture qui coûtait une fortune et qui l'obligeait à passer la nuit sur un canapé inconfortable ! Lui, le juge McCarthy !

Il ralluma la cheminée avec de vieux journaux et deux bûches qui se trouvaient à proximité, puis sortit sur la véranda. Il évalua l'immensité glacée, nue, sans relief. Une vague d'inquiétude le submergea quand il vit les cinquante centimètres de neige qui recouvraient le 4 × 4.

Au bout d'une minute, n'y tenant plus, il rentra et, un pied sur la première marche, appela :

— Ted… Ted ! Excusez-moi, il est tard. Ted ! Vous m'entendez ?

Les volets pleins maintenaient la chambre dans l'obscurité. Ted, les yeux grands ouverts, ignorait les appels venant du rez-de-chaussée. Il finit par se décider : il rejeta le duvet qui le recouvrait et en tâtonnant se dirigea vers la fenêtre. Il l'ouvrit.

Une lumière froide envahit la pièce. Ted cligna des paupières en découvrant l'immensité neigeuse. De petits cristaux brillaient au soleil, signe qu'à l'aube la température avait encore chuté. Il enfila une veste polaire qu'il tira de l'armoire et se passa une main dans les cheveux pour se recoiffer. Il récupéra trois pièces de un dollar empilées sur la commode, les tripota avant de les glisser dans la poche de son pantalon, puis descendit d'un pas lourd.

— Bonjour, Ted ! C'est bien ça, Ted ? demanda le juge.

Edward se tenait dos à la cheminée. Il dégageait une certaine prestance – un visage ascétique surmonté de cheveux bruns coupés très court, quasiment en brosse, des tempes grisonnantes. Ses yeux noisette scrutaient Ted, qui acquiesça en le saluant.

— Je me suis permis de prendre une bouteille de Coca là-bas. – McCarthy désigna la porte de la petite pièce du fond. – Il n'y a pas d'eau au robinet et j'avais la bouche sèche.

— Le chauffage du Cherokee.

Le juge observa le colosse. Il ne s'était pas rendu compte, la veille, de sa taille imposante. Il approchait les deux mètres, avec des épaules en rapport. Le genre de gabarit qu'on déteste voir s'installer sur le siège d'à côté dans un avion.

— J'ai beaucoup dormi et je suis en retard. On est haut, non ? Je ne voudrais pas vous brusquer, mais je suis attendu à Thompson Falls. Vous pensez m'y emmener quand ?

— Vous avez vu l'épaisseur de neige ?

— Oui !

— Donc pas aujourd'hui.

Ted se dirigea vers l'un des buffets, resta quelques secondes à contempler, sur l'étagère, le bol bleu de Thelma qui attendait des lèvres qui ne viendraient plus s'y poser. Il le repoussa au fond et prit deux bols blancs sérigraphiés *I love Venice*, des corn-flakes, un paquet de thé et du café lyophilisé.

McCarthy avait parlé, il ne l'avait pas entendu. Pourtant, le juge avait haussé le ton.

— Pardon ?

— Je disais : Comment, pas aujourd'hui ? Je vous rappelle que j'ai une urgence ! Je ne fais pas un voyage d'agrément. Je ne peux pas attendre demain !

— Demain, ce sera pareil. Impossible. Vu la hauteur de neige, à cette altitude, elle ne fondra plus. On va se prendre un petit déjeuner et on avisera.

— C'est tout vu ! Faut vous débrouiller pour me redescendre dans la vallée. C'est vous qui m'avait amené ici. À vous de trouver une solution.

— Faut vous en prendre à la météo, monsieur le juge.

— Edward, appelez-moi Edward.

— Pas de problème, Edward. Asseyez-vous, on va déjeuner.

McCarthy ne perdait aucun des gestes effectués par Ted. Celui-ci venait de se saisir d'une casserole.

— Je prendrai du thé, votre café m'a laissé un mauvais souvenir.

— Y a aussi du lait pour les corn-flakes. Puisque vous savez où c'est, allez chercher une bonbonne d'eau. Il y en a de vingt-cinq litres à gauche, sous une couverture isotherme. Je les ai apportées hier.

— Vous êtes en vacances ? Vous vous installez pour quelques jours ?... C'est haut, ici, non ?

Ted fronça les sourcils, puis esquissa un sourire glacial.

— Bon, j'y vais.

Il se dirigea vers l'appentis, suivi d'Edward. La petite pièce sentait l'essence et les gaz d'échappement, il entrebâilla un vasistas en actionnant une tirette, écarta un pan du lourd tissu matelassé et se saisit sans effort d'une bonbonne d'eau.

— J'aimerais savoir comment, en prenant la route de Missoula, on se retrouve en pleine montagne ! Je ne connais pas bien la région, néanmoins je sais que Missoula est dans une vallée. On est en altitude, ici, non ? Très haut, même !

— Deux mille quatre cents mètres et des brouettes.

Les deux hommes regagnèrent la pièce. Le colosse, après avoir ôté le bouchon, renversa la bonbonne sur le support de la fontaine à eau.

Edward revint à la charge.

— Deux mille quatre cents mètres ? Qu'est-ce qu'on fiche ici ? Pas besoin d'être expert pour savoir qu'en quittant l'axe principal, on allait être bloqués ! Vous l'avez dit vous-même, que la route allait être impraticable. On est où, d'ailleurs ?

Ted glissa une petite casserole cabossée sous le robinet en plastique bleu et tira de l'eau, qu'il mit à chauffer sur le réchaud à gaz.

— On déjeune et on en parle après.

Edward, sans le quitter des yeux, hocha la tête et s'assit sur un des bancs qui flanquaient la grande table. Ted y disposa des couverts en plastique blanc, du pain de mie et un pot de confiture, puis dut forcer pour débloquer un tiroir récalcitrant d'où il tira deux serviettes blanches en papier. Edward plia la sienne et déposa ses couverts dessus, repositionnant son bol avec soin.

— On est loin de Missoula ? insista-t-il.

— Les tiroirs, c'est ce qui craint le plus dans les maisons inhabitées. Il ne faudrait jamais mettre des glissières en bois, mais on ne fait pas toujours ce qu'on veut.

Edward s'essuya à plusieurs reprises la bouche avec la serviette, signe de nervosité. Quand il reprit la parole, ce fut d'un ton autoritaire.

— Je vous ai demandé si on était loin de Missoula. Vous vous souvenez, hier, je vous ai dit que je devais aller à Thompson Falls. C'est urgent. On en est loin ?

— Quatre, cinq heures de route quand il n'y a pas la neige.

— Mais vous m'aviez dit que vous rejoigniez Missoula ! Non ?

— Possible.

Ted se saisit d'une grosse boîte en carton sans marque, l'ouvrit, déchira un second emballage en cellophane placé à l'intérieur et en sortit un toast, qu'il beurra.

— Je préfère les emballages individuels pour toutes les denrées qui risquent de prendre l'humidité. Ce n'est pas très écologique, mais bon, on ne fait pas toujours ce qu'on veut.

Le savoir-vivre avait ses limites, et Edward les atteignait. Il s'en moquait, des emballages de ce gros ours ! Après quelques exercices de respiration, il parvint à articuler :

— Et on est à combien de Thompson Falls ?

— Quatre heures pour Missoula, ensuite encore deux à trois heures, suivant l'état de la route, pour Thompson, faites le compte… Et puis, ça reste croustillant.

— Pardon ? Ah oui ! – Ted reparlait de ses emballages… – Vous… vous m'avez éloigné de ma destination ! Je dois me rendre à Thompson Falls ! C'est crucial pour moi. Et votre 4 × 4, il pourrait descendre à Missoula ?

Ted, imperturbable, se tartinait un nouveau toast.

— Impossible. La route qui dessert la cabane est un coupe-feu. Vous savez, après les incendies de 1990… Jamais déneigée.

Edward saisit un toast à son tour. Plus par mimétisme que par envie.

— Et alors ?

— Alors sans redoux, on est là pour plusieurs semaines, voire jusqu'au printemps. Quand on pense qu'ils parlent du réchauffement de la planète ! Y a jamais eu autant de neige. Vous y croyez, vous ?

Edward dévisagea Ted, s'attendant à voir le sourire qui conclut une bonne plaisanterie. Mais l'autre mastiquait.

— C'est une blague ?

Ted se lécha un doigt en se levant pour se diriger vers la cuisinière.

— Excusez-moi, l'eau bout.

Perplexe, Edward espérait toujours un signe indiquant que l'homme se moquait de lui.

— Il doit bien exister un autre moyen que la voiture pour rejoindre une ville ! Vous n'avez pas une motoneige ?

Reprenant place en face d'Edward, la casserole dans une main, des sachets de thé dans l'autre, Ted questionna :

— Un sachet ou deux ?

— Un scooter des neiges ?

— Je sais ce que c'est. Non, je n'ai pas de motoneige. Un ou deux sachets ?

Edward le fixa et cria :

— Un ! Un !… Vous pourriez vous concentrer sur ce que je dis ? On m'attend à Thompson Falls. Aujourd'hui ! Pas demain ! Vous comprenez ça ? C'est très important.

— Possible, pourtant faudra prendre votre mal en patience. Laissez bien infuser : l'eau n'est pas très chaude. Je vous la réchauffe ?

— Qu'est-ce que vous proposez ?

— Je peux vous réchauffer l'eau, je viens de vous le dire.

Ted croqua dans son toast. La coupe était pleine. Edward bondit sur ses pieds et enjamba le banc.

— On pourrait allumer un grand feu dehors. Les secours pourraient le voir.

— Il faudrait utiliser tout notre bois pour faire un bûcher, et si personne ne le voit, on aura perdu notre unique combustible et on mourra de froid. Mauvaise idée.

— Depuis le début, vous vous fichez de moi ! Vous prétendez être de la région, donc vous ne pouviez ignorer qu'en venant en cette saison dans cette… cette cabane, vous couriez le risque de rester bloqué.

— Je n'ai jamais prétendu le contraire. Tenez, j'ai aussi de la confiture et du miel ; j'ai oublié de vous les proposer. Cette année le miel est moins parfumé, moins de fleurs sans doute. Trop humide.

Edward, qui arpentait la salle, se retourna.

— Fichez-moi la paix avec votre petit déjeuner ! Je suis Edward McCarthy, juge à Helena. Vous croyez avoir affaire à qui ? À un péquenot du coin ? un bûcheron ? Si j'étais sur la route par un temps pareil, ce n'était pas par plaisir… Et vous ? Vous aussi, vous devez être attendu, ces prochains jours ! Vous ne pouvez pas vous contenter de rester là jusqu'à la fonte des neiges à beurrer des toasts ! Vous êtes policier, on doit vous attendre à Cheyenne. Cette situation est démente !

Remuant de sa main droite le petit sachet de thé, alors que deux doigts de sa main gauche caressaient les pièces de monnaie à travers sa poche, Ted s'exprima d'une voix désabusée :

— L'eau va refroidir, je vous ai prévenu qu'elle n'était pas très chaude. Plus personne ne m'attend. J'ai pris un congé non rétribué. Vous devriez vous calmer, il n'y a rien de tragique. On n'est pas dans un canot de survie en pleine mer.

Edward se planta devant la fenêtre, essuya de sa manche la buée, puis regarda les traces noires laissées sur son vêtement. À l'extérieur le soleil dardait mollement ses rayons sur le 4 × 4 sans parvenir à faire fondre l'épaisseur de neige qui le recouvrait.

— Je n'en reviens pas ! Je me trouve bloqué avec un inconnu sur un piton neigeux !

— Rien de catastrophique, vous affolez pas. Le toit est bon, on a du bois pour faire un feu d'enfer, j'ai de la nourriture pour plusieurs mois, ce ne sera pas très varié, mais bon…

— Mais bon, on ne fait pas toujours ce qu'on veut. Vous l'avez déjà dit !

Ted acquiesça en hochant la tête à plusieurs reprises. On aurait dit un chien sur une plage arrière de voiture. Un bouledogue. Edward poursuivit, plus très sûr que ce soit une mystification :

— On va se mettre à ma recherche !

— Certainement. Seulement, entre votre voiture et ici, il y a trois montagnes de haute altitude et des vallées « en veux-tu, en voilà ». Entre votre voiture et nous, on pourrait loger la moitié du Texas. Alors avant qu'on vous trouve…

Le juge comprit que, pendant qu'il dormait, Ted avait pu le conduire n'importe où.

— On est à cent quatre-vingt miles de Missoula. À pied, vous serez mort de froid dès la première nuit ou au fond d'un ravin… La neige, ça recouvre tout : beau, mais traître. Et puis, il faut connaître le chemin.

Edward appuya ses deux poings sur la table et fit face à Ted, qui continuait à manger avec une lenteur calculée, les toasts craquant sous ses dents. Cette situation était ubuesque ! Il demanda, redoutant la réponse :

— Vous le saviez ? Vous saviez que nous serions bloqués !

— Ça se pourrait, dit Ted en vidant son bol d'une dernière lampée.

Il se leva.

— Je laisse tout sur la table, si vous changez d'avis… Ne jetez pas l'eau qui reste dans la casserole : faut apprendre à économiser. Moi, je vais vérifier les canalisations avant de tout remettre en route. C'est pas le Ritz, bien que, vous verrez, on ait les toilettes et la douche. Une folie de… ma femme.

Edward, toujours de l'autre côté de la table, respira profondément pour tenter de retrouver son calme. Il craignait de ne plus pouvoir se maîtriser.

— Ne partez pas ! Nous n'avons pas fini de discuter. Que comptez-vous faire ? – Les scénarios se bousculaient dans son cerveau. – Quand vous m'avez offert de me dépanner, hier soir, vous saviez qu'il allait neiger et qu'il vous serait impossible de tenir votre engagement. Est-ce exact ?

Ted, qui se dirigeait vers la petite pièce, se retourna, un sourire triste aux lèvres.

— Ça se pourrait.

Edward recula d'un pas. Cet aveu alarmant le fit hésiter.

— Pourquoi ? C'est un enlèvement.

— Personne vous a obligé à monter dans ma voiture… Vous êtes retenu par le mauvais temps, j'y suis pour rien.

Ces circonstances rappelaient au juge le scénario d'un horrible thriller. Son imagination ne devait pas prendre le pas sur la raison, néanmoins il jeta machinalement un coup d'œil rapide sur la table, à la recherche d'une arme pour se protéger. Dans un combat à mains nues, ses chances seraient nulles face à ce colosse. Pas d'espoir dans la fuite non plus, la neige profonde l'empêcherait de faire trois pas avant d'être rattrapé. Inquiet, il ne put s'empêcher de demander :

— Vous êtes… un pervers ?… un serial killer ?

Ted secoua la tête à plusieurs reprises, selon son habitude.

— Pervers, on l'est tous un peu, mais pas au sens où vous le sous-entendez. Rassurez-vous. Croyez-moi, je ne vous ferai aucun mal.

— Votre calme est sidérant ! Vous annoncez cette retraite forcée comme la chose la plus naturelle du monde !

Ted haussa les épaules et disparut dans la pièce du fond en l'apostrophant :

— Détendez-vous ! Je vais m'occuper des canalisations. Vous n'avez pas envie d'une bonne douche ?

Une obscurité palpable, habitée, suffocante, un noir de fond de mine.

Le petit homme n'y tint plus et, comme chaque fois que sa raison le fuyait, il alluma la grosse lampe que l'Autre lui avait laissée. Il projeta le faisceau de lumière tout autour. Vide, la pièce basse était évidemment vide, excepté le bat-flanc et les tas de nourriture. Identique à tout à l'heure, identique à hier, identique à demain. Immuable pour l'éternité. Les murs d'un tombeau ne se modifient pas, seul le corps qui l'habite pourrit.

Depuis combien de temps se trouvait-il dans ce cachot ? Il l'ignorait. Il avait perdu la notion du temps. Il ne savait plus ce que signifiaient une minute, une heure, un jour. Sa capture pouvait remonter à une semaine, mais cela pouvait aussi bien être dix ou quinze jours : la longueur de sa barbe clairsemée ne le renseignait guère.

Il se redressa. Le mouvement fut accompagné par un cliquetis de chaînes. Le sommet de son crâne effleurait le plafond, malgré sa petite taille. Il promena un regard haineux autour de lui, les murs glissant dans une obscurité hostile lorsque le faisceau les avait dépassés.

Deux gros anneaux métalliques lui enserraient les chevilles. Ils étaient placés par-dessus son pantalon et suffisamment lâches pour ne pas le blesser. Les chaînes se perdaient dans le mur.

Des packs d'eau et de la nourriture à profusion jonchaient le sol : sachets de jambon sous vide, récipients en plastique renfermant des aliments, gobelets. Aucune boîte de conserve. L'Autre avait pensé à tout : rien qui puisse être utilisé pour se confectionner une arme... ou se suicider.

Mais il ignorait à qui il avait affaire ! Le petit homme regorgeait de ressources. « Oui, gros balourd, j'ai vécu dans la jungle que vous appelez la ville et je sais me débrouiller dans un monde hostile, dans un monde que je hais... Tu vas t'en apercevoir. Tu aurais dû me tuer quand tu en avais l'occasion. Tu aurais dû ! Pourtant il ne faut pas avoir de regrets : est-ce que j'ai des regrets, moi ? Moi ? Tu t'es enchaîné à ton futur bourreau ! Tu crois me tenir, sauf que c'est moi qui te menace. »

La rage mêlée au découragement lui fit monter les larmes aux yeux.

Même souple, le plastique conviendrait. Cela ne permettrait pas de tuer un ours mais, si la chance lui souriait, la jugulaire de l'Autre n'y résisterait pas.

Car son geôlier reviendrait, ça, le petit homme en était certain. Sinon, pourquoi lui aurait-Il laissé ces vivres et ces piles pour la lampe ?

D'ailleurs, qui était-Il ? Qu'est-ce qu'Il lui voulait ? Que Lui avait-il fait ?

Il ne savait même pas où il était retenu prisonnier. Une espèce de grotte à la température constante, glaciale quoique certainement au-dessus de zéro. Ses conditions d'existence avaient toujours été précaires, cependant jamais des chaînes ne l'avaient entravé comme un fauve. Quand la colère le submergeait, en ce moment par exemple, il éteignait la lampe et se jetait au sol pour effectuer des pompes jusqu'à épuisement. Demeurer en bonne forme physique lui permettrait de Le combattre et de Le vaincre.

Il paraissait chétif mais était toujours parvenu à ses fins.

3.

Du haut de son engin, Jimmy O'Anyon avait déneigé le tronçon le plus difficile de l'US 12, le plus technique, sans rencontrer de problème majeur.

— Et voilà t'y pas qu'il y a cette putain, sauf votre respect, chef, de voiture, au milieu de la route ! Bon, elle était pas franchement au milieu, mais elle était sur la route, ça c'est sûr ! Bê, je l'ai comme qui dirait frôlée.

Le portable professionnel collé à son oreille, Jimmy appuya son corps de sexagénaire contre le comptoir du premier bar de Butte qu'il avait trouvé. Sa toque en fourrure de castor posée sur le zinc ressemblait à un animal assoupi. Il répéta en insistant :

— Frôlée, chef, comme qui dirait !

— Frôlée ? Frôlée comment ? interrogea une voix inquiète au bout du fil.

Devant son unique client à cette heure matinale, le barman écoutait la conversation. Les deux hommes échangèrent un sourire. Le bar affichait de façon ostentatoire ce qui avait fait la fortune éphémère de Butte, au XIXe siècle. Tout était en cuivre. Depuis les porte-bouteilles, les robinets, les cadres, des plaques martelées à l'usage mystérieux jusqu'à la salle elle-même qui étalait son métal orangé : le haut des banquettes, les tabourets, les miroirs. Cette fièvre des métaux n'avait laissé en héritage à la ville que des musées et des maisons fermées. Des maisons closes, selon les habitués du Dumas Brothel, lieu mythique de la prostitution.

— Frôlée, comme je vous dis ! Une caresse de samedi soir ! insista le vieux.

— Tu me rassures, c'est pas grave, alors ! souffla l'interlocuteur.

— Ah, merci, chef. Alors qu'est-ce qu'on fait pour les dégâts ?

Jimmy avait été obligé de redescendre jusqu'à Butte pour téléphoner. Le réseau passait très mal sur les hauteurs et l'incident devait être signalé à son supérieur, basé à Helena.

Deux heures auparavant, il s'était statufié en découvrant les dommages que la lame de son engin avait occasionnés sur le flanc de la Lincoln Navigator. La rayure profonde s'achevait sur l'aile avant gauche, maintenant enfoncée.

Il aurait pu pousser cette satanée bagnole dans le ravin au lieu d'appeler son responsable. Ni vu ni connu ! Seulement, on ne poussait pas ce type de voiture dans un précipice quand on aimait la belle mécanique comme Jimmy l'aimait. Fallait-il être con pour garer une voiture en pleine montagne, à un endroit pareil ! Jimmy avait relevé le numéro d'immatriculation car son chef serait contraint de remplir la paperasserie pour l'assurance. Aucun blessé n'était à déplorer, donc on n'ennuierait pas les flics pour si peu, mais sa prime de fin d'année allait certainement sauter.

Et où était-il, l'enfant de salaud qui pouvait se payer une telle caisse ? Une 2012 ! Avec un V8. On n'abandonne pas une Lincoln Navigator de 2012, même si le diable vous tire les poils du cul !

— Donnez-moi un chocolat chaud, demanda-t-il au barman avec un sourire triste en rangeant son téléphone.

Un peu de douceur serait la bienvenue.

★

Installé sur le divan, Edward réfléchissait tout en surveillant le géant occupé par ses travaux de plomberie qui refaisait, de temps en temps, une apparition dans la grande pièce. Le visage lourd, avec des traits réguliers, il ne paraissait pas présenter une menace. Il déplaçait avec souplesse sa grosse carcasse. Sûrement un ancien adepte de la pelouse synthétique des terrains de football, au poste de running back probablement. Edward, qui ne pratiquait que le tennis et l'aviron, se surprit à penser que, s'il se mesurait à lui, il n'aurait pas l'ombre d'une chance. Woody Allen contre Mike Tyson. Dans ses sacs, aucun objet ne pouvait faire office d'arme improvisée. Il n'avait même pas retrouvé son rasoir à main… à moins que l'autre ne l'ait subtilisé pendant qu'il dormait.

Il essayait d'imaginer le colosse sans barbe, les cheveux peignés. Peut-être qu'ils s'étaient déjà rencontrés ?

Le juge profita de ce que Ted se servait un verre d'eau pour l'interpeller :

— Comment vous appelez-vous ?

— Je vous l'ai dit : Ted.

— Ted comment ? J'ai l'impression qu'on se connaît.

— Ted. Je n'ai jamais été condamné.

— Ce n'est pas ce que je sous-entendais. Simplement, je vois tellement de monde dans mon métier. Des journalistes, des flics, des jurés, des curieux. On aurait pu se croiser… Bon, laissez tomber… Écoutez, on a mal démarré cette journée.

— Pas grave.

— Et si on se blesse ?

— Vous trouverez rien ici pour vous blesser. Bon, faut que j'y retourne si on veut de l'eau.

Ted disparut dans la salle de bains.

Il aurait pu prétendre s'appeler Ford ou Smith, s'il voulait cacher son nom, pensa Edward. Ce type n'était pas clair. À moins qu'à force de juger des criminels on devienne parano ? Il avait affaire à un crétin rattrapé par le mauvais temps, entraînant dans cette épreuve un auto-stoppeur à qui il avait porté secours. Comment aurait-il pu projeter un enlèvement ? La panne était fortuite, comme toutes les pannes. Edward tenta de se rassurer : cette situation était inhabituelle, cependant sa vie n'était pas en danger.

Ted refit une apparition, une petite clé plate à la main.

— Y a toujours des joints à changer et des écrous à resserrer. Il y a de tels écarts de température entre l'été et l'hiver que tout joue. C'est la fuite assurée. C'est pas un gros travail, mais comme je ne suis pas un spécialiste…

Edward fit un geste vers l'outil et se leva.

— Faut dire que vous ne me paraissez pas bien outillé.

— C'est suffisant, rétorqua Ted en fourrant la clé dans sa poche.

— Vous êtes marié ?

Ted se laissa tomber sur le divan, qui recula sous le choc.

— Je l'étais.

Edward vint se poster en face de lui. Il devait évacuer ce qui avait nourri son angoisse.

— La clé que vous aviez dans la main, c'est un outil pour les gosses. J'ai un peu erré dans la maison, plus par ennui que par curiosité. Ce qui est le plus étonnant, ce sont les couverts : tous en plastique. C'est vrai, cela évite la vaisselle quand on reste peu de temps dans un endroit… en revanche, les couteaux… il y a toujours au moins un couteau tranchant, pointu. Ici, je n'ai rien vu. Les seuls couteaux métalliques sont à bout rond et court : des couteaux à beurre. Du coup j'ai examiné cette maison d'un autre œil. Vous avez une cheminée et je n'ai pas vu l'ombre d'une hache. À moins que vous n'ayez un atelier ailleurs. L'appentis contient des réserves de nourriture, de bois, d'un peu tout… et pas un seul outil tranchant. Pas même un marteau ! À la montagne, c'est plus qu'étrange.

Ted acquiesça.

— Bien observé, juge : il n'y a rien ici qui puisse servir d'arme, si c'est ce à quoi vous pensez.

— Pas seulement… Et pour réparer ?

— À part le compresseur, rien ne peut tomber en panne. Y a que les tiroirs qui posent problème.

Edward se plaça devant la cheminée, surveillant du coin de l'œil Ted qui souriait.

— On retrouve ce type de précautions dans les familles où l'un des membres présente des troubles psychologiques importants.

— Ma femme était saine d'esprit. Ça oui ! Je pense que je le suis aussi… à ma façon.

Ted s'appuya contre le dossier et prit une longue inspiration. Il fit un signe en direction de l'étage.

— Si vous voulez lire, vous trouverez pas mal de bouquins dans la chambre du haut : ne vous gênez pas. Ma femme avait la passion de la lecture. Si vous voulez écrire, il y a du papier et des crayons dans le bahut. Pas de stylos, l'encre gèle.

Edward éprouva l'envie subite de sauter au cou de Ted et de le bourrer de coups de poing pour lui arracher son masque d'impassibilité. Il expira pour se maîtriser. Cette montagne de muscles était un fou.

— Moi, poursuivit Ted, je vais faire un peu d'exercice. Vous avez vu le vélo ? Thelma, ma femme, trouvait que je prenais du poids. Quand il fera plus froid, on pourra faire quelques pas autour de la maison : la neige portera mieux.

Ces propos badins firent voler en éclats les résolutions d'Edward. Il se planta en hurlant devant Ted.

— Vous êtes complètement dérangé ! Vous vous entendez ? Vous me prenez… pour un hamster ? Bouffe et pédalage ! Vous savez que je suis juge ? Un magistrat ! On va me rechercher.

Ted se leva, dépassant Edward d'une bonne tête. Il glissa sa main gauche dans sa poche de pantalon et se remit à tripoter les pièces de monnaie. Le crissement du métal allait crescendo. Edward cessa aussitôt de crier. La bouche demeurée grande ouverte, il recula d'un pas.

— Ça, oui, je sais que vous êtes juge.

— C'est quoi, votre problème ? Vous aviez besoin d'une compagnie ?

Ted ôta sa main et partit en direction des escaliers.

— Hé, je vous parle ? Vous êtes quoi ? Un détraqué sexuel ?

Arrivé au bas des marches, le colosse se retourna, les yeux pleins de haine.

Quand il redescendit cinq minutes plus tard, il était revêtu d'un vieux jogging vert et avait aux pieds une paire de tennis. Edward n'avait pas bougé d'un millimètre. Ted grimpa sur le vélo.

— Vous dormirez sur le divan. Il n'est malheureusement pas convertible. Ce soir, je vous donnerai un duvet.

Et il se mit à pédaler.

★

La Ford de la police de Missoula roulait sur la Highway 200 parfaitement déneigée, maintenant. La veille, le lieutenant Samuel Hallen et le sergent Frank Maggio, aidés du shérif de Thompson Falls, avaient arrêté Benjamin McCarthy, qui transportait de la drogue cachée dans la roue de secours de sa New Beetle. Les deux policiers et le prisonnier avaient dû passer la nuit sur place en raison des chutes de neige et ils avaient pris la route au matin, sitôt que la chaussée avait été dégagée.

Le chauffage poussé à fond créait une atmosphère de salle de gym : un dosage subtil d'odeurs de renfermé, de transpiration et de pieds. Il ne manquait que les hurlements des adolescents. Le seul bruit était provoqué par Ben McCarthy immobilisé à l'arrière du véhicule, qui clamait son innocence par intermittence.

La voiture traversait Plains quand le sergent Frank Maggio, qui conduisait, proposa au lieutenant Hallen :

— On pourrait faire une halte. C'est pas Pablo Escobar qui s'en plaindra.

— Arrêtez de m'appeler comme ça, j'ai rien fait ! Et ma bagnole, elle est où ? cria le jeune homme derrière le grillage qui le séparait des policiers.

Le lieutenant Hallen tourna la tête vers lui.

— Toi, la ferme ! Quant à nous, on fera pas de pause. Je veux interroger Pablo avant que le capitaine rentre.

— Le capitaine ne va pas apprécier qu'on l'ait pas attendu pour arrêter ce dealer.

— Je deale pas ! J'avais rendez-vous avec M. Lassiter, de la société Gemme Plus. Il devait m'embaucher pour un stage.

— Encore un mot, on arrête la voiture et on te fout à poil dehors.

— Vous êtes une bande d'enculés ! C'est vous qui avez planqué ce paquet. Mon père va vous faire bouffer vos couilles !

— Prends à droite, Frank. On a le double de son âge et ce jeune homme n'a pas l'air de nous respecter.

— Smiley Slough ? demanda le chauffeur en voyant la flèche en bois qui désignait une route étroite enneigée descendant vers la Clark Fork River.

Le « marécage souriant », tout un programme.

Ben McCarthy, entièrement nu, était accroupi dans la neige contre la voiture de police. Une menotte enserrait son poignet gauche, alors que l'autre extrémité était coincée dans le bas de la portière. Comme la chaîne était courte, il ne pouvait pas se relever, ce qui le rendait invisible aux yeux d'un improbable passant. Il grelottait, son nez coulait et sa peau était marbrée de bleu. Il ne hurlait plus depuis dix bonnes minutes et avait cessé de frapper contre la carrosserie.

— On le remonte ? dit Maggio. Il va finir par ressembler à un personnage d'*Avatar*. Faudrait pas qu'il crève.

— J'adore cette méthode ! Pas de trace. Ce crétin a de la chance, on manque de temps. Faut qu'on le fasse parler avant le retour du capitaine Carter.

— C'est pas réglementaire.

— Il avait qu'à pas prendre de vacances. On est bien là, nous.

Hallen ouvrit sa portière.

— Allez, Pablo, on rentre. On dirait que les nudistes ont raison : se mettre à poil, ça enlève toute agressivité ! Hé, ton esquimau, il est tout bleu. Il est au curaçao ?

★

Ted avait fait cuire du riz que les deux hommes avaient avalé en silence.

McCarthy était sorti sur la véranda. Il tentait d'imaginer ce qu'il pouvait bien y avoir au-delà de l'horizon. Il lui était inconcevable qu'un être doué de raison puisse se laisser piéger par le mauvais temps. Au bout d'un moment, il finit par se réfugier dans la maison.

Ted feuilletait un *Chronicle* qu'il avait pêché dans le tas de vieux journaux empilés à côté de la cheminée.

★

Les trois policiers observaient le prévenu derrière la vitre sans tain. Il y avait le lieutenant Samuel Hallen, grand, sec, le visage émacié, mangé par des tics nerveux, les yeux toujours en mouvement, le sergent Frank Maggio, brun, aussi grand que son supérieur mais enrobé d'un tas de muscles entretenus à la fonte et nourris aux anabolisants, et la stagiaire Walter Anny, vingt-huit ans, un mètre soixante et soixante-douze kilos. Trois conditions éliminatoires pour le concours de Miss Montana, mais elle était sortie major de l'école de police et avait obtenu un stage à la brigade de Missoula.

Le fils du juge fixait le mur nu devant lui, les coudes posés sur la table, la tête appuyée sur ses poings.

— Le capitaine rentre demain, on pourrait…, commença la jeune femme.

— Ma petite Walter, vous pourrez toujours cafter et rapporter que c'est moi qui ai insisté, la coupa Hallen.

— Pas la peine de cafter, lieutenant. C'est vous l'officier en second. Les ordres ne peuvent venir…

— Walter, laissez faire les grandes personnes. Allez plutôt vous occuper de votre enquête, elle avance pas beaucoup.

— Si ! On a des témoignages d'un van blanc sur les lieux des disparitions.

Hallen lui tourna le dos et fit face à Maggio. Walter comprit le message et quitta la pièce. Les deux hommes pénétrèrent dans la salle d'interrogatoire. Hallen prit une chaise ; Maggio, quant à lui, resta debout derrière le jeune homme, ce qui mit ce dernier mal à l'aise.

— Cet interrogatoire va être filmé, comme l'exige la loi. Par contre, avant, on va faire une petite mise au point. Tu as déjà été arrêté pour consommation de drogue.

— Oui. Quand j'étais un gamin. Depuis, je n'ai plus rien touché.

— On n'a malheureusement pas le droit d'en parler.

— Pour… pourquoi ?

— Parce que ton papa est passé par là. Il a fait agir ses relations. Grâce à lui, t'es comme vierge. On ne pourra donc pas en faire mention, ni lors de l'interrogatoire ni lors du procès. Sauf si toi, tu veux en parler. Voilà, on voulait que tu saches que nous aussi on le sait. Alors nous prends pas pour des couillons. T'es un putain de saloperie de dealer et tu vas déguster. En taule, un fils de juge, c'est comme trouver une perle dans une huître ! Ça va être Thanksgiving tous les jours pour toi. Sauf que c'est pas la dinde qui va être fourrée !

— Je suis innocent !

— Frank, tu peux lancer la caméra.

— District de Missoula, il est 18 h 23, sont présents pour mener l'interrogatoire moi-même, le lieutenant Samuel Hallen, et le sergent Frank Maggio…

★

L'ampoule sous le réflecteur métallique pendait au-dessus de la table, l'éclairant d'un halo jaune. De temps en temps un rot de fuel écœurant parvenait de l'appentis. Les flammes de la cheminée ne parvenaient pas à percer l'obscurité qui s'était installée. Face à face, les deux hommes avalaient leur soupe en silence en économisant leurs gestes.

Un minestrone, avait indiqué le « chef » en ouvrant le sachet de potage lyophilisé. Le goût était agréable, mais Edward ignorait s'il se rapprochait de celui d'un vrai minestrone : il n'en avait jamais mangé. Seule certitude, il partageait sa soupe avec son geôlier. Il avait quitté Helena pour libérer son fils et se retrouvait à présent dans une situation semblable à la sienne. Une voiture de soixante mille dollars, un caprice, risquait de foutre en l'air deux vies. Une bagnole de deux mètres de haut ! Deux mètres de panne. Deux mètres de prétention.

— Pas commodes, ces cuillères en plastique, s'excusa Ted avec un sourire désarmant.

Il venait de rattraper pour la deuxième fois du potage sur son menton.

Edward le dévisagea.

— Quand on a la tête de King Kong, on ne joue pas à la dînette.

Ted haussa ses grosses épaules. Dérangé dans ses pensées, McCarthy décida de poursuivre la conversation :

— C'est pour une rançon ? Vous avez vu la Lincoln et vous vous imaginez que je suis Bill Gates ?

— Il roule en Lincoln, Bill Gates ?

— Vous tombez mal, je ne suis pas issu d'une famille de nantis. J'ai travaillé comme tout le monde dans un Walmart pour payer mes études de droit… Prendre quelqu'un au hasard pour demander une rançon, ça ne tient pas debout.

— Je ne vous le fais pas dire.

— Où est votre intérêt, là-dedans ? On vous a payé pour que je ne puisse pas présider un procès ! C'est ça ?

— Pour ça, un accident ou un tueur à gages aurait suffi. Je vous propose une partie d'échecs. Nous n'avons pas la télévision. Vous devez savoir y jouer, non ?

— Ça se pourrait. Mais je n'en ai pas envie, j'ai d'autres soucis. Je ne suis pas client des chambres d'hôte.

— Chacun doit y mettre du sien. Sortez le jeu, il est dans le tiroir de la table basse. Le temps que vous placiez les pièces, je suis à vous.

Le petit homme avait conservé à même la peau, tout en effectuant des pompes, le couvercle d'une boîte en plastique qui avait renfermé des haricots. Il actionnait ses bras comme des vérins, son poids l'avantageait, il pouvait enfiler des séries sans peine. Le plastique se réchauffait au contact de la sueur.

Quand il jugea qu'il était assez souple, il commença à le griffer à l'aide d'un gravillon. Avec le temps, il était certain de pouvoir découper un morceau en forme de croissant.

Il allait Lui faire payer de l'obliger à vivre comme un animal ! De le contraindre à faire ses besoins dans un trou nauséabond qui empuantissait la pièce. Sa peau allait s'imprégner de cette puanteur, il en était sûr. La saleté allait s'incruster !

Le mouvement était régulier ; surtout ne pas dévier, le trait devait suivre à trois centimètres du bord, à trois centimètres du bord, à trois centimètres…

Quand le plastique, avec la fraîcheur de la pièce, se durcit, le petit homme le plaqua de nouveau contre sa peau et recommença ses tractions.

Il réchauffait quelque chose contre son cœur ! Il sourit à cette pensée saugrenue. Il sourit, puis rit, silencieusement au début, ensuite de plus en plus fort. Il s'étouffait. Hurlant maintenant de rire, il roula sur le sol en se tenant le ventre, lâchant le couvercle. Enfin les larmes envahirent ses yeux et il éclata en sanglots.

4.

Comme chaque soir, Ted s'adonna à son rituel : il déposa avec soin ses trois pièces de un dollar en une pile sur la commode.

Il revêtit un pyjama qui sentait l'humidité et s'allongea entre des draps qui lui parurent mouillés tellement ils étaient froids.

Il tira le duvet sur ses épaules et roula sur le côté. N'avait-il pas commis une erreur en installant McCarthy dans la pièce du bas ? Intervertir les places lui aurait permis de garder un œil sur la porte d'entrée, mais imaginer le juge dans le lit de Thelma lui était intolérable.

Ted ne se couchait que quand ses paupières ne lui obéissaient plus. Il appréhendait, s'il fermait les yeux, de voir surgir Thelma. Une Thelma souillée comme quand il l'avait trouvée, les cuisses offertes…

Contre la vision du corps violé de Thelma, les seules armes qu'il possédait étaient son rire qui résonnait encore dans ses oreilles et son parfum qui imprégnait certains vêtements.

Le présent était devenu pour lui une illusion, seuls les souvenirs d'*avant* étaient réels. Depuis, la vie n'était qu'un brouillard impalpable.

Il aimait Thelma pour sa beauté, son intelligence, sa gentillesse, ses longs cheveux roux.

Ses longs cheveux roux emmêlés, ses yeux cernés, son corps sans vie…

Ted tourna dans son lit, grinça des dents. Il devait penser à autre chose, à autre chose, à autre chose… Vite !

Comme chaque soir, il cherchait dans le moindre recoin de son cerveau une pensée positive qui l'envahirait, asphyxiant toutes les images funèbres.

Il avait fait la connaissance de Thelma Feuebach en dernière année d'université à Missoula. D'un an plus âgée que lui, elle travaillait à la bibliothèque municipale. Ses grands-parents avaient fui l'Allemagne et avaient retrouvé un peu de leurs Alpes dans le Montana.

Jusqu'alors les aventures amoureuses de Ted avaient été brèves, aussi brèves que ses prestations dans l'équipe de football de l'université, qui n'avaient pas marqué les esprits : il avait le physique, pas le mental.

Parce qu'il avait oublié de rendre *Law and Procedures*, un ouvrage indispensable en dernière année de droit, il fut rappelé à l'ordre par la préposée aux livres scolaires. Ted venait de déposer une fiche pour emprunter un autre livre quand la jeune fille rousse l'avait interpellé :

— Monsieur Cortino ? Cela fait trois semaines et deux jours que vous deviez nous rendre *Law and Procedures* ! Vous avez déjà une amende de trois dollars en cours. L'auriez-vous égaré ?

Gêné, Ted regarda autour de lui. Heureusement, peu de personnes traînaient là en cette fin d'après-midi. Le cerbère sourit, ravi de son effet.

— Vous n'irez pas en prison ! Pas cette fois-ci, rassurez-vous. Je vous rappelle à l'ordre car c'est une référence très demandée, et d'autres étudiants le réclament. Serait-ce une tactique sournoise pour pénaliser les autres élèves ?

Il rougit comme un enfant devant ce sourire moqueur et s'excusa. La fille reprit le bristol et, après avoir de nouveau dévisagé Ted, le retourna et, de son crayon, écrivit au dos tout en parlant.

— Demain, je ne travaille pas, rapportez le bouquin à ma remplaçante et payez les trois dollars. Je m'appelle Thelma, je vous marque mon adresse.

Ted ouvrit de grands yeux en prenant la fiche entre ses grosses paluches. La belle rousse poursuivit :

— Je suis diplômée de l'année dernière. J'ai l'ancienne version de *Law and Procedures*, elle a deux ans. Je vous la prête. Peu de choses ont changé.

Dès le deuxième rendez-vous, c'est elle qui l'avait embrassé. Puis elle lui avait enlevé sa chemise.

— C'est pas ce que tu voulais ? avait-elle demandé en suspendant un bref instant son geste et affichant un sourire moqueur qui lui donnait un air de personnage de dessin animé.

Elle avait agi d'une manière tellement naturelle que Ted n'en avait pas été choqué.

Ils s'étaient mariés à la fin de l'année, puis Ted avait décroché à son tour le diplôme. Ses parents étaient venus de Finley Point, village au bord du lac de Polson où il était né. Le père y tenait une scierie.

Aussitôt après leur voyage de noces, Thelma l'inscrivit au concours d'entrée de la police de Billings, où il fut reçu dans les cinq premiers. Il se souvenait des heures que sa jeune femme avait passées à le faire réviser, et surtout de la nature des récompenses qu'elle avait instituées.

« C'est efficace, faut bien le constater, disait-elle en enlevant son soutien-gorge, mais on ne peut pas instaurer cela dans les petites classes. »

Une phrase qu'ils avaient mise à toutes les sauces, en riant. Au sein du foyer, elle décidait, régentait, organisait : commander était sa nature profonde. Ted adorait se laisser diriger, heureux de jouer les assistés. Le couple vivait en osmose, partageant un amour fusionnel, persuadé qu'ils étaient les seuls à s'aimer ainsi. Une espèce de maladie orpheline. Sans thérapie possible. Ils avaient vécu douze ans de bonheur.

Pendant des années, il avait pensé qu'il y aurait l'avant sa rencontre avec Thelma et l'après. Maintenant, il savait qu'il y aurait avant la mort de Thelma et après.

5.

Edward entendait au-dessus de sa tête son geôlier remuer dans son lit à la recherche du sommeil. Les yeux ouverts, tendu, à l'affût du silence total qui tardait à venir, il patientait, sursautant aux craquements du bois qui l'entourait.

Un ronflement léger lui parvint enfin de l'étage. Le juge patienta encore quelques minutes, puis se leva, posant avec délicatesse les pieds sur le plancher. Il avait gardé ses vêtements et n'eut qu'à enfiler son manteau. À la lueur des braises de la cheminée qui diffusait une lumière orangée, il récupéra sous le divan la burette d'huile qu'il avait subtilisée dans la trousse à outils de Ted.

Il se glissa jusqu'à la porte d'entrée et projeta des giclées de graisse sur les gonds et la serrure. Prenant une grande inspiration, il appuya sur la poignée et tira le battant à lui. Un léger couinement retentit. Le froid envahit la pièce. Edward écouta, apeuré, appréhendant le craquement du plancher de la chambre.

Il avait décidé de sauter dans la voiture et de quitter ce lieu maudit. Mais il demeura interdit face à cette nature hostile qui l'attendait. La masse sombre du

4 × 4 était parfaitement visible sur le champ immaculé de neige. Où aller ? Dans quelle direction ? La route était invisible.

Edward referma doucement la porte et retourna s'allonger sur le divan. S'enfuir de nuit était suicidaire.

Il lui fallait trouver un plan moins périlleux.

★

La femme courait, échevelée, les mains en avant, affolée. Sa minijupe qui volait découvrait ses jambes sales. Elle courait au milieu d'une foule indifférente. Un homme marchait derrière elle. Il allait la rattraper, c'était inéluctable. Ted assistait à la scène, ses lèvres articulaient des mots, pourtant aucun son ne sortait de sa bouche.

Il émergea au milieu de son cauchemar récurrent, les sens en alerte. La chambre était plongée dans le noir et silencieuse, cependant quelque chose l'avait réveillé en sursaut. Il évita de bouger. Au bout de quelques secondes, il perçut une autre respiration. Une présence très proche. Un animal ? Il avait les deux mains sous les couvertures. En cas d'attaque, il aurait une seconde de retard avant de pouvoir les extirper. Ted huma en évitant de faire du bruit. Aucune odeur, ce n'était pas un animal.

— Edward ?

Il devina un léger mouvement sur la droite du lit. Le silence était oppressant. S'il s'agissait d'Edward, il ne fallait pas l'affoler par un geste brusque. Il resta immobile.

— Edward, qu'est-ce que vous fichez ?

Dans l'air glacial, un effluve chaud passa sur son visage. Effrayé, il allait se redresser quand la voix exacerbée de McCarthy se fit entendre :

— Ne bougez surtout pas ! Ne bougez pas, Ted ! Je tiens une marmite d'eau bouillante juste au-dessus de votre tête.

Ted garda le silence. Quel idiot il avait été ! Edward poursuivit :

— On inverse les rôles. C'est maintenant moi, la menace ! Je vais vous écorcher comme un wapiti ! Je suis chasseur, vous l'ai-je dit ? Le dépeçage, je connais.

— Pas de connerie. Ça vous mènerait à rien.

— Ne m'interrompez pas ! Si c'est le hasard qui m'a conduit ici, vous avez très bien pu tomber sur un fou, un dangereux maniaque. Pas de chance ! Vous y avez pensé ? C'est pas vous qui êtes dangereux, c'est moi ! Si vous mettez quelqu'un dans une situation inhabituelle, une situation perturbante pour un cerveau non préparé, vous pouvez en faire un forcené. Je commence à fatiguer, la bassine risque de m'échapper, alors j'attends vos explications !

Ted se décida :

— Bien, bien... Ce n'est pas un hasard si vous êtes ici. Je savais en vous prenant à bord que vous étiez le juge McCarthy d'Helena. Bordel, enlevez cette eau, j'ai reçu des gouttes !

— C'est déjà mieux ! Et qu'est-ce que vous lui voulez, au juge McCarthy ?

— Ne tremblez pas, merde, vous me brûlez ! Cessez de me menacer et je vous dirai tout. Si j'avais voulu vous faire du mal, ce serait déjà fait.

Ted cracha les derniers mots en un seul jet. Il sentait la chaleur du métal s'approcher de son visage. Edward disait vrai, il fatiguait.

— McCarthy, me tuer ne résoudra pas votre problème. Ça ne fera pas rouler la voiture dans la neige. Ça ne vous donnera pas les réponses aux questions que vous vous posez. Vous allez nous condamner à mort tous les deux…

— Vous voulez m'empêcher de présider un procès et on vous a payé pour me retenir !

— Idiot, je vous ai déjà répondu que, pour ça, une balle aurait suffi. Pensez plutôt à votre fils.

— Mon fils ? Quoi, mon fils ?

— Posez cette marmite et on en parle.

— Mon fils… Ben ? Qu'est-ce qu'il a à voir avec tout ça ?

— Descendons et on en parle.

Plusieurs secondes s'écoulèrent ; enfin Ted entendit le plancher craquer et l'ombre d'Edward se découpa dans l'encadrement de la porte.

Ted resta un moment allongé. Il s'était laissé piéger. Il avait même eu peur. Ce genre d'acte pouvait se révéler mortel pour tous les deux, et ce n'était pas l'objectif !

Une rage meurtrière l'envahit, qu'il devait étouffer. Il avait réussi à se retenir jusqu'à présent, il allait continuer. Plus que quelques heures, un jour ou deux. Il fallait laisser à l'autre ordure le temps d'apprendre ses leçons.

La neige tombée durant la nuit avait recouvert une nouvelle marche du perron. McCarthy, sur la véranda, regardait le paysage : il était entouré de montagnes immaculées, seul l'horizon devant lui était dégagé.

La porte d'entrée s'ouvrit. Ted se planta sur le seuil. Il occupait quasiment le cadre : un tableau en pied.

Edward recula contre la rambarde. Le colosse leva les mains, les paumes vers l'extérieur en signe d'apaisement.

— Le stress…

— J'attends vos explications.

Ted désigna le paysage d'un mouvement du menton.

— C'est ce qu'on appelle une plaine d'altitude. Une curiosité géologique. Plus à l'est il y a carrément un effondrement, c'est encore plus remarquable. Vous verrez !

— Si on pouvait laisser de côté le cours de géographie… Que savez-vous de mon fils ? Ma présence ici est liée à son arrestation ?

Ted n'écoutait pas, les yeux rivés sur les gonds d'où suintait la graisse.

Edward avançait pour rentrer dans la maison, quand le colosse lui barra le passage. Soudain, il lui enserra le biceps dans sa poigne et le lui broya avec rage. Une décharge électrique parcourut le membre d'Edward, qui poussa un hurlement. Dans le même instant, le poing gauche de Ted lui écrasa le plexus, le pliant en deux. Ses jambes ne le portaient plus, il s'affala contre le torse du géant, qui le repoussa sans ménagement.

McCarthy, les larmes aux yeux, roula sur le plancher de la véranda. Recroquevillé en position fœtale, il vomit de la bile.

Ted, au-dessus de lui, se dandina en balbutiant :

— Je ne voulais pas vous frapper… Mais, vous vouliez fuir, aussi… Les gonds… Ne recommencez jamais ! Et ne me menacez plus ! On peut pas partir, sinon c'est la mort assurée.

Il se retourna et envoya un grand coup de poing dans la porte, qui claqua contre le mur, avant de s'engager dans la pièce. Il se retourna vers Edward qui geignait.

— Surtout ne rentrez pas ! Compris ? Ne rentrez pas ! Vous ne pouviez pas rester tranquille, con de juge !

Il passait d'un timbre de voix à un autre comme si deux personnes parlaient à tour de rôle. Après un dernier regard haineux lancé à Edward, il referma la porte derrière lui d'une bourrade.

Le froid l'engourdissait, pourtant Edward n'avait pas le droit de se laisser aller : Ben avait besoin de lui. Grelottant, il se redressa en s'aidant de la rambarde. Elle était glacée. Il avait des lancements douloureux dans le ventre. Un organe interne explosé ! Le foie ? La rate ? Il craignait de se palper. Il n'avait jamais été très courageux vis-à-vis de la maladie et des blessures.

Par la fenêtre, il jeta un coup d'œil à l'intérieur de la maison. Ce qu'il vit l'effraya. Ted marmonnait en frappant méthodiquement le mur. Des marques rouges tachaient les rondins à l'endroit où les poings du policier avaient éclaté. Edward, découragé, s'assit sur le coffre placé sous la fenêtre. Il tremblait, ses mâchoires s'entrechoquaient.

La situation avait dérapé, il avait rompu l'équilibre en brusquant les choses. Son intelligence était prise en défaut : il n'avait pas opté pour la bonne décision. Il avait réveillé un volcan ! Mais quel était le bon geste avec un dément ?

Il défaillait. Laura allait s'inquiéter qu'il ne lui donne pas des nouvelles de Ben. Elle allait exiger qu'on le recherche. Ou pas ! Depuis qu'elle partageait son lit avec ce toubib, elle avait retrouvé l'insouciance de sa jeunesse et ne se cachait pas de vouloir en profiter. Et où irait-on le chercher, d'abord ?

Il souleva le couvercle du coffre, en quête du moindre bout d'étoffe qui pourrait le protéger du froid. Il n'y trouva qu'une pelle.

Il regarda de nouveau à l'intérieur de la pièce. Ted le surprit à travers la vitre. Son pas lourd fit trembler le plancher. Il ouvrit la porte et, comme un ours en furie, fondit sur Edward, qui enfonça la tête dans son cou en brandissant la pelle devant lui pour se protéger. Ted lui arracha l'outil des mains et lui lança son poing en pleine face.

★

Le pâté de maisons qui abritait les différents services de la police de Missoula était coincé entre l'autoroute et la rivière, avec néanmoins une belle vue sur le mont Jumbo. Comme la plupart des constructions de Missoula, le bâtiment de brique rouge ne possédait qu'un étage. Ascensoriste n'était pas un métier en vogue dans le Montana…

Le département des crimes et délits, qui regroupait aussi bien les homicides que les trafics en tout genre, était installé dans des bureaux exigus. « La police doit être sur le terrain. Le confort pousse à l'inaction ! » avait conclu le maire à la suite des récriminations des agents.

Le capitaine Carter dirigeait le département depuis six mois. Il était originaire de Billings et sa promotion avait bloqué l'avancement des agents en poste ; de fait, personne n'était enchanté de sa venue. Un sentiment sans doute exacerbé par l'antagonisme qui existait entre les deux villes : Missoula avait fait sa fortune, en perte de vitesse désormais, avec le commerce du bois, alors que Billings s'était résolument orientée vers le tertiaire. Le capitaine était sans doute pris pour un citadin qui se retirait à la campagne.

Il affichait des moustaches fines démodées à la Clark Gable et des tempes grisonnantes très tendance, à la George Clooney. Son bureau était dans l'état où il l'avait trouvé quand il était arrivé. Impersonnel, froid. Aucune affiche au mur à part celle du comté donnée par l'administration, pas de cadre. Quelle photo aurait-il pu y exposer ? Il était célibataire et n'avait pas d'animal domestique.

Assis derrière son bureau, il faisait face au lieutenant Hallen qui, debout, se tenait quasiment au garde-à-vous. Un sourire forcé étira les lèvres de Carter.

— Vous avez eu un bon réflexe, lieutenant, bravo…

— Merci, mon capitaine.

Le sourire disparut.

— La prochaine fois, appelez-moi avant de prendre des initiatives. Vous êtes bien placé pour savoir qu'un officier est toujours joignable.

— Je n'ai pas cru nécessaire de vous déranger pendant vos vacances.

— Vous avez une drôle de conception de votre métier. Quand c'est pour le travail, on ne dérange jamais. A-t-on des nouvelles du juge McCarthy ?

— Non, capitaine. Il a quitté le tribunal dans la nuit, il y a maintenant une quarantaine d'heures.

— Un coup de téléphone qui annonce le passage d'un trafiquant, c'est pas banal ! Et la drogue récupérée dans la voiture, elle est où ?

— Je… je l'ai envoyée à Helena pour analyse.

— Déjà ! Quelle promptitude ! Quand on aura les résultats, on déférera McCarthy devant le juge.

Des coups frappés à la porte les interrompirent et Walter passa la tête.

— Excusez-moi, capitaine. C'est important.

— Entrez, Walter. Merci, lieutenant.

La stagiaire était écarlate. Elle tenait une feuille à la main. Les deux hommes la dévisagèrent, surpris par son embarras, puis Hallen, après un léger signe de tête en direction de son supérieur, recula vers la porte.

— Excusez-moi, capitaine, on vient de nous communiquer l'identité du propriétaire du téléphone à partir duquel on nous a signalé le passage du dealer Ben McCarthy.

— Restez, Hallen, c'est votre enquête, après tout.

— La carte SIM n'était pas bidon, alors ! s'étonna Hallen. Pas une prépayée ?

— C'est pas courant… Walter, donnez le numéro au lieutenant et tenez-moi au courant.

— C'est que… bê…

— Walter, je rentre de vacances, comme vous le savez, j'ai donc pas mal de dossiers à me farcir, alors donnez ces foutues coordonnées au lieutenant et laissez-moi travailler.

— C'est que… c'est votre numéro perso… nnel !

— Pardon ? Mon numéro personnel de téléphone ? C'est quoi, cette histoire ?

Walter tendit la feuille au capitaine.

— Tenez.

Carter parcourut la note.

— Y a un bug ! Refaites une demande d'identification. Je ne peux même pas vous confirmer que c'est mon numéro, je ne l'utilise jamais. Je ne communique qu'avec mon mobile professionnel.

Carter semblait déstabilisé. Il lança de nouveau un regard suspicieux à Hallen, qui le lui rendit.

★

Quand McCarthy ouvrit les yeux, il se trouvait allongé sur le plancher face à la cheminée. Il étira les jambes en grimaçant.

— Allez vous débarbouiller ! ordonna le policier, qui transpirait sur son vélo.

Edward se tourna sur le ventre. Il patienta plusieurs minutes avant de retrouver son souffle et parvint à se lever alors que l'autre pédalait en l'ignorant.

Plié en deux, traînant les pieds, il tituba jusqu'à son sac. Il réprima un cri quand il fit jouer ses articulations pour prendre un chandail propre. Il se dirigea vers la petite salle de bains en s'appuyant contre le mur.

La pièce renfermait une cabine de douche d'angle et un lavabo. Des serviettes pliées au cordeau et des gants assortis reposaient sur les étagères d'un servant métallique à la structure légère. Les couleurs éclatantes des linges tranchaient sur la nudité des lieux. La veille, un siècle, Ted avait expliqué que l'eau était pompée à quelques mètres sous terre et stockée dans une petite citerne métallique placée contre la hotte de la cheminée. « Ingénieuse, cette idée de ma femme ! »

Edward resta sous le filet timide et à peine tiède. La température de l'eau était supportable dans ce réduit non chauffé. Il resta de longues minutes à inspecter son corps. Il avait un hématome au bras, son ventre était tout rouge et ses poignets étaient entaillés. Sans parler de son nez ! Que lui voulait donc ce bulldozer ?

Il sortit de la cabine, se sécha en évitant les endroits du corps qui le faisaient souffrir. Avec la savonnette qu'il avait utilisée, il tenta de nettoyer les taches de vomi sur son pull. Il en trouva aussi sur son pantalon. Rhabillé, il sortit de la salle de bains ; Ted descendit de son vélo.

— Je ne vais pas m'excuser, juge, mais… disons que je regrette ce qui s'est passé.

— Vous m'avez pris mon rasoir ?

— Oui. Pour votre sécurité.

— Vous craignez que je me suicide ? En me coupant les veines ? N'y comptez pas !

— Vous devez garder la barbe. Ça change une physionomie, une barbe.

— Un nez cassé aussi… C'était quoi cette crise de cinglé ?… Pardon ? vous avez parlé de physionomie ? demanda Edward en s'asseyant sur le divan.

Il était effondré ; cet homme était réellement un dément.

Sans le quitter des yeux, Ted fourragea de la main gauche dans la poche de son pantalon de jogging.

— Quand vous ne comprenez pas, c'est qu'on est fou. Ça fait deux fois, c'est beaucoup… Je ne vous toucherai plus si vous ne me provoquez pas.

Il avait encore parlé en mélangeant les tonalités. Le timbre passait d'une voix presque enfantine à un ton menaçant.

McCarthy secoua la tête et ferma les yeux. Mourir pour mourir, il aurait dû l'ébouillanter !

★

Laura McCarthy étreignait son téléphone portable à deux mains, ce qui était une prouesse vu la petitesse de son bijou de technologie, mais cela lui permettait surtout de maîtriser son anxiété. Elle avait dû saturer les boîtes vocales de son mari et de son fils à force de leur laisser des messages.

— Ben, quand le shérif le permettra, appelle-moi, je t'en prie. Quoi que tu aies fait…

Des policiers venaient de partir. Munis d'un mandat de perquisition, ils avaient emporté l'ordinateur portable de Ben, son agenda et un cartable. Bien qu'ils aient été très corrects, Laura en tremblait encore.

Elle tournait le dos à la baie vitrée qui la séparait du parcours de golf. En attendant que le divorce soit prononcé, elle occupait toujours la villa qui se trouvait sur Cloverview, le quartier huppé d'Helena. Le lotissement en arc de cercle s'ouvrait sur le golf verdoyant du Country Club. Edward, lui, avait repris l'appartement de leur jeunesse sur Lockey Avenue, pas très loin du palais de justice. « Leurs plus belles années », avaient-ils coutume de répéter, comme la plupart des couples quand la routine a remplacé l'insouciance et la télévision les sorties nocturnes. D'ailleurs, les plus belles années sont toujours celles d'avant. À croire que la vie va de mal en pis.

Laura parlait tout en déplaçant les bibelots placés sur le meuble-bibliothèque du living. Elle s'attarda sur une photo de son fils.

— Pardon, Ben. Je sais que tu n'as rien fait. Rien.

Laura paniquait. Son mari allait régler cette histoire. Il assumerait son rôle de père et de juge. Comment un homme tel qu'Edward, soucieux de sa réputation, pouvait-il laisser croupir son enfant en prison ? Où était-il passé ? Elle regarda à travers la vitre ; au loin deux hommes se dirigeaient vers le neuvième trou. Elle décida de se rendre à l'appartement de son ex. Peut-être y avait-il laissé une indication. Tout plutôt que de rester sans rien faire.

Ensuite, elle prendrait la route. Sa voiture n'était pas taillée pour la neige mais tant pis.

Malgré le froid, Laura revêtit une minirobe qu'elle cacha sous un ample manteau en fourrure synthétique. Des bottines blanches mettaient en valeur ses jambes interminables. Sa bouche pincée donnait à son visage un air sévère atténuant le charme qu'elle dégageait. Le sachant, elle en accentua le contour par un trait de rouge à lèvres. Elle prit encore le temps de se recoiffer avant de quitter sa maison.

Elle grimpa dans sa Toyota, dernier sujet de discorde avec son mari, et emprunta West Custer Avenue, également sujet récurrent de dispute : bien que la route fût plus longue, Edward affirmait que, pour aller au tribunal, la Railway 287 était plus indiquée. « Tourne à droite sur Custer Avenue, à droite ! »

— Eh bien non, je tourne à gauche et je vais passer par Benton Avenue et je prendrai sans doute le feu d'Euclid Avenue et je t'emmerde !

Oui, Laura en était désormais certaine, les plus belles années étaient encore devant elle.

Il n'avait reçu que des coups, comme un chien bâtard : de son père, de ses camarades ; même les enseignants prenaient un malin plaisir à le frapper. On l'avait souvent enfermé, mais jamais encore enchaîné comme maintenant. Cette saloperie de vie pouvait donc être de plus en plus dure, jusqu'à l'obliger à manger avec des mains qui sentaient les excréments. Il hésitait à gaspiller de l'eau pour les rincer, le liquide pourrait se révéler précieux par la suite si l'Autre l'oubliait.

Que l'Autre l'efface de ses souvenirs était sa hantise. Non, Il ne pouvait pas ! Pourquoi lui aurait-Il laissé autant de vivres s'Il devait l'abandonner ensuite ? Et s'Il se blessait et s'Il se trouvait dans l'impossibilité de revenir ? Et si, et si, et si…

Et s'il faisait partie d'une expérience ? Une caméra infrarouge le filmant en continu : peut-être passait-il en ce moment sur une chaîne privée câblée, réservée à des nantis blasés. Plusieurs cobayes dans des niches, à celui qui résisterait le plus longtemps. La prochaine fois qu'il irait vider ses intestins dans son trou, il éteindrait la torche.

Comment avait-il pu, lui si futé, se laisser attraper ? Il était en chemin pour le champ de bataille de la Washita, dans l'Oklahoma, où le général Custer avait tué, dans un féroce combat, le chef cheyenne Black Kettle. L'Autre l'avait capturé alors qu'il pensait s'être rendu invisible : ne parlant à personne, ne se déplaçant qu'au milieu de la foule.

Pour combattre sa rage, il tenta de vider son esprit en repensant au général Custer et à Black Kettle. Lui non plus ne ferait pas de quartier quand il sortirait : l'Autre allait le payer cher. Le petit homme connaissait les techniques des Indiens pour faire souffrir leurs ennemis. Il faudrait juste qu'Il se trouve à portée…

Ouvre simplement la porte, ouvre simplement cette porte, ouvre simplement ma *porte…*

6.

Edward ressassait dans sa tête ses erreurs. Au début, il s'en était voulu d'avoir menacé Ted avec une bassine d'eau bouillante, ensuite d'être monté dans la voiture de ce maniaque, puis il en était venu à regretter l'achat de la Lincoln. Il en était à se reprocher son manque d'attention vis-à-vis de Ben après être passé par son mariage raté quand Ted lui proposa une nouvelle partie d'échecs.

— Je souhaiterais surtout que vous me fichiez la paix ! répondit McCarthy.

— Ça vous détendrait.

La remarque tira un sourire douloureux à Edward.

— C'est de l'humour du Wyoming ? Vous m'assommez et vous trouvez que je suis tendu ? Je ne suis pas tendu, j'ai peur. Peur de vous ! De vos réactions, de votre emportement. Une partie d'échecs ? Si vous perdez, allez savoir de quoi vous êtes capable ! Je suis un juge, pas un punching-ball !

— On joue !

Effectivement le policier jouait, mais avec les nerfs du juge. Dans quel but ?

— Si je n'ai pas le choix… Et votre promesse de ce matin ? Vos explications ?
— Vu vos réactions, vous n'êtes pas mûr.

Edward déplaçait ses pièces sans conviction et, Ted étant un joueur moyen, la partie se prolongeait sans qu'elle l'empêche de réfléchir. Il « poussait du bois », comme quand il apprenait à Ben à jouer. Ben, qui préférait les jeux vidéo ! Qu'avait en commun un juge du Montana et un policier du Wyoming ? Ce fou en faisait une affaire personnelle, pourtant McCarthy n'avait jamais siégé aux affaires matrimoniales, ou familiales. Il ne s'occupait que d'affaires criminelles.
— Et votre femme ? demanda-t-il.
La réponse fut aboyée :
— Ça vous regarde pas ! À vous de jouer.
Edward avança sa reine, menaçant un cavalier. Ted hésita, puis fit reculer sa pièce, mettant sa tour en prise. Pas le meilleur choix. Edward décida de ne pas profiter de l'occasion, sinon la partie pouvait se terminer en trois coups et il avait besoin d'informations sur son geôlier.
Ted le toisa :
— Vous êtes en train de passer en revue les femmes avec qui vous avez eu des aventures, c'est ça ? Vous cherchez une femme mariée à un mari jaloux.
Edward prit un pion noir avec son fou.
— Si ce n'est pas le hasard qui m'a conduit ici, il est normal que je cherche un mobile. Mais, pour vous répondre : non, je ne cherche pas un mari jaloux, je suis plutôt du genre fidèle. Question de tempérament. Pourquoi, votre femme vous a trompé ?

La question lui avait échappé. La lueur de rage revint voiler les yeux clairs de Ted.

— Vous n'êtes pas au tribunal, ici, c'est moi qui mène les interrogatoires. On ne parle pas de ma femme. C'est de vous qu'il s'agit. Seulement de vous. Vous saurez pourquoi vous êtes ici quand je l'aurai décidé.

Ted roqua, renversant un pion au passage. Edward attendit qu'il se calme et remette le pion en place, puis dédaigna la tour et prit le cavalier avec sa reine.

Ted se dressa.

— Un premier conseil : ne vous remettez pas en danger. Et un second : ne me sous-estimez pas. Vous pouviez gagner en trois coups quand j'ai bougé mon cavalier. Je n'aime pas qu'on me prenne pour un imbécile. Le jeu est terminé.

★

Helena était la capitale du Montana. Une agglomération d'à peine plus de trente mille habitants pour un État plus étendu que l'Italie. Ses rues rectilignes découpaient les îlots des maisons en blocs identiques. La ville, qui avait connu la plus grosse concentration de millionnaires au monde à la fin du XIXe siècle, s'était depuis assagie avec le tarissement des gisements d'or.

La circulation était fluide, Laura n'avait donc pas mis plus de dix minutes pour parvenir à destination ; déduction faite du feu tricolore d'Euclid Avenue devant lequel elle avait dû patienter cinq bonnes minutes. « On doit tout compter sur un parcours ! Même le feu. »

Un an après leur séparation, les réflexions d'Edward résonnaient toujours à ses oreilles. Pendant vingt ans, il lui avait imposé ses vues et ses idées, et maintenant encore il était dans sa tête. Combien de temps lui faudrait-il pour éjecter ce squatter et enfin retrouver son autonomie, ses propres envies ?

Edward avait une façon non assumée d'imposer ses préférences. Ainsi « On pourrait manger chinois » signifiait qu'il avait déjà réservé une table au My, sur Kennedy Avenue. Méthode qui lui permettait de s'offusquer par un : « Mais je t'avais donné le choix ! » quand Laura chipotait devant son assiette de nems.

Elle gara sa voiture devant le Highlands. Le jeune couple avait débuté sa vie au troisième et dernier étage de cet immeuble. Une espèce de retour en arrière pour Edward qui avait dû lui plomber le moral. Du moins, c'est l'effet que cela aurait produit sur Laura.

Elle se félicita d'avoir conservé un double des clés de cette époque heureuse. Avec de la chance, elle pourrait mettre la main sur un indice expliquant la disparition de son ex-mari.

À moins qu'Edward n'ait changé les serrures…

Elle gravit les escaliers et éprouva un pincement au cœur lorsqu'elle glissa la clé dans le barillet. Comme une noyée, elle revit en quelques secondes une partie de sa vie : les enlacements dans le couloir sitôt la porte refermée, les rires étouffés, les mains impatientes. Elle s'attarda un instant dans le hall. L'appartement embaumait la lavande. Drôle de parfum ! Depuis quand Edward aimait-il la lavande ? Ce n'était pas, loin s'en faut, une plante courante dans le Montana. Il fréquentait une femme qui sentait la lavande ? Étonnant !

Il ne lui fallut que dix minutes pour inspecter les trois pièces. Pas de linge sale en retard, pas de vaisselle dans l'évier. Il avait pris une femme de ménage ? Probablement pas, il détestait qu'on touche à ses affaires. Il était toujours aussi méticuleux, voilà tout. Surtout, Laura ne trouva pas le moindre papier qui pût lui suggérer où avait disparu son ex. Le lit était fait. Dans les penderies, uniquement des affaires d'homme. Connaissant la prudence d'Edward, et le divorce n'étant pas encore prononcé, cela ne signifiait rien. Peut-être avait-il une autre tanière dont elle ignorait l'existence et où il consommait ses prises ? Peut-être n'était-il pas seul sur le chemin de Thompson Falls ? Et s'il avait fait une étape « crapuleuse », comme il disait lorsqu'ils étaient jeunes mariés ? Elle ne l'aimait plus, pourtant l'imaginer dans les bras d'une autre femme la contrariait. Elle ne souhaitait pas le voir malheureux, tout en se refusant à l'imaginer heureux avec une autre. Pas encore !

Depuis qu'elle avait quitté cet appartement, seul leur divan rouge avait été remplacé par un bleu plus imposant, et un gros écran plasma Toshiba avait pris la place du vieux Zenith à tube. En trois mois, Edward avait amassé peu de papiers. Assise sur le bord du canapé comme une invitée timorée, Laura les survola. Que des factures. Rien de personnel. Normal : désormais les échanges privés se faisaient sur Internet. Edward s'était aménagé un petit bureau dans l'ancien dressing avec un micro-ordinateur qui lui parut récent. Elle l'alluma.

Il n'avait pas mis de mot de passe : l'ordinateur afficha la page d'accueil Windows. Elle cliqua sur l'icône d'Outlook Express en priant pour qu'il n'utilise que cette boîte électronique. Elle tenta le mot de passe habituel de son mari « Laura1965 ». Elle s'y attendait : ce n'était plus le bon. « Jim1988 ». Non plus. Il n'avait pas d'animal de compagnie, elle ignorait le prénom de la femme parfumée à la lavande. Elle tenta « Edward1962 ». Outlook s'ouvrit sans rechigner. Edward était vraiment seul.

Laura parcourut tous les dossiers, les courriers envoyés, reçus, effacés, brouillons. Elle ne trouva rien d'intéressant, à part un échange avec une certaine Jenny. Ils en étaient encore au jeu subtil de la séduction, elle connaissait son Edward. Pas consommé ! Ils avaient pris rendez-vous pour le lendemain. Jenny risquait d'attendre. Il y avait aussi un courriel de son assurance voiture. Elle éteignit l'ordi. Découragée, elle pensa à son fils, qui ne pouvait plus compter que sur elle. Elle savait qu'en venant ici elle ne trouverait rien et pourtant elle était déçue : elle était mûre pour jouer à la loterie !

Elle patientait devant l'ascenseur, quand elle pensa à la boîte aux lettres. La classique. En métal, accrochée au mur, avec une petite porte et une clé.

Elle contenait une lettre postée d'Helena : une lettre de l'assureur d'Edward. Sans intérêt. Elle allait la décacheter par curiosité quand son téléphone sonna. Reconnaissant la sonnerie de *Titanic*, elle rangea l'enveloppe dans son sac. Fut tentée de répondre puis laissa les trois sonneries se perdre dans l'espace. Elle avait rompu avec sa dernière conquête quarante-huit heures auparavant. Les hommes étaient trop envahissants.

Elle venait de prendre sa décision. Elle partirait pour Thompson Falls dès le lendemain matin.

Ben en prison, l'ex-mari disparu... Pas banal, comme situation ! Helena allait en faire des gorges chaudes.

7.

Ted monta se coucher, les muscles tétanisés par la rage qu'il ne parvenait pas à évacuer. Il avait présagé qu'il lui serait difficile de se contrôler quand il aurait enfin le juge à sa merci, mais pas à ce point. La violence lui était interdite ! S'il l'avait blessé, c'en était fini de son projet.

Il était déjà allongé quand il pensa soudain à ses pièces de monnaie. Son énervement lui avait fait oublier son cérémonial. Il se releva et extirpa de la poche de son pantalon les pièces de un dollar, qu'il rangea sur la commode en bois.

Il se recoucha tranquillisé, même si, comme d'habitude, le sommeil le fuyait.

Dans la journée, il parvenait plus ou moins à dompter ses pensées, le soir, en revanche, son esprit épuisé mettait un genou à terre et la haine, la tristesse et la rage se répandaient dans son cerveau.

Pourquoi le destin s'était-il montré si cruel ? Qu'avait-il fait pour mériter ça ? Il avait été heureux avec Thelma, égoïstement heureux. Il payait maintenant le prix de ce bonheur.

Le malheur, sournois, s'était caché derrière une suite d'événements qui avait débuté par sa promotion à la brigade des homicides de Billings. Trois ans à peine après avoir intégré la police. Il avait été nommé au district Est du *Billings Department Police*, sous les ordres du capitaine O'Kneefe. Il était le plus jeune des six officiers en charge des homicides.

Promu un mois avant ou un mois après, et tout aurait changé.

Et dire qu'il avait fêté sa nomination avec Thelma ! Elle s'était mise au garde-à-vous devant lui, l'appelant « Big Chief » ; sous son ton moqueur, il avait perçu de la fierté. Il avait toujours douté de lui et cette reconnaissance était la preuve qu'il avait un cerveau avec un mode d'emploi. Thelma avait dit, en lui lançant un regard exagérément gourmand :

— Ça mérite une récompense.

Sans cette promotion, Ted aurait évité le deuxième élément du destin. Or comment aurait-il pu le deviner ?

Il se retourna dans son lit, faisant grincer les ressorts du sommier.

Le deuxième élément, sans doute le plus important, fut le meurtre d'une petite Italienne.

Le capitaine O'Kneefe avait convoqué tous les policiers disponibles dans la salle de réunion, une pièce exiguë, sans fenêtre, située au sous-sol de l'immeuble. Le corps d'une gamine avait été trouvé à Billings. Ted venait de rentrer de cinq jours de vacances dans le Wisconsin. Cinq jours de randonnée où Thelma et lui avaient parlé avec sérieux de layette et de chambre d'enfant. Ted fut le dernier à prendre place sur une des chaises en plastique.

Au milieu des autres policiers, il demeurait encore, par la pensée, sur les sentiers de montagne quand O'Kneefe l'avait désigné.

— Ted, vous dirigerez l'enquête. Wallace, vous le seconderez. Priorité sur les affaires en cours. La brigade est à votre disposition. Tenez…

Le capitaine avait tendu une pochette réunissant les quelques informations que la police avait pu récolter en une heure.

Le cadavre était celui de Graziella Spadoni. Sa famille venait à peine de débarquer d'Italie. Un pêcheur avait découvert le corps. Les Spadoni avaient emménagé derrière Two Moon Park, le jardin où l'on avait trouvé la petite morte. On pensait que la gamine avait voulu s'approcher de la rivière. On l'avait aperçue pour la dernière fois sur Yellowstone River Road. Elle marchait le long de la route, probablement à la recherche d'un chemin qui lui permettrait d'accéder à l'eau. Et elle avait fait une « mauvaise rencontre », pour reprendre une expression de journaliste. Rencontre qui l'avait violée et étranglée.

Wallace conduisait la voiture de service. Ted, taciturne, observait la vie qui défilait par la fenêtre, une vie qui s'était arrêtée pour une gamine de douze ans. Les familles s'amusaient sur les pelouses, des enfants couraient, des fillettes jouaient à la poupée…

Il était tendu. Ce crime était son premier homicide en tant que responsable d'enquête, il devait se monter à la hauteur.

Wallace gara sa voiture entre des véhicules de police et le fourgon laboratoire de la police scientifique. La langue étroite de verdure du parc était coincée entre l'Interstate et la rivière. De la route, les deux policiers voyaient en contrebas les agents en combinaison blanche rechercher des indices dans les fourrés. Ils récupérèrent dans le coffre de la voiture les gants jetables et les surchaussons en papier et empruntèrent le sentier. Un ruban jaune *Crime Scene Do not Cross* délimitait une zone englobant quasiment la moitié du parc. Assis sur un rocher en dehors du périmètre de sécurité, un vieil Indien psalmodiait :

— Mauvais pour Indien. Mauvais !

Intrigué, Ted le désigna du menton à un agent en uniforme qui venait à leur rencontre.

— C'est lui qui l'a trouvée, dit celui-ci. Tous les jours, il vient pêcher ici. Pas ragoûtant comme endroit, mais il dit que ça mord. On lui a demandé de vous attendre. Ça fait presque une heure maintenant.

— On l'interrogera plus tard, on va voir les lieux. Qu'il attende.

Les deux inspecteurs enfilèrent les gants, se chaussèrent puis se glissèrent sous le ruban jaune en jetant de nouveau un coup d'œil à l'Indien qui, à présent, se balançait d'avant en arrière.

Deux personnes revêtues de combinaisons blanches tachées aux genoux et aux coudes cachaient en partie l'endroit aux yeux de Ted. Elles se relevèrent et s'étirèrent pour se dérouiller le dos. Il découvrit alors la scène dans toute son horreur. Il se détourna, à la limite de la nausée. Il voyait pour la première fois le corps mutilé d'une fillette.

— Salut, Wallace, salut, Ted.

Goldstein, le médecin légiste, la cinquantaine marquée par l'alcool, les apostropha en montrant du doigt le petit jean Versace qui, étalé à plat sur les rameaux d'un buisson, semblait sécher.

— C'est ce qui a attiré l'attention de Big Chief Buffalo, le pêcheur. Il était sur le sentier quand il a aperçu le pantalon dans les fourrés. Il s'est approché et a vu la gosse. Il l'a recouvert d'une vieille couverture avant qu'on arrive.

— Il se trimballe avec une couverture ? s'étonna Wallace.

— Fait pas chaud, immobile au bord de l'eau… Après, Big Chief a prévenu la police.

— C'est vraiment son nom ?

— Je ne crois pas, répondit Goldstein. C'est plutôt par dérision qu'on doit l'appeler ainsi… mais allez savoir !

Ted percevait la voix du médecin dans un brouillard. Il restait pétrifié près du cadavre, ne pouvant détacher les yeux du visage tuméfié de la fillette. Les os brisés, la face déformée. Du sang, des taches mauves et jaunâtres lui donnaient un aspect irréel. Le cou et les joues étaient violacés. Elle avait été battue et étranglée. Ted était hypnotisé par cette image et ne voulait surtout pas regarder ailleurs, surtout pas le corps. Pourtant, on attendait de lui plus qu'un regard : il lui fallait examiner, enregistrer toute la scène, s'en imprégner. La société n'avait pas su protéger cette innocente, au moins devait-elle punir son assassin. Et cette mission lui incombait, il l'avait choisie, il avait passé des concours pour cela. Réussir ces examens signifiait : « Je suis le meilleur ! Je suis le plus apte à débusquer les criminels ! Faites-moi confiance ! » Il s'était autoproclamé grand détective.

Et pourtant, aujourd'hui, devant le corps étalé et impudique de la pauvre enfant, il se demandait s'il était bien l'homme de la situation. Ou un imposteur.

Goldstein reprit sa place près du cadavre. Wallace respectait le mutisme de son coéquipier. Légèrement plus ancien, il avait anticipé cette attitude, cette prostration. Il lui donna une bourrade.

Le médecin légiste, courbé sur la fillette, effectuait des prélèvements avec des cotons-tiges qu'il rangeait ensuite dans des sachets numérotés. De ses doigts gantés, il se saisit délicatement de la petite main gauche et cura avec douceur les ongles, recueillant ce qu'il y trouvait dans des flacons. Il allait faire de même avec la seconde main quand, en l'ouvrant, il vit qu'elle étreignait un papier.

Ted et Wallace inclinèrent la tête, tendant le cou par-dessus l'épaule du légiste, qui déplia avec précaution le papier. Un nom, *Spadoni*, et une adresse étaient notés en écriture bâton, très lisible.

— L'adresse des parents, dit Wallace. Bizarre qu'elle se soit accrochée à ce bout de papier alors qu'on la...

— Allez savoir, murmura Goldstein. Ça la reliait à sa famille...

Il rangea le papier dans une boîte et poursuivit son examen et le curetage des ongles, puis il tamponna les avant-bras, le bas-ventre et les cuisses avec différents tissus stériles humides qu'il enferma ensuite dans des boîtes hermétiques.

Quand il eut terminé, il se leva et fit un geste en direction du cadavre sans prononcer un mot pour signifier aux policiers que le corps était désormais à leur disposition.

Ted se baissa à son tour, l'esprit embrumé. Il ne savait plus que faire. Qu'avait-il appris à l'école de police ? Il pivota en direction du médecin qui se penchait pour passer sous le ruban.

— Hep, docteur… doc…

Le légiste se retourna.

— Oui ?

Ted montra le haut du front de la petite victime.

— C'est quoi, ça ?

Le cuir chevelu de l'enfant était entaillé à la racine des cheveux. Une plaie sanglante partait d'une tempe pour s'achever de l'autre côté. Goldstein s'approcha de nouveau.

— Je vous en dirai plus après l'autopsie, mais c'est une blessure *post mortem* : elle n'a quasiment pas saigné. Avec un objet tranchant non cranté. À mon avis, un poignard. La plaie est légèrement retroussée. Interrogez l'Indien…

— On dit « Amérindien » ou « Natif », rectifia Wallace.

Le médecin haussa les épaules et désigna du pouce l'homme qui se balançait toujours.

— Il en sait plus que moi sur les scalps. Lui aussi a vu la blessure. C'est une ébauche de scalp. Je ne suis pas spécialiste mais, selon moi, l'entaille est trop basse sur le front. C'est pour cela que l'assassin n'a pas pu arracher la calotte.

— Ouais, dit Ted. Manque de précision d'un vieillard.

— Ou d'un jeune. On a trouvé des traces de mocassins, petite pointure. Allez-y mollo avec le sachem, recommanda Goldstein en s'éloignant.

Les seuls éléments probants de l'enquête furent apportés par le laboratoire de la police scientifique, une unité qui venait d'être créée.

Le criminel n'avait pris aucune précaution, les traces de sperme, les poils pubiens et les cheveux contenaient le même ADN. Il avait même uriné à deux mètres du cadavre. L'homme paraissait avoir agi seul, toutes les traces n'ayant qu'une signature génétique. Cela innocentait le vieil Indien.

M. Spadoni avait recommandé à sa fille d'éviter les adultes. Si l'individu était de petite taille, comme semblaient le prouver les traces de mocassins, l'enfant n'avait pas dû se méfier. Pourtant, les coups portés au visage et sur le corps avaient fait éclater des os.

Ted et Wallace orientèrent leurs recherches en direction des marginaux qui peuplaient Billings, puis des réserves indiennes à Crow Agency. Quinze jours après l'horrible assassinat, l'enquête n'avait pas progressé.

Leur proposition d'effectuer des prélèvements d'ADN sur les populations indiennes fut accueillie fraîchement par O'Kneefe.

— Vous voulez un second Wounded Knee[1] ? C'est ça ? On touche pas à une population sensible.

— Si on trouve une preuve, ils ne soutiendront pas l'assassin, objecta Ted.

— Pratiquer un prélèvement sur des « minorités visibles », ça craint ! En plus, faudrait cibler des individus jeunes. Vous parlez d'un raffut ! La communauté indienne va nous tomber dessus. Et le coût ? Vous avez

1. Le 27 février 1973, le Mouvement des Indiens d'Amérique a occupé la réserve de Pine Ridge située près de Wounded Knee afin de protester contre la politique du gouvernement fédéral menée dans les réserves indiennes. Le siège, qui a duré soixante et onze jours, aurait fait des dizaines de morts.

évalué le coût ? Faites la demande officiellement, je transmettrai à la hiérarchie. Mais ne vous faites pas trop d'illusions… En plus, c'est une Européenne. Y a pas deux mecs dans tout le Montana qui savent où est l'Italie. Dans quinze jours, on l'aura oubliée !

La mairie argumenta son refus en trois points dans lesquels l'aspect ethnique et les risques de troubles sociaux n'étaient pas évoqués. Ted les résuma à Thelma :

— Un : la municipalité n'a pas les moyens. Deux : il vaut mieux investir cette somme dans des projets positifs. Trois : avant l'arrivée de la police scientifique, comment faisait-on pour arrêter les criminels ?

L'enquête stagnait, pourtant Ted vivait avec Graziella ; la petite victime l'habitait. La vision de son cadavre l'accompagnait partout. Le corps, le jean étalé sur le buisson, il ne pouvait s'empêcher d'imaginer ce qui s'était passé. C'était ça, son métier ? Participer en voyeur au viol d'une enfant ? Le meurtre n'avait duré que quelques minutes, mais lui le visionnait en boucle depuis un mois, sans arrêt. Le tueur aussi, certainement. Ted n'osait pas penser à ce que ressentait l'autre ordure à ces moments-là.

La vision de cette gosse souillée, puis disséquée sur une table en inox le hantait. Il la voyait à présent avec des cheveux roux. Avec le sourire de Thelma, le visage violacé de coups.

Ted ne se rappelait plus combien de temps il lui avait fallu attendre avant de pouvoir toucher de nouveau sa femme. Son propre sexe lui avait fait horreur pendant des jours. Il n'avait éprouvé que dégoût pour ses désirs.

Même après, il n'avait pu faire l'amour qu'avec la lumière allumée. Il réclamait de Thelma qu'elle lui parle quand il la pénétrait. Ensuite, lorsque leurs corps se séparaient, il lui arrivait de pleurer.

Il s'interrogeait : leur décision d'avoir un enfant dans ce monde horrible était-elle sage ? Il pria Thelma de patienter. Elle se montra compréhensive.

L'insouciance l'avait quitté sur les bords de la Yellowstone.

Ted se retourna dans son lit. Et dire qu'il avait remercié le commissaire pour sa promotion !

8.

Edward ouvrit la porte d'entrée. Un halo jaune derrière les sommets des montagnes à l'est indiquait que la journée serait ensoleillée.

Le juge avait préféré dormir assis sur le divan, entretenant régulièrement le feu dans la cheminée. Ses rares assoupissements avaient été suivis de réveils apeurés. Il appréhendait de voir Ted débouler dans la pièce avec une hache ou simplement armé de ses poings lourds comme des massues. Respirer l'air froid lui provoqua des douleurs dans le nez. Il l'avait vidé de croûtes de sang séché.

Où se cachait la logique de ce qu'il subissait ? Il cherchait des raisons qui justifieraient les souffrances endurées. Il essayait de se rappeler où il avait pu croiser cet énergumène. Il avait une taille au-dessus de la moyenne… mais les hommes à la carrure de bûcheron n'étaient pas rares dans le Montana.

Il était perdu : devait-il tenter une nouvelle évasion ou attendre une hypothétique libération ? Le temps pressait, son fils était lui aussi en difficulté. Il prépara le petit déjeuner pour tenter de mettre un peu de normalité dans cette situation démente et s'occuper.

Le plancher à l'étage craqua. McCarthy se saisit de la casserole d'eau bouillante.

Le policier, en pénétrant dans la pièce, regarda d'abord le récipient brûlant, puis jeta un coup d'œil menaçant à Edward.

— Ça devient une habitude !

Edward haussa les épaules. Ted s'assit, posa les deux coudes sur la table et se frotta les mains.

— Sympa, vous avez préparé le petit dèj' ?

De voir un Ted serein, assis comme s'ils étaient les meilleurs amis du monde, fit oublier à McCarthy tout ce qu'il avait pu décider de raisonnable dans la nuit. Une main toujours agrippée au manche de la casserole, il s'approcha.

— Vous avez failli me tuer, hier ! Soi-disant, vous ne me toucheriez pas ! Donc, je sais maintenant que cela peut se reproduire. Je…

— C'est votre faute.

— Laissez-moi parler ! S'il faut foutre le feu au clapier qui vous sert de maison pour prévenir les secours, je le ferai. Si ça se trouve, on est à côté d'un village. Et mourir pour mourir… Vous m'expliquez ce que je fiche là ou vous me tuez de suite, mais faites quelque chose !

McCarthy craquait. Ted songea qu'il avait été clairvoyant de cacher les clés du 4 × 4. L'envie le tenaillait de saisir ses pièces à pleines mains et de les frotter les unes contre les autres, pourtant il se retint. Il lui fallait doser espoir et peur, sans décourager le juge, pour qu'il accepte son plan. Il se leva.

— On finira de déjeuner à Missoula. Il fait beau, c'est le temps idéal. Je vous ramène.

Edward, désarçonné, posa la casserole.

— C'est quoi, ce revirement ?

— Faut croire que vous êtes convaincant. Suivez-moi.

Ted se dirigea vers l'escalier tandis qu'Edward cherchait quel piège l'autre lui tendait. L'esprit en ébullition, il resta figé, un nœud dans l'estomac. Le géant se retourna.

— Remuez-vous ou je change d'avis.

Edward lui emboîta le pas. L'effort pour monter les marches réveilla ses douleurs.

Arrivé dans la chambre, Ted ouvrit une armoire et en sortit deux pull-overs en polaire, des articles de marque d'un jaune lumineux qu'il jeta sur le lit, puis un anorak en Gore-Tex de la même couleur.

— Tenez, essayez ça.

Étonné, Edward examinait les articles visiblement neufs. Il attrapa la veste. Elle était ample, mais avec les pulls, ça devrait aller.

— Prenez les affaires et descendons. En bas, il y a les chaussures de randonnée et des guêtres.

— Vous m'aviez dit…

— On y va ou non ?

McCarthy était KO debout. Toutes ses questions demeurées sans réponse l'assommaient.

Dans l'appentis, les chaussures rangées dans leur boîte d'origine étaient à la pointure d'Edward.

— Gardez-les aux pieds, enfilez un pull, prenez l'anorak : nous partons.

Pendant qu'il parlait, Ted revêtait une polaire qui traînait sur une chaise et sa paire de bottes fourrées.

— Voilà, on prend la voiture et on s'en va. On quitte la cabane.

Ted arracha la parka des mains d'Edward qui ne bougeait pas et la lui lança à la tête. Edward la rattrapa, son visage s'illumina, ses yeux brillaient.

— Maintenant ? Là ? On ne prend rien ? s'inquiéta-t-il.

— Juste le nécessaire : deux bouteilles d'eau et quelques barres vitaminées.

— Et si on tombe en panne ?

— Vous savez ce que vous voulez ?

— Tout plutôt que de rester ici !

C'est bien ce que craignait Ted. Edward était prêt à toutes les folies sans forcément en calculer les conséquences.

— Je prends mon cartable, j'ai des papiers…

— Que le cartable. Si on doit marcher, il faut pas être chargé.

★

Ben McCarthy se morfondait, allongé sur le matelas en mousse de sa cellule.

Il ressassait des pensées qui le hantaient depuis son adolescence. Son père avait des raisons de lui en vouloir. S'il avait souhaité un enfant à son image, c'était raté. Élève moyen, affaire de drogue à quinze ans, un caractère effacé. Une tentative de suicide… loupée, comme tout ce qu'il tentait. Des causes et des conséquences à la fois. Maintenant qu'il avait mûri, il savait qu'il admirait son père et que, incapable de l'égaler, il avait pris le contrepied de ce qu'il espérait.

Il avait conscience d'avoir été à l'origine de la plupart des disputes entre ses parents.

Il aurait tant aimé que leur dissension se termine comme dans une comédie : Ben se confierait, son père comprendrait, ils tomberaient dans les bras l'un de l'autre. Edward essuierait une larme, lui pleurerait. Générique.

Ben se releva sur sa couche. Non, les *happy ends* n'existaient pas dans la vie.

À quel moment lui avait-on refilé cette drogue ? Il avait vérifié la roue de secours avant de prendre la route. Le sachet n'y était pas. Une vengeance dirigée contre son père. Lui, bien entendu, n'intéressait personne. Seul le « mâle dominant », comme dirait sa mère, pouvait représenter une cible. Les individus qui ruminaient une vengeance ne devaient pas manquer : après plus de trente ans passés au tribunal d'Helena, le juge Edward McCarthy avait plus d'ennemis que d'amis.

Carter vint se planter devant les barreaux.

— Je suis le capitaine Carter. Je voulais voir à quoi tu ressemblais. Tu allais au Canada ? T'as de bons clients ?

— J'allais pas au Canada ! Et ce sachet n'est pas à moi.

— C'est pourtant ta voiture.

— C'est ma voiture mais le sachet, non.

— Un cadeau qu'on t'a fait ? Y en a pour du pognon, tu dois être apprécié. T'es en vacances ? Un jeune comme toi, ça devrait aller à l'université. Papa a les moyens de te payer des études, non ?

— J'ai déjà raconté tout ça à vos copains. J'ai pris une année sabbatique.

— Belle vie ! Et pour te payer tes vacances tu deales. Remarque, c'est bien, de ne pas vouloir être à la charge de tes parents. Moi, je bossais comme bûcheron. Chaque fois que je cassais une chaîne de la tronçonneuse, on me la retenait sur la paye. Qu'est-ce qu'ils vont te retenir, à toi, les types qui t'ont confié la came ? Les deux jambes ? les yeux ? Un coup de batte sur la nuque.

— J'ai rien fait !

— Alors, t'allais où ?

— Je vous l'ai déjà dit vingt fois ! J'ai été embauché par M. Lassiter, de la société Gemme Plus. On s'est vus ici, à Missoula. John Lassiter Young, vous devez le connaître. On avait rendez-vous à Thompson Falls.

— Il devait te faire visiter ses locaux, c'est vrai, tu as déjà raconté tout ça, mais, vois-tu, il n'y a aucun Lassiter chez Gemme Plus, et la société n'a aucunement l'intention de prospecter à Thompson Falls, et elle n'y a aucun bureau ! Personne ne s'appelle Lassiter dans tout le comté. Et même dans tout l'État du Montana. T'as même pas un contrat de travail à nous montrer, alors arrête de nous prendre pour des bouseux ! Tu t'entends bien avec ton vieux, le juge ?

— Oui.

— Ça lui fait rien que tu laisses tomber tes études ? Des études de géologie, pas de droit, comme papa ? C'est bizarre.

— Non, il n'apprécie pas que je prenne des vacances, comme vous dites. Non, il n'apprécie pas que je ne fasse pas du droit comme lui. Non, il n'apprécie rien… de ce que je fais. Je suis le vilain petit canard. Lui, il est carré, sûr de lui, il a réponse à tout.

— Rien de bien original, c'est l'image que veulent renvoyer tous les pères.

— Il… On est en froid.

— Et c'est pour ça que tu deales. Pour le faire chier. Et en te faisant arrêter tu l'emmerdes encore plus.

— Non. J'y suis pour rien.

— On est toujours responsable de ses actes. Qui était au courant de ton rendez-vous ?

— Personne !

— Comment, personne ?

— À part M. Lassiter et ma mère. Personne. Lassiter m'avait donné rendez-vous dans un restaurant de Missoula. On a fait affaire, alors il m'a fixé un autre rendez-vous pour le lendemain, à Thompson Falls, là où il avait l'intention d'installer de nouveaux bureaux. J'ai téléphoné à ma mère que je restais à Missoula. J'allais pas descendre à Helena pour remonter. En plus il faisait mauvais.

— Pas de coup de fil à un ami ?

Carter eut envie d'ajouter « 50/50 ou avis du public » ; il se retint. Il n'était pas d'humeur badine.

— J'ai pas de copine, pas de copains. Je ne l'ai dit à personne. C'est sûr. Pourquoi ?

— Pour rien ! Pour rien… Le juge statuera. À mon avis, sa décision va faire tache sur ton CV.

Carter quitta le prisonnier, pensif.

★

Ted avait vidé un jerrycan dans le réservoir du 4 × 4 et fixé des espèces de pales en plastique autour des quatre roues. À présent, il patientait au volant. Edward, son attaché-case à la main, contourna le véhicule et vint se placer côté chauffeur. Ted baissa la vitre en soupirant.

— Écoutez, Ted, ce revirement m'étonne un peu, alors je veux conduire.

— Dans la poudreuse ?

— J'ai fait des stages de conduite sur glace et sur neige.

Ted réfléchit un long moment puis, à contrecœur, glissa de sa place à celle du passager. Edward grimpa et régla le siège et le volant.

— Y a tout qui m'échappe dans cette histoire, mais si on reprend un cours normal…

— Taisez-vous et faites gaffe où vous allez. Si vous sortez de la route, la voiture va s'enfoncer et il sera impossible de la récupérer.

Edward bloqua le pont et actionna le démarreur. Le moteur toussa et se mit à ronronner. Il appuya sur l'accélérateur avec la délicatesse que lui permettaient ses grosses chaussures, dosant l'effort pour ne pas faire patiner les roues. Le puissant véhicule s'ébranla, repoussant sans peine la neige de son haut pare-chocs. Edward lui fit effectuer un demi-cercle au jugé devant la maison pour reprendre la direction de la route invisible.

— Vous y voyez quelque chose ? demanda-t-il.

— Comme vous, répondit Ted. Et l'autre soir, vous auriez fait comment ?

— Les traces étaient encore visibles, depuis il a neigé. Alors, la direction ?

— Tout droit. Si vous gardez la cabane au milieu des deux rétros, vous êtes sur la route. Elle est visible de très loin par beau temps comme aujourd'hui. Après, je vous indiquerai.

Sous un ciel d'un bleu turquoise, la voiture avançait à la vitesse d'un escargot, mais elle progressait.

Edward n'osait afficher sa joie. Il quittait ce lieu maudit ! Il se retourna pour voir la cabane qui rapetissait au loin, puis regarda Ted. Le colosse était serein. Étrange attitude ! L'homme qui l'avait enlevé et tabassé était à côté de lui et ne craignait pas que le juge porte plainte.

La poudreuse recouvrait une croûte de quarante centimètres de neige gelée, sur laquelle les espèces de chaînes du 4 × 4 pouvaient accrocher. De temps en temps, la perte d'adhérence d'une roue était compensée par la répartition de puissance sur les trois autres, et la voiture poursuivait son chemin en cahotant. Edward s'agrippait à son volant, le pied léger sur l'accélérateur.

Ils roulaient sur le plateau en trajectoire rectiligne, la descente ne débuterait que dans plusieurs miles, avait expliqué Ted.

Les yeux d'Edward parcouraient le terrain de gauche à droite, comme des essuie-glaces, à la recherche d'indices qui le renseigneraient sur l'état de la route et surtout qui le préviendraient s'il s'en éloignait. Il cherchait à interpréter les cuvettes qui pouvaient dissimuler un trou plus profond dans lequel la voiture s'immobiliserait. Les mâchoires serrées, il semblait maîtriser la situation, alors que Ted paraissait s'en désintéresser.

— Ça marche, ça mar…

Edward ne put terminer sa phrase à l'intonation joyeuse : Ted se jeta sur le volant et le tourna sur la gauche.

McCarthy, surpris, ne put s'opposer à la poussée. Le Cherokee piqua du nez, avant de s'incliner avec douceur sur le côté. Seule une congère lui évita de se renverser complètement. Il s'immobilisa, penché à quarante-cinq degrés.

Edward s'écrasa sur la portière et Ted se cramponna au volant pour ne pas lui tomber dessus. Le moteur cala. En prenant appui avec son pied gauche sur l'axe de direction, Ted, malgré sa force, dut s'y reprendre à deux fois avant de pouvoir repousser la lourde portière vers l'extérieur. Pendant qu'Edward reprenait ses esprits, il se hissa et sauta dans la neige.

McCarthy le rejoignit plusieurs minutes plus tard. Tous deux examinèrent le véhicule, inutilisable avec ses deux roues du côté passager en l'air. Edward secouait la tête.

— Vous êtes fou ! Qu'est-ce que vous cherchiez à faire ? Nous tuer ?

— Le Cherokee pèse trois tonnes. Il faudra un palan pour le sortir de cette ornière. Il finira sa vie ici.

Le juge était abasourdi, ce geste n'avait aucun sens. Encore !

— Et maintenant, qu'est-ce qu'on fait ?

— Retour à la case départ. Il faut arriver à la cabane avant la nuit. Il y a des ours, par ici. Au début de l'hiver, ils ne sont pas dangereux, seulement on peut tomber sur un atypique, on ne sait jamais. Un peu comme les humains…

— Vous bousillez notre seul espoir ? Dans quel but ?

— Je me méfie de vous, gros malin. Je vous sauve la vie. Après quelques miles, la neige se serait amoncelée devant le 4 × 4 et, sans lame pour la repousser, c'était la panne. Je ne parle même pas des virages. Avec le froid, la mort assurée. Y a plus de bagnole. Maintenant, ce ne sera plus la peine d'essayer de monter des plans foireux pour me torturer ou je ne sais quoi d'autre pour vous procurer les clés.

Edward détourna le regard. Il n'en était pas fier, mais il avait pensé à brûler les pieds ou les yeux de son geôlier. Sauf qu'à l'université il n'avait pas appris à torturer quelqu'un, même pour sauver son enfant. Serait-il allé jusqu'au bout ? Probablement pas. Ce serait resté une vue de l'esprit, un jeu macabre. Et puis, comment immobiliser un tel énergumène ? C'est ce qui l'avait arrêté. Il aurait fallu une aiguille hypodermique pour l'endormir, comme pour les éléphants…

— Je récupère ma serviette.

À la force des bras, il se hissa sur la voiture, qui s'enfonça de quelques centimètres et, réconforté de constater que les douleurs ne l'empêchaient pas de faire des efforts physiques, il disparut dans l'habitacle.

Il en ressortit une poignée de secondes plus tard. Il jeta son cartable sur le sol et sauta dans la neige. Ted ne l'avait pas attendu.

Ils marchaient entre les traces laissées par le 4 × 4. La neige avait été tassée par la caisse de la voiture et le sillon des pneus leur permettait de progresser sans trop s'enfoncer. Malgré leur attention, de temps en temps leurs jambes disparaissaient jusqu'à mi-cuisses dans la poudreuse.

Ted interpella Edward, qui peinait plusieurs mètres derrière lui :

— Edward, si vous faites ce que je vous dis, dans cinq jours vous êtes à Thompson Falls.

Le juge s'arrêta à son tour. Ted continua de parler.

— Il y a une possibilité autre que la route. Véridique.

— Pauvre… con ! hurla le juge.

Ted reprit sa marche en direction de la cabane tandis qu'Edward demeurait sur place. Le policier ne se retourna pas, il savait qu'Edward le suivrait. L'espoir, ce satané espoir qui vous fait tout accepter, allait le pousser à se remettre en route. Pour lui-même ou pour son fils. Il était mûr pour faire ce que Ted souhaitait.

Edward, rassuré de le voir s'éloigner, serra son cartable devant sa poitrine. La sacoche cachait le renflement de la bouteille thermos récupérée dans la portière.

Le petit homme étala de nouveau sur le sol la feuille quadrillée maculée et poisseuse que l'Autre lui avait donnée. Il lui en avait laissé cinq.

— Tu vas les apprendre par cœur ! Tu m'entends, ordure ? Par cœur ! Si tu n'arrives pas à les mémoriser, t'es mort ! T'entends ?

Oui, oui, je t'entends ! Je t'entends ! Je vais les apprendre, tes putains de feuilles. Après, je te les ferai bouffer ! Ah, non, c'est vrai, je pourrai pas, car Il avait ajouté :

— Quand je te libérerai, je ne veux pas voir le moindre bout de papier dans cette pièce. Tu comprends, crapule ? Tu les bouffes, tu te torches avec si tu veux, je ne veux pas voir traîner un seul morceau. Tu apprends par cœur ce qu'il y a écrit dessus et tu les détruis ! Tu ne détruis qu'après être sûr que tu connais le texte sur le bout des doigts. Compris, crapule ?

Compris, compris ! Compris que je vais te crever comme un coyote que tu es ! Je vais les apprendre, ça oui, je vais les apprendre ! On sait jamais, si tu me testes avant de me libérer. Va savoir, avec les barjots. Je les déchirerai en pensant à toi.

Allez, calme-toi et apprends. T'avais pas une bonne mémoire à l'école, c'est le moment de te rattraper. T'avais pas de mémoire parce que les leçons ne servaient à rien, mais là, il s'agit de ta vie ! Allez, apprends : « La cache numéro trois : tu comptes dix mètres au sud de l'arbre mort qui marque la fin de la troisième étape. Puis tu fais cinq mètres plein est. Tu trouveras une pierre plate sous la neige… »

C'est un fou ! Un cinglé ! Des arbres morts, il doit y en avoir plus que ce que j'ai de poux et de puces réunis !

— Apprends, crapule, ou t'es mort !

J'apprends, j'apprends, mais après, après…

« La cache trois : tu comptes… »

9.

Les chasse-neige avaient fini de racler les derniers centimètres et la route avait pu être rouverte à la circulation.

Inquiète, Laura roulait en surveillant le ciel. Le mauvais temps menaçait. Au moins, sur les côtés, les hautes congères donnaient un sentiment de sécurité.

Elle essayait de se concentrer sur sa conduite alors que son esprit vagabondait. Elle repensait aux instants partagés avec son fils, ces instants insignifiants qui, mis bout à bout, constituent une vie. Les séquences « Ben bébé » puis « Ben enfant » étaient plus nombreuses que celles « adolescent ». Normal, elle avait été davantage présente les premiers temps. Les odeurs de talc quand elle le langeait, ses cheveux rebelles hérités de son père quand elle le peignait, quand elle lui faisait réciter ses leçons. « Quand elle… » Elle fut troublée. Ce n'étaient que des moments où *elle* agissait, où *elle* menait l'action, où *elle* se mettait en scène. Pas son fils ! Toutes les mères réagissaient-elles ainsi ou était-ce une forme d'égoïsme ? Qu'avait pensé Ben durant toutes ces années ? Et qui était-il devenu à l'adolescence pour qu'elle ne se soit pas aperçue de sa dérive ?

Seuls quelques rares camions bravaient le mauvais temps, l'esprit de Laura pouvait vagabonder.

Elle s'arrêta à Drummond pour manger un sandwich au pâté de caribou, se montra peu loquace envers la serveuse qui la catalogua « pimbêche de la ville » et repartit. Elle arriva à Thompson Falls en fin d'après-midi.

Elle se gara sur le parking d'un motel entre deux gros camions aux flancs tachés de boue ; elle voulait déposer ses affaires avant de se rendre à la prison. La façade en bois du bâtiment principal venait d'être repeinte d'un bleu électrique de très mauvais goût qui mettait une note de couleur dans le paysage.

L'affable réceptionniste à la peau tannée lui lança un regard curieux quand elle releva son identité. Laura rougit, elle allait devoir s'habituer à cette curiosité malsaine. Le nom du prisonnier était probablement présent dans toutes les conversations du village.

La chambre était vaste et chichement garnie de vieux meubles en bois blanc. Deux chaises, une table, un lit et ses chevets. Une photo de chute d'eau sur un mur et un portrait d'Indien sur un autre.

Elle déferait sa valise plus tard. Elle était impatiente de se rendre au bureau du shérif.

★

Dans un recoin du couloir, une machine à café était installée. Hallen et Maggio discutaient à mi-voix, comme si les gobelets avaient des oreilles.

— Il est promu capitaine à plus de cinquante balais, s'il veut encore grimper avant la retraite, il lui faut faire des coups médiatiques, dit le lieutenant.

— Et il serait assez con pour passer un coup de fil avec son perso ?

— Il a dû s'imaginer qu'à la campagne, on savait pas faire de recherche. Monsieur a vécu en Californie.

Les deux hommes éclatèrent de rire.

Le capitaine Carter apparut au bout du couloir, se dirigeant vers eux. Les deux hommes rectifièrent instinctivement la position. Il glissa une pièce dans la machine et choisit un thé non sucré.

— Où est passée Walter ?

— Je l'ai envoyée à Mountain Hill, un ado est signalé disparu depuis dix-sept jours, répondit Hallen.

— Elle n'a pas encore eu le résultat pour le coup de fil ?

— C'est en cours.

— Ce coup de fil me prend la tête ! Je n'utilise jamais mon téléphone perso et personne ne connaît son numéro. J'ai juste l'abonnement « Voix minimum » chez Verizon, au cas où. Tout le monde m'appelle sur mon professionnel.

Carter récupéra son gobelet. Une douce odeur de citron s'en dégageait.

— Et vous l'avez toujours, votre téléphone ? demanda Maggio.

— J'étais en vacances, je pensais l'avoir oublié à la maison. Non, je ne l'ai plus. En plus, c'est un vieux Motorola. Une vraie brique ! Ça se vole pas…

Carter lança un regard soupçonneux à Hallen et quitta les deux hommes en disant :

— S'il s'agit d'un méchant coup fourré, j'en aurai le cœur net !

Quand Maggio vit que le capitaine avait regagné son bureau, il chuchota :

— Tu crois qu'il nous a entendus ?

— Il doit bien se douter qu'on parle dans son dos.

— T'as compris pourquoi tu t'es fait ramasser ?

— Parce que je ne l'ai pas appelé, contrairement au règlement.

— Pas que ça ! Tu as foutu en l'air son plan média. C'est toi qui as arrêté le fils du juge et pas lui ! Son coup de fil le fout dans la merde sans qu'il récolte quoi que ce soit.

— T'es pas bête, Frank !

★

Les deux hommes, exténués, grimpaient les marches de la véranda quand les premiers flocons de neige avaient commencé à voleter.

Edward était ressorti, à l'abri sur la véranda. Il n'était pas claustrophobe, pourtant cette ouate qui semblait vouloir ensevelir la cabane finissait par l'angoisser. Il n'avait pas besoin de ça.

La visibilité se réduisait à quelques mètres. La brute avait raison. S'ils avaient continué avec la voiture, ils seraient à l'heure qu'il est en train d'agoniser dans un ravin ou en panne.

Avant de sortir sur le perron, il avait feuilleté un livre que lui avait descendu Ted : *Sur la route*, de Jack Kerouac. En troisième page, d'une belle écriture élancée, se détachait le paraphe de Thelma.

Comment une femme sensible à ce type de littérature avait-elle pu s'entendre avec un tel butor ?

Quand il rentra, transi de froid, Ted pédalait toujours comme un forcené.

Les douleurs s'estompant, Edward reprenait du poil de la bête. Il ne devait pas baisser les bras, il trouverait bien une solution. Ben l'attendait ! Il avait toujours réussi ce qu'il avait entrepris, classé dans les trois premiers à tous les examens auxquels il s'était présenté, juge éminent, on louait son intelligence, et ce n'était pas un flic de Cheyenne gonflé aux anabolisants qui allait le mettre en échec !

Ted ralentit son pédalage, puis s'arrêta progressivement. Il récupéra sa serviette qui pendait sur le guidon et essuya ses cheveux trempés. Edward s'approcha.

— Je suis curieux… Vous parliez d'une possibilité autre que la route… Vous remarquerez ma bonne volonté, je ne cherche même plus un soupçon de logique dans tout ça. Un ballon dirigeable, peut-être ? On s'y met de suite pour le gonfler ou on attend que vous ayez repris votre souffle ?

Ted descendit de l'engin, les deux bras levés pour s'éponger la tête. L'odeur de transpiration agressa Edward. Retenant sa respiration, il recula de deux pas. Le policier jeta la serviette sur la selle du home-trainer et se passa la main sur la cuisse gauche pour effleurer ses pièces. Il remarqua la lueur de pitié dans l'œil d'Edward.

— Un whisky ? proposa-t-il, abrupt.

— Je bois rarement de l'alcool. Vous m'avez écouté ?

Edward, maîtrisant son impatience, jeta une bûche dans le feu pour se donner une contenance. Des étincelles jaillirent, puis le feu se calma avant de lécher la nouvelle portion offerte. Même les bûches ne pouvaient être utilisées comme arme, elles avaient été fractionnées, probablement à dessein.

— Non seulement j'ai écouté, mais j'ai compris que vous vous foutiez de ma gueule. Et ça, c'est pas bien. Je reviens…

D'un pas lourd, Ted monta à l'étage ; il en redescendit presque aussitôt avec des cartes routières à la main.

— Je vais abattre mon jeu, seulement, pas en une seule fois.

McCarthy poussa un soupir.

— C'est vous qui voyez. Votre façon de souffler le chaud et le froid est usée ! Vous jouez tout seul le rôle des deux flics : le méchant et le gentil.

— Si tout se passe bien, vous pourrez être chez vous dans quelques jours.

Ted déplia la première carte sur la table basse.

— C'est une carte de la région. Nous sommes ici à l'est de Thompson Falls, dans les WhiteFish Range. La route qui mène jusqu'ici n'est pas indiquée. Elle se situe approximativement là. Je ne vous ai pas menti : pour rejoindre Thompson Falls, il faut descendre jusqu'à Salmon. De là, par la MT 28 vous en avez encore pour au moins trois heures de route en voiture au printemps. Je ne vous fais pas un dessin : à pied, c'est trois semaines. Avec la neige, c'est mission impossible.

Edward avait à peine regardé : une carte peu détaillée sous un faible éclairage avec les flammes de la cheminée qui balançaient des éclairs changeant de luminosité… Autant croire son geôlier sur parole !

— Je vous montre cette carte pour vous prouver que par la route, c'est impossible. Voiture ou pas. J'ai détruit le 4 × 4 pour vous éviter de partir sur une voie mortelle.

McCarthy le dévisagea, interloqué ; Ted poursuivit :

— Je vais vous montrer une deuxième carte. Un pouce y correspond à soixante-cinq miles.

Ted déplia plusieurs tirages de feuilles A4 collées entre elles par du ruban adhésif. Les parties scotchées gondolaient.

— C'est un torchon, jugea McCarthy.

— C'est tout ce que je peux vous proposer. C'est extrait de Google Earth, des images satellites disponibles sur Internet.

— Vous connaissez Internet, vous ?

— Ne me cherchez pas ! Vous pensez bien qu'il n'existe aucune carte de randonnée pour un coin perdu comme ici. Soyez attentif. Sur la carte, j'ai reporté des repères qui vous seront utiles.

Edward se pencha sur le document, par curiosité. Intrigué, il s'en saisit et le dirigea vers les flammes du foyer. La précision était très bonne.

— Admettons.

— Si vous suivez le chemin tracé ici, vous parvenez à Thompson Falls en cinq jours maximum.

— Cinq jours à marcher dans la neige ?

Edward haussa les épaules. L'espoir à peine entrevu le quittait. Il entretenait son physique par souci de santé, pas dans l'éventualité de courir le marathon de New York. Cinq jours dans la neige : irréalisable pour lui.

— Vous êtes équipé, maintenant, vous avez ces vêtements chauds. Je vous en fournirai d'autres. Si vous suivez le tracé, il n'y a aucun danger. Nous nous trouvons dans les montagnes sacrées des Indiens Blackfeet, les sentiers ont été entretenus pendant des siècles. La neige est abondante, c'est vrai, quoique beaucoup moins de ce côté-ci. Il ne faut pas que vous vous éloigniez de ce tracé, c'est tout.

— Vous ne m'accompagnez pas… ou je me trompe ?

Le ton ironique parut énerver Ted.

— Non !

— Bê tiens ! Quelle question idiote ! Vous m'envoyez au casse-pipe et vous, vous attendez le dégel.

— C'est à vous de voir.

— Et la nourriture ? le ravitaillement ? Je ne suis pas un grand sportif, je ne me vois pas porter sur les épaules pour cinq jours de vivre, des vêtements chauds… Et une tente !

— Vous n'aurez rien à porter. Juste l'eau quotidienne, répondit Ted.

Edward se leva, repliant la carte. Ted, décontenancé, la lui arracha des mains.

— Vous allez m'offrir vos saloperies de pièces que vous tripotez comme un obsédé et j'achèterai des fruits à l'écureuil du coin ! Vous pouvez m'en conseiller un ? Vous devez avoir vos habitudes !

Ted bondit sur ses pieds et s'approcha dangereusement du visage d'Edward. Les veines de ses tempes devinrent apparentes.

— Arrêtez de vous foutre de ma gueule ! Vous croyez que je vous ai amené jusqu'ici pour avoir un clown à domicile ? Vous ferez ce que je vous dis… Et ne me parlez plus, JAMAIS, de ces… de mes pièces ! Plus JAMAIS ! Compris ?

Edward essuya les postillons crachés par le colosse et, sans reculer d'un pouce, rétorqua en serrant les dents :

— Vous êtes un pervers. Vous vouliez une compagnie, n'importe laquelle, pour la torturer. Je n'entrerai pas dans votre jeu. Vous l'avez dit, je suis juge, et je n'ai pas pour habitude qu'on me prenne pour un demeuré. Vous voulez me massacrer, allez-y ! Tapez !

Ted souffla et recula en écartant les mains en signe d'apaisement. Puis, soufflant encore, il se retourna en serrant les poings. Son teint reprit une couleur normale.

— Monsieur le juge, je vous demande seulement d'envisager la possibilité de rejoindre la vallée par les sentiers.

Au bout d'un moment, Edward chercha à renouer le contact.

— Comment avez-vous fait pour mettre ma voiture en panne ?

— J'attendais cette question… ça m'aurait ennuyé que vous ne me la posiez pas. Cela a été un vrai casse-tête.

Ted jubilait. Il était fier de lui et, pour une fois, son masque de brute disparaissait pour laisser apparaître un sourire enfantin. Il poursuivit avec un plaisir évident :

— Je me suis documenté. Arrêter de l'extérieur un véhicule en marche est très difficile, les autorités y travaillent, seulement les appareils ont la taille d'un réfrigérateur et…

Ce n'était pas pour couper court aux explications techniques qui s'annonçaient mais pour effacer le sourire satisfait qu'Edward explosa.

— Comment avez-vous fait ?

— Vous… – Ted se renfrogna. – Ne vous inquiétez pas, votre carrosse n'est pas abîmé. Vous connaissez la prise OBD2 ?

— Ce n'est pas ma première voiture… Il s'agit de la prise présente sur tous les véhicules afin de contrôler les paramètres et d'en trouver les pannes.

— Exact. Elle se situe sous le volant et est accessible sans outil. On vend des scanners miniatures sur Amazon à partir de quinze dollars. Certains conducteurs les laissent à demeure pour contrôler leur moteur avec une application sur smartphone.

— Vous m'avez piégé avec votre smartphone dans une zone où les connexions ne passent pas ? Par télépathie ?

— Je n'ai jamais dit ça. Je vous résume : avec des programmes légaux on arrive à communiquer avec la prise. Pourvu qu'on soit branché. On peut aussi communiquer par trame en Bluetooth. Y a deux ans, nous avons arrêté à Cheyenne des hackers qui pirataient des DAB. Le plus pointu m'a programmé un logiciel qui arrête le moteur après dix miles d'un point GPS convenu.

— Je l'aurais vu, votre truc sous le volant !

— La prise est très peu épaisse et le programme est dans un petit boîtier caché dans le coffre. Les deux communiquent par Bluetooth. En définitive, les protections sont pour éviter d'entrer dans une bagnole. Une fois à l'intérieur, tout est faisable.

— Justement, comment êtes-vous entré dans la Lincoln ?

— La formation est terminée. Vous êtes imperméable à la technique.

Le policier se leva, énervé et déçu. Il aurait aimé détailler les difficultés rencontrées et surmontées. La non-standardisation des BUS de la prise, le programme développé par le hacker en un rien de temps pour tester les calculateurs. Entrer dans la Lincoln, voilà ce qui intéressait ce juge borné. Alors que c'était le plus facile. Un code grabber à cinquante dollars permet à n'importe quel abruti de saisir au vol le code numérique, même changeant, de n'importe quel véhicule ! Non, ce magistrat ne méritait pas d'en savoir plus.

★

— On ne peut pas dire que vous ayez de la chance, en ce moment, dans la famille !

Coincé derrière son bureau métallique, face à Laura, David Ogden se grattait le front. Malgré l'heure tardive, le shérif l'avait reçue, appréciant au passage la classe de la citadine et sa beauté.

Le shérif Ogden, petit, le ventre plat malgré sa cinquantaine, affichait un air juvénile. Depuis trente ans qu'il officiait à Thompson Falls, il avait eu à s'occuper de deux affaires graves : une voiture qui était tombée dans le barrage de Walking, avec à son bord trois jeunes de Saint Regis probablement saouls, et un viol commis par un gars qui s'était évanoui dans la montagne. C'est dire si Ogden avait été enchanté que les deux policiers venus de Missoula prennent l'affaire en main.

Il répéta à Laura qu'ils avaient été informés qu'un individu soupçonné de transporter de la drogue allait traverser le village au volant d'une Volkswagen jaune. Et ils avaient découvert sous la roue de secours un sachet d'environ cinq cents grammes de poudre suspecte.

— Votre gamin s'est fait gauler… 'scusez, madame, s'est fait prendre avec de la drogue et son père disparaît juste après sur le trajet qui le menait ici : c'est étrange, non ? On pourrait lancer un avis de recherche si on avait l'immatriculation de son véhicule. Sauf que c'est à double tranchant, dans sa position…

— Je ne sais quoi ajouter. Mon ex-mari a pris la route pour venir ici et… Attendez !

Le courrier qu'elle avait récupéré dans la boîte aux lettres de son ex… Laura se baissa sur le sac qu'elle avait accroché à l'accoudoir de la chaise. L'enveloppe dépassait de la poche extérieure.

— Il doit y avoir son immatriculation…, dit-elle en la montrant.

Ogden attendit poliment et profita que la femme avait la tête baissée pour se gratter le crâne sans retenue.

— C'est son assurance automobile… Un accrochage… Le lendemain du jour où il est parti… Une Lincoln Navigator ? Il a fini par se l'acheter !

— Si on a les moyens… Vous voyez, il n'y a pas de quoi s'affoler. M. McCarthy a simplement pris du retard. Quand même, vous n'avez pas de chance en ce moment. Votre fils a été incarcéré une nuit ici. Ce sont les policiers de Missoula qui l'ont arrêté. C'est pas d'chance pour vous, vous êtes venue jusqu'ici pour rien. Faut aller à Missoula, dit Ogden qui se frottait le front. J'ai changé de shampooing, je ne supporte pas…

Arrivée au motel, Laura prit un sandwich insipide au distributeur, monta dans sa chambre, mangea le voile de bacon glissé entre les deux moitié de pain de mie, jeta le pain à la poubelle, se doucha, trouva que la vie était un beau foutoir, se coucha, se releva, prit un cachet, se recoucha.

10.

Dans ses draps glacés, aussi immobile qu'un gisant, Ted pensait au lendemain. Ce serait le moment de vérité. Soit Edward jugeait que la partie était jouable et qu'il valait mieux tenter la randonnée plutôt que de rester sous sa menace, soit elle lui paraissait trop aléatoire et, dans ce cas, il refuserait de quitter la cabane. Pour son gosse, il le ferait ! Pour son gamin !

Demain, demain, il saurait si son opiniâtreté serait récompensée.

Pour retrouver un semblant de quiétude, il replongea dans ses souvenirs.

Après sa nomination et la mort de Graziella, le troisième élément placé sur son chemin par le destin fut une réplique du deuxième élément : un nouveau viol suivi d'assassinat, vingt-neuf jours après celui de la petite Italienne.

L'appel radio était parvenu à Ted et à Wallace alors qu'ils s'étaient déplacés pour recueillir un témoignage. La piste s'était révélée fantaisiste : une dame âgée les avait retenus pendant une heure pour dénoncer la collusion entre la mafia italienne et les sectes qui prenaient possession du quartier. Elle avait aussi prétendument aperçu en ville M. Spadoni, le père de l'enfant. Elle conclut en affirmant que la petite avait été immolée sur l'autel d'une secte satanique. Elle oublia de mêler à l'histoire le Ku Klux Klan, une étourderie excusable à son âge. Même les cookies qu'elle offrit aux deux policiers s'avérèrent brûlés.

Les deux agents avaient noté ses coordonnées pour les distribuer aux collègues. Cela éviterait à une autre équipe de se déplacer quand elle téléphonerait pour dénoncer des hommes politiques ou signaler des soucoupes volantes.

L'appel du Central leur annonçait un nouvel assassinat. Le cadavre d'une jeune femme avait été retrouvé à Riverfront Park. Le visage portait une profonde entaille au haut du front et le cuir chevelu était décollé en périphérie : un scalp raté, « en nette amélioration néanmoins », avait précisé Goldstein, le légiste.

Il s'agissait de Lauren Bear, d'origine cheyenne, prostituée occasionnelle, âgée d'une vingtaine d'années, de faible constitution. Elle gisait nue dans un bosquet sous le petit pont qui traversait un bras de la Yellowstone River. Violée et étranglée. Battue, aussi, comme Graziella. Des éléments de peau de son assassin recueillis sous ses ongles, dont certains s'étaient cassés durant la lutte, témoignaient d'une résistance acharnée. Les vêtements n'avaient pas été retrouvés.

La police, aidée par la garde civile, avait inspecté avec soin les deux miles du parc, mais ce fut grâce à l'œil acéré d'un garde forestier que la tente qui avait abrité l'assassin fut découverte. Elle avait été utilisée durant une longue période. Le meurtrier y avait-il trouvé refuge après le premier crime ? Ce parc, comme les autres, avait été fouillé à l'époque ; pas assez scrupuleusement, à l'évidence.

Ted et Wallace arrivèrent sur les lieux bien après que la police scientifique eut terminé ses prélèvements.

Le parc de Riverfront, le plus étendu des parcs de Billings, longeait la Yellowstone River. Des étangs et beaucoup de verdure en faisaient un lieu de promenade très agréable. Ted et Wallace, guidés par un agent de police, quittèrent le sentier pour gravir une petite éminence à l'écart des endroits fréquentés. Ils ne remarquèrent le tipi que lorsqu'ils eurent le nez dessus.

Ted ne put qu'admirer l'ingéniosité de l'assassin. Il fallait se trouver face à l'entrée pour en deviner l'existence. Astucieusement bâti en utilisant les dénivelés du terrain, éloigné des sentiers qui quadrillaient le parc et surtout de l'étang où les amoureux venaient se prouver leurs sentiments.

Wallace, qui précédait Ted de quelques mètres, se retourna en se pinçant le nez à la seconde où l'odorat du géant fut agressé à son tour par un mélange d'excréments et de pourriture. Ted extirpa d'un paquet un mouchoir parfumé à l'essence de pin et rejoignit son coéquipier à l'entrée de la tente.

Sans un mot, ils inspectèrent la construction de l'extérieur. Une espèce de bâche constituée de peaux de bête et de couvertures était tendue sur des perches, des branches recouvraient le tout. La pestilence du lieu avait dû faire fuir les couples en quête d'endroits isolés.

Ils écartèrent avec dégoût le tissu répugnant qui obstruait l'entrée et, se courbant, pénétrèrent dans l'abri. Wallace promena le pinceau de la lampe autour de lui. À l'aplomb du point où les perches se rejoignaient, un trou dans le sol, peu profond, tapissé de pierres plates, avait servi de brasero. Des peaux de bête étendues par terre sentaient le cuir mal tanné.

— C'est bien un tipi. Ouais, un vrai de vrai ! Sauf que d'habitude l'intérieur est très propre.

— On a bel et bien affaire à un Amérindien !

Plus tard, les analyses confirmèrent que le même individu avait assassiné les deux filles et vécu dans cette bauge. Les deux policiers trouvèrent des vêtements de toutes les tailles, mais les points d'usure prouvaient que celui qui les avait portés mesurait entre un mètre soixante et un mètre soixante-cinq. Était-ce un homme de petite constitution ou un adolescent ?

La deuxième demande pour effectuer des prélèvements d'ADN en grand nombre fut refusée avec des objections identiques à la première : trop onéreux, discrimination et personnalité de la victime. Seule différence pour ce dernier argument, il ne s'agissait plus d'une Italienne dont tout le monde se fichait, seulement d'une prostituée exerçant un métier réprouvé.

Billings vécut une véritable psychose du tueur indien. Durant quelques mois, les parcs de la ville furent désertés. Puis, comme l'assassin ne fit plus parler de lui, tout le monde pensa qu'il avait fui le Montana. Même O'Kneefe et Wallace en furent persuadés.

Tous, sauf Ted. Pour lui, le criminel s'était réfugié dans une réserve, où quantité de jeunes menaient une vie désœuvrée. Seul point positif, le nouveau meurtre avait libéré le policier. Était-ce le fait que la victime fût une prostituée, qu'il avait constaté que l'assassin vivait comme un animal ? Son état d'esprit changea radicalement : auparavant, il n'était qu'habité par la victime, à partir de ce jour, il ne pensa plus qu'à l'assassin.

Plaindre la victime l'avait fait douter du genre humain. Se savoir de la même espèce qu'un être qui pouvait pratiquer de tels supplices le dégoûta.

Ted comprit que celui qui commettait ces meurtres n'était pas un humain mais un monstre. Il n'était pas comme lui et ne serait jamais comme lui ! Ce n'est pas l'acte, c'est le sentiment pendant l'acte qui fait la différence. Celle qui existe entre l'homme et la bête. Les lions copulent, les cafards se multiplient, l'assassin viole, seul l'homme fait l'amour.

Ted l'attraperait ! L'attraperait et l'enfermerait dans une cage comme un animal qu'il était. Il vivait au milieu de ses excréments, tuait comme une bête, s'attaquait aux plus faibles. Ted se transformerait donc en chasseur, voilà tout.

« L'affaire du scalpeur », ainsi que l'avait baptisée la presse, en resta au point mort. Ted, quand il en avait le loisir, ressortait le dossier et partait enquêter, souvent à l'extérieur de sa juridiction. Wallace estimait que c'était une perte de temps et ne se privait pas de le lui répéter. Afin d'éviter les prises de bec avec son équipier, Ted poursuivit sa quête sans se confier à quiconque.

Son capitaine ne lui attribua plus qu'exceptionnellement des enquêtes de terrain. Le travail administratif ne le rebuta pas. Au contraire, il pouvait penser à Graziella.

Pour la première fois depuis des années, Ted s'endormit en s'imaginant Thelma blottie dans ses bras. Il est vrai que cette nouvelle période avait été heureuse. Différente, mais heureuse.

11.

Les rares véhicules, de gros trucks principalement, qui empruntaient la Highway 12 ralentissaient en apercevant la dépanneuse sur le bord de la route. Deux employés emmitouflés dans leurs uniformes matelassés, pétrifiés par le froid, décrochaient leurs pelles fixées à l'arrière de leur camion.

Jimmy O'Anyon avait indiqué à la police de la route approximativement l'endroit où il avait heurté le véhicule : entre Garrison et Elliston, aux environs d'Avon. Mais, depuis, la neige était retombée. En outre, le passage répété des chasse-neige, en repoussant la poudreuse sur les côtés, n'avait pas arrangé les choses.

Les deux employés mirent plus d'un quart d'heure pour déblayer l'avant de la Lincoln. À l'unisson, ils laissèrent échapper un sifflement d'admiration quand ils découvrirent l'immense capot à la calandre massive. En une demi-heure, ils dégagèrent le véhicule pourtant haut de près de deux mètres. Le propriétaire d'une telle voiture avait probablement les moyens de vous pourrir la vie si on la lui abîmait – abîmait encore plus, car elle avait tout un côté rayé et l'aile était enfoncée. Ils nettoyèrent les vitres pour tenter d'apercevoir l'intérieur.

— Punaise, c'est un appart en mieux ! Il manque que la douche !

— Elle est peut-être dans la boîte à gants !

Ils accrochaient un câble d'acier sous la Lincoln quand une voiture japonaise se gara devant la dépanneuse.

Laura vint à leur rencontre.

— Bonjour, messieurs. Excusez-moi, c'est bien une Lincoln Navigator ?

— Oui, madame. Ah, ça, des voitures de ce genre, c'est pas courant dans le Montana. Hein, Mick ?

— Ça non ! approuva Mick. Pas commode pour transporter une vache… par contre une poule !

Les deux hommes s'esclaffèrent, puis reprirent leur sérieux devant la mine sévère de Laura qui, la lettre de l'assurance à la main, vérifiait la plaque d'immatriculation.

— C'est la voiture de mon mari.

— Et il est où, votre mari, ma bonne dame ? Parce que nous, on emmène le carrosse à la fourrière. C'est la police de la route qui nous a demandé d'enlever un obstacle sur la chaussée.

— Je ne sais pas. Vous n'avez rien vu ? Enfin, je veux dire, vous non plus vous ne savez pas où il est ?

Les deux hommes s'esclaffèrent de plus belle.

— C'est à vous de le surveiller, pas à nous !

Laura aperçut l'aile enfoncée.

— Il a eu un accident.

— Non, non. C'est la déneigeuse qui a fait ça. La voiture était en panne. Votre mari a dû être pris en stop. Cette route, c'est pas la Cinquième Avenue, mais ce n'est pas non plus une piste de sable au milieu du Nevada. À l'heure qu'il est, il doit être chez vous.

— O… oui, probablement.

— Bon, ma petite dame, c'est pas que vous nous ennuyez, seulement on doit encore rentrer sur Missoula.

— Oui, bien sûr. Merci, messieurs.

Les deux hommes portèrent une main à la visière de leur casquette fourrée et se remirent à l'ouvrage.

Laura regarda encore une fois la voiture et remonta dans sa japonaise.

Mike donna un coup de coude à son copain.

— C'était un blaireau moyen de la ville ! Si au lieu de rester dans sa bagnole, il est parti à pied, il est mort de froid comme un gros esquimau glacé. Et il y a de grandes chances que l'autre abruti au volant de sa pelle l'ait enterré sous cinquante tonnes de neige. On le retrouvera dans cinq mois, au printemps.

— Enfin, ce que les bestioles auront laissé.

★

Les flocons tombaient à présent par intermittence. Les ténèbres perdaient du terrain sur le plateau, d'ici peu les rayons du soleil viendraient lécher la cabane.

Fourbu, McCarthy ouvrit les yeux ; il avait encore fait collection de mauvais rêves durant la nuit. Son premier geste fut d'alimenter le foyer, mais ses premières pensées furent pour son fils. Quitter des angoisses nocturnes pour plonger dans un monde encore plus effrayant lui rappela les jours qui avaient suivi le décès de sa mère : à l'époque, il préférait ses cauchemars à la réalité.

Un dieu l'avait pris en grippe, il avait dû transgresser une loi : « Tu n'épouseras pas une femme infidèle » ou : « C'est blasphème que d'acheter une voiture qui porte le nom d'un président. »

C'est le plan qu'il projetait qui l'avait empêché de dormir. Si ça tournait mal, il risquait de perdre la liberté de ses mouvements ou, pire, la vie.

Pour une fois, quand Ted apparut, l'arôme du café emplissait la pièce. Edward nettoyait la poêle graisseuse où avait cuit le bacon.

— Ça sent bon ! Vous…

— Du café, ça change du thé. Je l'ai trouvé…

— Ouais. Il date de Thelma. Il en reste deux, trois paquets.

Edward tourna le dos et prit place sur le divan ; il fit mine de se plonger dans le vieux roman de Kerouac mais ses sens étaient en alerte. Il entendit le crissement des pièces de monnaie, puis la cuiller qui remuait le café et les succions répétées sur le bord du bol… Ted buvait !

La respiration suspendue, Edward attendait ; la sueur imbibait son tee-shirt. Le bol fut reposé sur la table avec un bruit mat. Il appréhendait avec effroi le raclement brutal du banc, suivi d'une attaque mortelle du colosse. Le frottement du couteau à beurre sur les toasts le rassura. Des bruits mouillés suivis de nouvelles succions et de claquements de langue l'informèrent que Ted avait fini son petit déjeuner sans rien trouver à y redire.

— Alors, vous avez réfléchi à ma proposition ? Votre fils mérite une prise de risque, non ?

— Tant que vous ne jouerez pas franc jeu, je ne me prononcerai pas.

— C'est moi qui dé… cide…

La fin de sa phrase fut aspirée par un bâillement qui prit Ted au dépourvu, suivi d'un second. Edward n'osait toujours pas se retourner.

Les paupières de Ted se mirent à ciller ; il redressa le buste comme si un marionnettiste venait d'en tirer un fil, jeta un coup d'œil circulaire, étonné que ses yeux le trahissent, puis se leva, hésitant. Un nouveau bâillement l'empêcha de parler. Vacillant, il s'appuya sur la table pour garder l'équilibre et glissa sur le sol. Sa tête heurta le plancher avec un bruit sourd.

Edward bondit et s'approcha du grand corps immobile. Il mourait d'envie de lui bourrer les côtes de coups de pied. Dommage, ça non plus, on ne lui avait pas enseigné à l'université.

Il avait abandonné l'idée de le ligoter. Même en confectionnant des liens avec les draps ou avec le fil électrique qui courait sur le plafond, il lui aurait manqué le piquet où attacher le fauve. Les mains emprisonnées, le colosse était aussi dangereux que libre. L'amarrer à la rambarde, juste retour des choses ? Il ne se sentait pas la force de tirer un poids mort de cent vingt kilos sur un plancher rugueux. Rien dans cette pièce ne résisterait à la furie de cet homme.

Il ne fallait pas perdre de temps. Lui avait dormi plusieurs heures en buvant une seule tasse de café trafiqué, toutefois il ignorait la sensibilité aux somnifères d'une carcasse aussi colossale. Il devait trouver le maximum d'informations et vérifier si cette histoire de sentier n'était pas un piège mortel.

Il fouillerait en priorité la chambre de Ted. C'est de là qu'il avait rapporté les cartes et où il avait caché les vêtements de grand froid. Peut-être y avait-il une arme. Il grimpa deux à deux les marches. La fenêtre laissait pénétrer la lumière dans la pièce qui sentait la transpiration.

Edward ouvrit les deux portes de l'armoire ; elle contenait une penderie avec des vêtements sous housse et des étagères pleines de linge. Edward empoigna le tout et le jeta sur le lit pour vérifier si le meuble ne dissimulait pas un compartiment. Déçu, il remit les affaires en place puis se précipita vers la première commode, la vida et ne trouva rien de particulier, là non plus.

Ce fut dans le dernier tiroir de la seconde commode qu'il mit la main sur une sacoche en plastique. Le genre de cartable qu'on offre aux congressistes pour ranger les précieux documents que personne ne lirait jamais. Dessus était estampillé *Police Cheyenne Congress*. Le trésor qu'il cherchait !

Il poursuivit la fouille par acquit de conscience, sans rien découvrir de plus.

La sacoche à la main, il dévala les escaliers. Ted n'avait pas bougé et respirait la bouche ouverte en émettant un bruit de moteur de B52.

Le juge ouvrit le rabat de la serviette et renversa le contenu sur les coussins du divan. Des cartes, dont celles présentées par Ted, des feuilles de journaux jaunis en piteux état, des notes manuscrites. Edward était déçu : il avait sous les yeux les anciennes enquêtes dont Ted avait eu à s'occuper. Même s'il n'avait pas espéré trouver les aveux circonstanciés du dément, ce fatras était peu encourageant.

Edward piocha une page au hasard, une feuille du *Billings News Paper* ; il y avait aussi des pages du *Montana Standard* et de la *Billings Gazette*, toutes datées de l'année 2000.

Ted bougea alors qu'Edward tentait de découvrir quel était l'article important perdu dans ces pages. Il trouva ! Ces coupures de presse avaient toutes en commun une histoire criminelle dans laquelle il était question d'Indiens.

Ted se mit à geindre.

Edward survola le premier article de la *Billings Gazette* :

Matoskah était un Sioux Nakota qui vivait dans la réserve de Fort Belknap. On ne lui connaissait pas de parents, que des compagnons de beuverie. […] Il vivait d'expédients […] il trouva une femme de dix-sept ans dans le Dakota du Sud, une Crow. L'ennemi héréditaire des Sioux. […] Ce choix fut l'acte impardonnable. Il dut quitter Fort Belknap pour Billings, où Matoskah obligea Awendela, sa femme, à se prostituer. […] Il fut condamné deux fois à des peines légères. C'est dans ce contexte que naquit Ayawamat, « Celui qui suit les ordres »…

Edward comprit qu'il n'aurait jamais le temps de tout parcourir. Son attention fut attirée par une feuille de journal dont le papier paraissait moins ancien. Un cliché en noir et blanc représentait un homme qu'Edward reconnut aussitôt : George Lawford. Me George Lawford. Même sur une photo de presse le charisme de l'avocat sautait aux yeux. Elle montrait une cérémonie organisée en son honneur par la municipalité d'Helena quelques mois auparavant. Le maire remettait à l'avocat souriant une distinction récompensant son engagement dans une association caritative. Edward se souvenait de cette cérémonie, il était présent.

Me Lawford, les Indiens…

Un étau broya la cheville d'Edward.

Ted, à ses pieds, le fixait de ses yeux de dément.

★

La pièce principale des officiers de la brigade criminelle était organisée en open space. Walter partageait sa zone avec les deux membres de la troisième brigade, Mulland et Kransanski. Les deux hommes occupaient une grande table sur laquelle trônaient, dos à dos, leurs micro-ordinateurs. L'autre table était utilisée par la jeune policière, qui consultait ses mails en sirotant un café, trempant les lèvres dans le liquide tout en aspirant. Une chatte avec un bol de lait.

L'agent Mulland était un échalas roux au long nez, toujours enrhumé, avec des pellicules plein les épaules, alors que Kransanski était petit, rond et habillé comme s'il se rendait à un vernissage avec la duchesse du Kent.

Lui et son coéquipier avaient hérité d'une grosse affaire de disparitions multiples d'adolescents et, accessoirement, devaient former Anny Walter. En fait, ils avaient voulu lui transférer leurs tâches de secrétariat et, depuis son refus d'être chargée des travaux où il n'était pas nécessaire d'être sortie major de promotion, ils l'ignoraient.

Le lieutenant Hallen, visage fermé, entra dans le bureau et demanda, sans s'adresser à un inspecteur en particulier, où le groupe en était de son enquête.

— On n'a pas grand-chose, répondit Mulland. On manque de monde pour suivre toutes les pistes. – Il regarda Walter. – Certains cas sont très certainement des fugues, mais dans le doute on doit en tenir compte comme du reste. C'est une anguille dans une meuf de loin !

Personne ne releva le prétendu trait d'humour de l'échalas qui se rêvait comique. Depuis de nombreux mois, des adolescents disparaissaient. Ces drames existaient depuis toujours : crises existentielles ou familiales, rejets de toutes sortes. La plupart du temps, on les retrouvait au bout de quelques semaines à court d'argent ou signalés par des associations qui œuvraient contre la prostitution… ou bien les fugueurs retournaient sans trop de publicité chez papa-maman. La nouveauté, c'est que certains ne réapparaissaient plus. Volatilisés !

— On pense que ces petits cons ont trouvé refuge dans les réserves indiennes, dit Kransanski. Retour à la nature, plus de contraintes, plus de lois et une bonne dose d'écologie par-dessus.

— Ils ont tous le même profil : le genre d'ado qui, quand il voit une cheminée d'usine, pense pas au boulot, mais trouve que ça ferait un sacré pétard à téter, jeta Mulland en reniflant.

— Des gosses malheureux en famille, ça existe aussi ! intervint la policière.

— Vous feriez mieux d'assimiler les procédures, au lieu de jouer les assistantes sociales.

Le sergent, sentant qu'il y avait de l'électricité dans l'air, préféra attendre la fin de l'échange avant de parler.

— … Vous êtes un bébé, Walter, continua Kransanski. Je suis certain que votre maman vous berce encore.

— Mes parents sont trop loin, malheureusement. Par contre, je pense que certains n'ont pas été assez bercés…

Walter avait levé les yeux de son écran, pour bien fixer Kransanski. Ce dernier ouvrait la bouche pour lui répliquer quand Maggio se décida :

— Walter, le capitaine s'impatiente. Il veut savoir où vous en êtes pour la vérification du numéro de téléphone.

— La note vient juste d'arriver. Je l'imprime.

— Prenez-la et apportez-lui. Il n'est pas de bonne humeur…

— C'est inhabituel ? grogna le lieutenant.

Walter sortit du bureau et, au passage, récupéra la feuille sur l'imprimante laser. Ses collègues se précipitèrent sur l'écran de son ordinateur.

— Fermez la porte. Donnez-moi ce papier. Asseyez-vous.

Carter était à cran. La suite d'ordres en enfilade en était la preuve. Il parcourut la note.

— Confirmé ! C'est bien depuis mon appareil qu'on a passé ce putain de coup de fil ! L'appel a été passé à 7 h 3.

Carter se leva et déambula dans le bureau. Walter, les genoux serrés, la tête dans les épaules, le suivait du regard. Un oiseau au bord du nid.

— Six mois que je suis ici et on cherche à m'impliquer dans je ne sais quelle histoire. On veut ma peau.

Carter dévisagea Walter, qui acquiesça.

— Oui, capitaine.

— Comment, oui ? Vous savez quelque chose ?

— N… non, capitaine. J'approuve mon supérieur, c'est tout.

— Excusez-moi, je suis sur les nerfs ! Je ne vois pas ce qui peut me relier à cette affaire de drogue. J'ai probablement croisé ce juge McCarthy. Quoique ça ou rien…

— On imagine mal un juge voler un vieux Motorola pour dénoncer son fils.

— Vous savez que c'est un vieux Motorola ?

— C'est le lieutenant Hallen qui le dit.

— Quand a bien pu disparaître ce foutu téléphone ? J'ai profité de ces quinze jours de congé pour faire le tour des popotes, comme on dit dans l'armée. J'avais envie de revoir certains lieux, des personnes que j'avais connues dans le coin quand j'ai débuté. Je crois que je l'avais, sans certitude aucune. J'avais le pro, ça, c'est certain, je l'ai toujours, quant à l'autre…

— Si vous l'utilisez pas, il doit être déchargé. Et sans code de la carte SIM, on ne peut pas le rallumer.

— Bien pensé, sauf que j'ai laissé celui d'origine. Sur le pro, un code est obligatoire, sur le Motorola… Il était ancien, à l'époque on laissait quatre neuf ou un deux trois quatre, je ne sais plus.

Walter allait poursuivre quand on frappa ; une jeune femme passa la tête.

— Excusez-moi, capitaine, Mme McCarthy, l'ex-femme du juge McCarthy, voudrait vous voir.

— Moi ?

— Elle a demandé le responsable.

— Faites-la entrer. Walter, je suis le plus gradé, vous êtes en stage, mais nous sommes tous les deux les derniers intégrés dans cette brigade. On a un point commun. Si vous apprenez quelque chose…

— Capitaine, vous me mettez dans une position difficile.

— Un deuxième point commun. Merci, Walter.

Walter et Laura se croisèrent sur le seuil.

Carter se leva poliment et regarda cette belle femme pénétrer dans son bureau avec un intérêt qu'il ne put dissimuler. Laura sembla se rendre compte de l'effet qu'elle produisait sur l'homme.

— Bonjour, madame. Je suis le capitaine Carter. Je commande la brigade de Missoula. Vous voulez vous asseoir ?

Elle fit « non » de la tête.

— Bonjour… Capitaine ? Monsieur ?

— À votre convenance.

— Puis-je voir mon fils, Benjamin ?

— Il est en garde à vue. Les faits qui lui sont reprochés justifient une garde à vue prolongée.

— Alors, je ne peux pas le voir ?

— Madame McCarthy, votre fils a été pris avec une importante quantité de drogue. C'est très grave ! Non, vous ne pouvez pas le voir !

— Et mon mari ? Enfin, mon ex-mari, le juge McCarthy.

— Oui ?

— Il a pu le voir ?

— Personne ne peut voir votre fils, sauf un médecin s'il en exprime le souhait. Quant au juge, nous n'avons pas d'information le concernant. Nous devrions ?

— J'ai vu sa voiture sur la route. Elle était emmenée à la fourrière.

— À la fourrière ? Par ici, c'est pas banal. Expliquez-moi.

— J'étais…

Un coup fut frappé et, avant que Carter ouvrît la bouche, Walter pénétra dans la pièce.

— Excusez-moi, capitaine…

La jeune policière fixa Laura et, gênée, poursuivit :

— Capitaine…

— Walter, je suis occupé.

Walter hésita puis, d'un signe de tête en direction du couloir, elle indiqua à Carter de la suivre. Ce dernier fronça les sourcils, choqué de cette familiarité, toutefois il obtempéra, contrarié. La policière ferma la porte du bureau derrière son supérieur.

— Le prévenu… McCarthy… il s'est pendu !

12.

Edward tenta de fuir, mais les tendons écrasés de sa cheville le trahirent. Ted se releva, chancelant. D'un geste, il repoussa le juge sur le divan. Le souffle bruyant, il s'affala à côté de lui. À demi inconscient, il posa sa grosse main sur la cuisse d'Edward et la serra. Sans ouvrir les yeux, à chaque mouvement esquissé par Edward, Ted broyait un peu plus la cuisse. C'était l'équivalent du supplice du brodequin du Moyen Âge.

La gorge offerte du colosse était tentante, d'une manchette bien appliquée McCarthy pourrait peut-être lui écraser le larynx. Et après ?

Il n'osait plus bouger, le muscle de sa cuisse le brûlait. Il rembobina la cassette de ses souvenirs. Cette histoire d'Indiens lui rappelait une vieille affaire, pendant les émeutes… c'était si loin…

Ted avait encore une enclume posée sur sa langue et parlait avec difficulté, pourtant il avait retrouvé sa vigueur.

— Vous saisissez pas que je me retiens depuis le début pour ne pas vous massacrer ?

Ted brandissait ses deux poings fermés : deux boulets. Sans effort, il avait fait pivoter le divan de cent quatre-vingts degrés et se tenait debout face à Edward ; il soufflait comme un buffle.

Mâchoire serrée, le juge le fixait. Il se surprit à grincer des dents. Il n'allait pas se laisser faire, il mourrait en combattant.

— Vous ne comprenez pas que je vous hais ? poursuivit Ted. Je vous hais ! Je voudrais vous voir mort depuis des années. Vous ne comprenez rien à rien !

Ted ferma les yeux. Edward devait en profiter. Il se pencha sur le côté et lança son pied dans l'entrejambe du géant. Le visage du policier se crispa de douleur ; il se plia, puis, avant qu'Edward pût profiter de la situation, il l'agrippa par le col, le souleva du divan et le projeta à travers la pièce. McCarthy tenta un roulé-boulé qui lui permit d'atténuer le choc sans lui éviter toutefois de heurter de la tête le pied de la table. En deux pas, le géant fut sur lui. À la vue du sang qui jaillissait de la blessure, Ted suspendit son poing à deux pouces du visage d'Edward. Il se releva et recula d'un pas.

— Je suis un policier, pas un assassin !

Il se retourna et, saisissant le divan par le milieu, le souleva en poussant un « han » guttural, le maintint deux secondes en l'air et le laissa retomber sur le plancher. Edward sentit l'onde de choc remonter tout au long de sa colonne vertébrale. La sacoche tomba par terre, les papiers glissèrent à leur tour, des verres tintèrent dans les placards.

— Je vais vous tuer !

Groggy, le juge pressentait le coup final. Il espérait perdre connaissance rapidement et ferma les paupières.

— C'est ta faute, con de juge ! Ta faute ! Je vais te punir.

Edward rouvrit les yeux ; Ted s'adressait au divan.

Le policier ouvrit la porte d'entrée et revint en deux enjambées au milieu de la pièce. Ignorant Edward il empoigna le canapé. Dans son impatience, il ne parvint pas à le soulever une deuxième fois, alors il le tira. Il heurta l'encadrement en passant le seuil et des bouts de bois volèrent en éclats.

N'osant bouger, Edward l'entendit éructer pendant qu'à l'extérieur il dépeçait le siège en l'insultant. Le combat sur la véranda dura plus d'une demi-heure, ces coups violents et des craquements se répercutèrent dans la pièce. McCarthy resta allongé, le corps léché par un vent glacial qui s'engouffrait par l'ouverture.

Quand le policier réapparut, son front transpirait à grosses gouttes et ses mains saignaient. Il referma la porte d'un coup de pied et disparut dans la salle de bains.

Edward était frigorifié, pourtant il venait de comprendre une chose qui le rassura : ce fou ne voulait pas le tuer, il avait réellement un plan !

Il se redressa en titubant, le dos démoli ; du sang s'écoulait de la plaie qui entaillait son cuir chevelu. Il s'empara d'un paquet de serviettes en papier et, après l'avoir humecté avec l'eau de la bonbonne, se tamponna le front.

Edward pressait toujours sa blessure quand Ted sortit de la salle de bains. Il avait retrouvé un visage normal, mais ses yeux étaient fiévreux et rouges. Il s'exprima d'une voix lasse :

— Ne m'interrompez pas ! Vous vous inquiétiez pour la bouffe ? La solution… J'ai installé des caches tout au long du parcours. Cinq jours de randonnée, cinq caches. Elles sont remplies du nécessaire de survie. Bouffe, rechange, tente.

Edward était abasourdi. Ce prétendu policier enlevait des gens au hasard pour leur faire subir des épreuves ? Ce maniaque allait prendre son pied en l'imaginant grelottant de froid, cherchant des cachettes qui étaient peut-être bidon. Ou alors, pire ! Les deux, trois premières seraient pleines, puis il ne trouverait plus rien. Il était aux mains d'un malade influencé par les jeux de la télé-réalité !

— Cessez de penser que je suis fou chaque fois qu'une situation vous échappe. Ça vous a conduit à relâcher des assassins… Alors, la ferme !

Au ton de la voix, Edward comprit que son geôlier éprouvait d'énormes difficultés à se contenir. Il devait se taire. Il resta debout, n'osant plus faire un mouvement.

— Dix heures de marche par jour. Ce n'est pas un exploit, même pour vous. Il faudra simplement apprendre le trajet par cœur.

— Par cœur ? Apprendre le trajet par cœur ? Et pourquoi ?

— Nous allons travailler ensemble. Je vais vous expliquer comment vous repérer, retrouver la trace en cas de mauvais temps.

— Si j'ai la carte…

— Vous n'aurez pas la carte. Vous devez apprendre le trajet par cœur, je viens de vous le dire ! Vous m'écoutez, oui ?

— Pas de problème ! Gardez votre carte. Et puis autant éviter du poids quand on marche.

— Ne vous foutez pas de moi, c'est pour votre sécurité. Vous serez le seul à connaître l'itinéraire.

— Le seul ?

— Oui, parce que vous aurez un compagnon de randonnée, et ce ne sera pas moi.

★

Laura, malgré le vent qui venait de se lever et qui faisait voltiger les mèches de ses cheveux, était figée, tels les mannequins vivants qu'on voit sur les zones piétonnes ou sur Broadway Boulevard. Insensible au temps et aux personnes qui entraient dans l'hôpital et qui, après un regard curieux, respectaient sa douleur.

Carter lui toucha l'épaule.

— Alors ? dit-elle.

— Suivez-moi à l'intérieur. Vous allez attraper la crève.

Il la prit par le bras. Laura se laissa aller contre lui. Le capitaine ne voulait pas profiter de la situation, mais sentir cette femme abandonnée contre lui était agréable.

— Le médecin est confiant. J'ai vu Ben, il dort.

— Je…

— N'insistez pas, madame McCarthy. Vous ne devriez même pas être là ! J'ai mis un homme devant sa porte, ça ne sert à rien de rester ici.

— Pourquoi a-t-il fait ça ? Vous croyez qu'il est coupable ?

— Les faits sont contre lui… Néanmoins certains actes récents sont troublants, dans cette affaire.

— Et pour mon ex-mari ?

— Sa voiture abandonnée ? Pour l'instant, il ne faut pas s'alarmer. Vous êtes certaine que c'était sa voiture ?

— Une Lincoln Navigator. C'est sa plaque et avec un écusson collé sur le pare-brise… Ça vous suffit ?

— Un écusson ?

— Pour identifier les voitures qui peuvent se garer devant le tribunal… Je ne sais pas quoi faire…

— Si vous rentrez à Helena, bien que ce ne soit pas prévu par le règlement, laissez-moi vos coordonnées, je vous donnerai des nouvelles de la santé de votre fils.

— Merci, mais je vais rester à Missoula.

— Je vous ai dit que vous ne pourrez pas le voir !

— Tant pis, je reste. Au moins, je ne suis séparée de lui que de quelques centaines de mètres…

Ted accepta qu'Edward récupère les deux couvertures qu'il avait lancées dans la neige avec les débris du divan mais refusa qu'il ramasse le moindre coussin : le juge devrait dorénavant coucher à même le plancher. Le policier affichait un visage renfrogné et ne cachait plus la lueur assassine qui apparaissait par instants au fond de ses yeux.

Attablés, les deux hommes se faisaient face. Ted s'était rempli un verre de whisky et s'échauffait en parlant. L'alcool et le somnifère ne devaient pas faire bon ménage. Edward gardait un mutisme prudent.

— Vous avez eu le temps de lire les documents ? Donc, vous vous souvenez de l'affaire Marocco ? Enfant, il avait tué son père puis, adulte, violé et tué deux adolescentes.

— Non, je n'ai pas eu le temps de lire, vous vous êtes réveillé avant. En revanche, je me souviens vaguement de cette histoire…

Ted se leva en renversant le banc où il était assis. McCarthy, inquiet, se dressa à son tour, sur la défensive. Ted arpentait la pièce, faisant trembler le plancher sous ses pas.

— Vaguement ? Vaguement ? Un procès, pour vous, c'est comme un film… – Il extirpa les pièces de sa poche et les fit rouler dans sa main. – … vous en voyez tellement que vous les mélangez. Sauf qu'on n'est pas au cinéma, il y a des personnes détruites, des familles qui ne trouveront plus le sommeil. Ça doit pas vous aider, de toujours jouer dans la même salle, avec les mêmes artistes aux mêmes endroits : l'accusé, les avocats, les jurés. Avec le temps, ils doivent tous se superposer dans votre mémoire. Vous êtes un peu comme une caissière dans un supermarché : les clients défilent, vous annoncez le prix et « Au revoir ». Sans lever la tête.

Il rangea les pièces et vida son verre d'un seul trait. Ses yeux devinrent brillants. Il releva le banc et reprit place. Il croisa ses grosses mains sur le verre, les serrant tellement que McCarthy s'attendait à le voir exploser.

— Je ne suis pas énervé, sinon je vous casserais la tête comme une noix. Oui, à vous, juge McCarthy ! Pendant des années, j'en ai eu envie. Vous massacrer, c'était mon but. Cela m'a permis de vivre. La haine, ça vous pourrit la vie mais c'est une sacrée drogue. L'amour peut vous pousser au suicide ; la haine, ça vous pousse à vivre.

Ted prit un deuxième verre et le remplit d'alcool. Il le tendit à Edward, puis se resservit.

— Marocco était une petite frappe qui, à douze, treize ans, a tué son père qui le brutalisait.

Le petit homme grelottait. Il aurait donné sa main gauche pour pouvoir manger quelque chose de tiède. Il ne supportait plus le froid, l'humidité qui suintait des murs et les plats éternellement congelés. Tout ce qu'il touchait était glacé, comme son propre corps. L'Autre n'avait pas été avare en couvertures, or maintenant elles étaient gelées et visqueuses de saleté. Il promenait la lampe torche allumée sur ses joues pour éprouver un sentiment de chaleur.

Il avait l'impression de redécouvrir le froid depuis que son esprit se rassurait : ses efforts portaient leurs fruits, les informations contenues sur les feuilles quadrillées se transvasaient dans son cerveau. Le premier feuillet était totalement acquis, le deuxième et le troisième quasiment, la quatrième en bonne voie. Il ne restait que le cinquième.

« Étape deux : de l'endroit désigné, faire… »

La lumière vacilla, puis pâlit. Cette faible luminosité n'inquiéta pas le prisonnier, qui gardait une batterie de secours à côté de lui. La lampe s'éteignit. Il étendit alors la main à la recherche de la recharge. Depuis son enlèvement, il effectuait cette manipulation pour la septième fois. Au toucher, il trouva le clip qui déboîtait le fond de la torche et enclencha la remplaçante. Impatient de retrouver la vue, il fit glisser l'interrupteur.

Aucune lueur ne jaillit.

Déconcerté, il fit jouer plusieurs fois le bouton, secoua la lampe, la fit tourner dans l'espace comme s'il brandissait un sabre laser ; aucun rayon lumineux ne vint déchirer l'obscurité.

Il chercha à tâtons une autre pile : méfiant, il en tenait toujours deux près de son matelas. Fébrilement, il réitéra l'opération, puis fit de nouveau glisser l'interrupteur à plusieurs reprises.

Geste vain : les ténèbres régnaient en maître dans le monde du petit homme. Atterré, il resta un long moment l'esprit en émoi, l'objet devenu inutile dans les mains. Et si l'Autre avait sciemment fourni des recharges pourries ? Non, impossible, il en avait déjà usé sept et les avait extraites au hasard dans le tas que l'Autre avait laissé : il aurait pu tomber sur une défectueuse avant. Ce n'était donc pas ça ! Les contacts ! L'humidité ? Le froid les avait déchargées ou… l'ampoule ! Il fallait essayer l'ampoule ! Quand, le premier jour, il avait dressé l'inventaire de la nourriture, il en avait aperçu sous emballage plastique ; il allait devoir les chercher à tâtons dans ce noir de mine.

Il se déplaça sur les genoux, s'aidant d'une main, l'autre accrochée à la torche. Plonger un bras dans le trou d'aisance était sa hantise.

Il parvint au tas de survie, comme il appelait l'amas de boîtes, et reconnut au toucher des sachets de charcuterie, de jambon cuit, les saucisses de Francfort.

Il déstabilisa la pile de papier toilette, puis heurta les packs d'eau. Il s'affolait, ses gestes étaient désordonnés, il ne parvenait plus à se situer. Tournait-il le dos au trou d'aisance ou allait-il tomber dedans ? Il s'appuya malencontreusement sur un récipient qui explosa en répandant du liquide et des bouts plus consistants sur ses doigts. Découragé, il se figea, les mains et la lampe électrique couvertes de ce qu'il devinait être des haricots. Il eut envie de pleurer, se ressaisit. L'Autre allait payer ! Il allait payer !

Après encore plusieurs minutes de tâtonnements, il trouva des emballages. Il passa l'index sur la surface qu'il savait transparente et reconnut la forme sphérique des deux boules abritant les ampoules.

Il s'assit sur les fesses avec son précieux paquet et plaça la lampe électrique entre ses jambes pour ne pas la perdre. Il tenta de décoller l'enveloppe de protection avec l'ongle, en en faisant le tour à la recherche d'un interstice. Ayant échoué, il chercha alors à l'arrière une trappe prédécoupée. Il s'y reprit de nombreuses fois, tâchant de sentir une aspérité, toujours sans résultat ! Il essaya alors de déchirer le plastique en le pliant en deux à plusieurs reprises, mais il était trop souple pour marquer. À bout de nerfs, il mordilla l'enveloppe. Un goût d'excréments envahit sa bouche : en passant ses doigts autour de l'emballage, il avait dû déposer les immondices logées sous ses ongles.

Même sous ses dents, le plastique ne cédait pas. Le petit homme ne pouvait pas rester dans le noir : il avait des leçons à assimiler. Il restait des pages à réviser et d'autres à apprendre. Il voulait apprendre, il voulait…

Il décida de sacrifier une ampoule en plantant ses canines dans une des deux protubérances. Il effectua des mouvements en cisaille avec la mâchoire, tirant en même temps, mâchonnant le plastique. Il s'écorcha les gencives, mais le goût du sang ne le freina pas.

Brusquement, le blister céda, accompagné d'un craquement.

Pleurant de joie, il recracha des bouts de verre et la minuscule douille qui lui avait entaillé la langue.

L'autre ampoule était intacte ! Il n'avait jamais été aussi heureux de sa vie ! Jamais !

13.

Quelquefois, Ted imaginait sa femme dans un cercueil, les bras croisés sur la poitrine, sereine, libérée. Une « belle au bois dormant » rousse. Délivrée de ce monde pourri où les assassins couraient les champs. Des champs engraissés par les corps en putréfaction des victimes.

Pourquoi Ted avait-il échoué ? S'il avait attrapé ce jeune Indien, le quatrième piège du destin n'aurait pas existé.

Cinq ans avaient passé, le couple s'était installé dans le Wyoming. Ted avait eu une proposition pour diriger un district à la police de Cheyenne. Le départ de sa brigade s'était mal passé, il changeait d'État, quasiment une trahison ! Thelma avait trouvé un poste d'enseignante dans une école.

C'est par hasard qu'il entendit parler de l'affaire Sheryl Sheridan.

Les flics de Cheyenne avaient leurs habitudes au Brandon's. Un bar très couleur locale avec Indiens en résine et portes western aux toilettes. En revanche, pour la carte, si on y trouvait quelques grillades, le cuisinier originaire de Louisiane avait imposé ses plats cajuns.

Un mardi, Ted avait pris place au comptoir, assis sur un tabouret, et écalait un œuf quand Brannigan, un flic du premier district, avait pénétré dans le bar. Membre de la brigade des stups, il arborait le look dépenaillé du dealer. Il se hissa sur le siège à côté du sien, calant le talon de ses bottes de cow-boy sur la barre métallique du tabouret.

— Va ? demanda-t-il.

— Va, répondit Ted.

Généralement leur échange se limitait à ce seul mot, mais Brannigan avait décidé de montrer ce jour-là qu'il savait aussi faire des phrases.

— Y a une chasse à l'homme dans le Montana.

— Ah.

— T'es bien du Montana, toi ?

Il dit cela comme si le Montana se trouvait en Europe. Ted hocha la tête. Brannigan fit signe au barman pour attirer son attention et poursuivit :

— Ils coursent un jeune Indien qui aurait violé et étranglé une fille dans un parc. Il l'aurait aussi scalpée.

Ted, qui allait gober l'œuf, stoppa net son geste. Un frisson le parcourut. Parc, viol, scalp, il avait réagi en un réflexe pavlovien. Brannigan s'adressa au barman :

— Il te reste du gumbo ?

— Sûr ! Aujourd'hui, c'est du gumbo filé au poulet et à l'andouille.

— Alors, je suis doublement concerné. – Brannigan lui fit un clin d'œil. – Avec beaucoup de riz et une bière.

Il allait ajouter quelque chose, quand Ted le coupa :

— Où ? Où ?

— Où quoi ? Ah, l'Indien ? À Great Falls[1], il me semble. Ça existe ?

Ted ignora la pique, descendit de son siège et tendit l'œuf écalé.

— Tiens, il est payé.

Brannigan prit l'œuf et, redressant le torse, le jeta dans une poubelle derrière le comptoir.

Le cerveau en surchauffe, Ted regagna son bureau et téléphona à son ancienne équipe. On lui signala que Wallace était parti pour la Californie mais qu'O'Kneefe était toujours là. L'accueil fut celui qu'il redoutait. Glacial. Le capitaine confirma du bout des lèvres les informations de Brannigan.

Une étudiante avait été violée et étranglée à Great Falls. Son corps avait été trouvé sur une petite île du Taylor Park. Ted visualisait très bien ce parc. À cet endroit, les méandres du Missouri ressemblaient étrangement à ceux de la Yellowstone River à Billings. Cependant, O'Kneefe ne lui disait pas le principal : Ted dut insister.

— Et c'est tout ? On m'a parlé d'une sorte de blessure à la tête.

— Une sorte de blessure ? Tu me prends pour un con ? On t'a dit qu'elle avait été scalpée, et c'est vrai ! Pas mal réussi, d'ailleurs, le scalp, cette fois. Parce que c'est pour ça que tu me téléphones, tu penses que c'est le mec que t'as pas pu coincer qui a fait ça ?

— Qu'*on* n'a pas pu coincer ! Je vous rappelle que j'étais pas seul, à l'époque. Alors, c'est lui ?

---

1. Great Falls est une des plus grandes villes du Montana, connue pour ses « passages » d'ovnis.

— Faudrait demander au *Great Falls Police Departement*, c'est eux qui mènent l'enquête.

— Qui c'est, le mec ? On a son nom ?

— Un certain Marocco. Il était planqué à la réserve indienne de Fort Peck. En fouillant son mobile home, les flics ont trouvé le scalp de la jeune fille.

— Il s'est enfui, paraît-il ? insista Ted.

— Téléphone à Great Falls, je t'ai appris tout ce que je savais. Bon, j'ai pas trop de temps, le Montana, c'est pas le Wyoming.

Le capitaine raccrocha. Ted resta quelques secondes interloqué, le combiné à la main. Par chance, il put joindre presque aussitôt un correspondant à la police de Great Falls.

— On a rattrapé le gars. Vous téléphoniez pourquoi ?

— Avant, j'étais à Billings et j'ai eu à m'occuper d'affaires similaires. Alors, je me demandais si c'était pas le même homme.

— Il y a combien de temps ? Parce que lui, il est jeune.

— Un peu plus de cinq ans.

— Impossible, alors ! Lui, il en a à peine dix-neuf. Ça lui aurait fait treize, quatorze ans. Et il avait fait quoi ?

— Violé et tué deux filles, dont une gamine. Dans un parc. Presque scalpées.

— C'est pas le bon, un gamin peut pas faire ça. En plus, la nôtre a été violée, scalpée, mais elle est pas morte. On vous avait raconté qu'elle était morte ?

— Hein ? On m'a dit étranglée et scalpée.

— C'est vrai, sauf qu'elle est dans le coma. Les toubibs espèrent la sauver. C'est pas beau à voir mais elle a eu de la chance. Le crâne à vif, je vous explique pas la quantité de sang !

Il ajouta qu'elle s'appelait Sheryl Sheridan.

Ted reçut sa convocation pour déposer au procès six mois plus tard.

Thelma l'avait accompagné. La ville d'Helena était en état de siège quand le couple la traversa. Deux jeunes Indiens et un Blanc avaient attaqué un McDonald's la semaine précédente. Lors de leur fuite, les policiers avaient abattu deux des fuyards et blessé le troisième, un Cheyenne. La polémique provenait du fait que les armes des voyous étaient factices et que les témoins contestaient la légitime défense des agents. Les Indiens manifestaient en accusant les autorités de racisme. Le blessé venait de porter plainte contre la police d'Helena.

Tous les jours, il y avait des sit-in devant le commissariat, la mairie et le tribunal.

Cerise sur le gâteau, le frère d'une des victimes jouait dans une série populaire le rôle d'un jeune médecin sorti de son ghetto à force de courage. Il avait fait circuler des pétitions dans le milieu du show-biz. Tous les midis, il haranguait la foule avec un porte-voix.

Ted et Thelma se couvrirent les oreilles en passant près de lui. Une cinquantaine de personnes de tous âges et de toutes origines tournaient en rond avec des pancartes réclamant les mêmes droits pour tous et des sanctions pour les policiers racistes.

Ils traversèrent les rangs des opposants et, après être passés sous le détecteur de métaux, prirent place dans la salle d'audience.

Edward McCarthy présidait. On était au deuxième jour du procès.

Non, il ne présidait pas, il plastronnait ! Il pérorait ! Il se prenait pour Dieu le Père ! Edward McCarthy ne s'intéressait pas à ce que les témoins pouvaient dire, il ne s'intéressait qu'à ce que lui disait. Sa parole était un don qu'il faisait au *vulgum pecus*. Il annonça :

— La cour appelle le prochain témoin.

— Merci, Votre Honneur. La cour appelle M. Ted Cortino, clama la représentante du procureur.

Ted n'était pas un habitué des prétoires. À Cheyenne il faisait, comme à Billings, un travail administratif. Aujourd'hui était un grand jour pour lui. Il éprouvait un sentiment de plénitude. Enfin la petite Graziella allait être vengée ! Rien ne pourrait ramener le sourire sur le visage de ses parents, rien ne pourrait effacer les instants de souffrance qu'elle avait vécus, mais au moins son assassin ne représenterait plus un danger pour d'autres jeunes filles. Cela avait été sa première affaire, elle l'avait touché, il avait vécu avec pendant des années.

Il se leva et parcourut les quelques pas qui le séparaient du bureau du juge. Un greffier debout lui fit face et l'interpella :

— Veuillez lever votre main droite. Jurez solennellement que votre témoignage ne sera que la vérité, toute la vérité et rien que la vérité, avec l'aide de Dieu.

Ted leva la main et jura. Le greffier poursuivit :

— Veuillez-vous asseoir. La cour vous entend en tant que témoin. Veuillez décliner vos nom et prénoms et les épeler.

Ted était ému quoique serein sur le siège face à l'accusé. Auparavant, de sa place, il ne voyait que ses cheveux, maintenant il pouvait l'examiner à loisir. Il était petit, au maximum un mètre soixante-cinq, un visage émacié aux yeux fiévreux enfoncés dans leurs orbites et une peau foncée. Il portait un costume de deux tailles trop grand qui le rapetissait encore. En voyant ses mains noueuses, musclées comme celles d'un pratiquant de varappe, le policier savait que sous cette veste trop grande se cachait un corps sec d'athlète. Probablement sur les conseils de son avocat, l'Indien avait revêtu ce déguisement qui le faisait paraître menu. L'accusé fixa le flic avec un regard haineux et ne le quitta plus des yeux. Ted l'observait sans ciller. Un arc électrique traversait la salle d'audience.

Le juge donna la parole à la représentante du procureur. L'interrogatoire s'était déroulé normalement au début. Entre gens de bonne compagnie. Dans ses souvenirs, Ted n'arrivait plus à différencier ceux qui lui avaient posé les questions. Les intonations étaient semblables, que ce fût le ministère public, la défense ou le juge, chacun paraissait vouloir séparer les deux meurtres de l'affaire Sheridan.

L'avocat de la défense avait peu ou prou l'âge de Ted. Il était commis d'office mais son aisance dénotait une habitude certaine des affaires criminelles. Avec ses cheveux longs, son menton volontaire, ses grands yeux bruns aux longs cils, sa voix grave, Me Lawford était un acteur né. Ted et lui ne jouaient pas dans la même pièce, il n'avait eu aucun mal à désarçonner le flic bourru. Sans doute Ted avait-il haussé le ton, à tort. Avec le recul, il songea qu'il n'aurait pas dû.

— Monsieur le juge, vous n'avez pas vu le corps de cette petite… son visage… Oui, je me calme… Mais cet assassin a… Je modère mes propos… Et l'ADN ?... Il mérite la mort !... Excusez-moi, monsieur le juge.

Il faisait chaud, les manifestants dehors criaient, tout le monde avait la tête ailleurs, et certainement pas sur les rives de la Yellowstone à côté de deux cadavres violés.

Personne ne s'était intéressé à ce qu'avait dit Ted, personne. À part Alan Marocco.

Ils avaient échangé un dernier regard haineux, puis le policier avait regagné sa place auprès de Thelma

Rejetant les couvertures d'un coup de pied rageur, poings serrés, Ted fixait le passé de ses yeux grands ouverts dans le noir. Au rez-de-chaussée, il avait en son pouvoir celui qui aurait pu arrêter ce carnage. Comme tous les soirs, il tentait de refréner sa colère.

14.

Dans le bâtiment de la police d'Helena, bien que les bureaux fussent allumés, les pièces étaient vides de toute présence. À l'étage on entendait les aspirateurs du personnel de nettoyage.

En revanche, les locaux du laboratoire étaient encore en pleine effervescence. Trois fois par semaine, le personnel qui le désirait pouvait travailler jusqu'à deux heures du matin. Certains arrondissaient leur fin de mois, généralement les techniciens les plus jeunes, d'autres par choix personnel.

Dans la salle du rez-de-chaussée, deux agents s'activaient dans un petit laboratoire. Rien de clinquant. Seulement des becs bunsen, des pipettes et des fioles. Les deux salles équipées avec les appareils électroniques étaient fermées par précaution la nuit. Le premier expert, toujours en blouse blanche, avait ôté ses gants et rédigeait un rapport sur son ordinateur. Le second, plus jeune, s'approcha de la paillasse, une enveloppe en papier kraft ventrue à la main. Il avait pris soin de vérifier que les mentions imprimées sur le papier avaient bien été complétées : le numéro de procédure, les références du cadre juridique et surtout les signatures des intervenants.

L'étiquette du scellé portait l'inscription : *Affaire McCarthy Benjamin – Thompson Falls – Lieutenant Hallen Samuel – Sergent Frank Maggio – Shérif Ogden*, suivi de la date et de l'heure de la prise et du nom de la personne à contacter à Billings.

Le laborantin, expert auprès de la police, Henrich Mueller, les mains protégées par des gants, déchira l'adhésif de sécurité et ouvrit l'enveloppe. Il en retira un sachet plastique transparent rempli de poudre.

Henrich travaillait tard pour deux raisons : la première, c'est que la femme qui partageait sa vie était infirmière de nuit à l'hôpital, et la seconde, c'est que la prime lui permettait de payer une partie de la pension de sa grand-mère placée en maison de retraite.

Il ouvrit le sachet et constata qu'il contenait un second sachet transparent.

Il préleva un peu de poudre, qu'il plaça dans une coupelle, puis effectua des prélèvements, qu'il déposa à tour de rôle dans d'autres récipients.

Il versa des réactifs sur chaque prélèvement.

Quelques taches, légèrement mauves, apparurent à certains endroits dans la première coupelle ; la poudre des autres demeura inchangée.

Henrich sourit et inspecta les sachets.

Il versa un révélateur et trouva une empreinte très distincte sur le sachet intérieur.

Il se releva et s'adressa à son collègue :

— Hé, Alonso, le lieutenant Hallen, il bosse bien dans l'équipe du nouveau, Carter ?

— Ouais, le capitaine Carter. Un brave type, je l'ai connu à Billings.

— Va falloir leur donner des congés. S'ils se mettent maintenant à arrêter les passeurs de farine.

— Tu charries ?

— Deux livres huit de farine pour même pas une demie once de coke. Je la prendrais bien pour confectionner un gâteau à ma grand-mère, mais y a même pas assez de coke. En revanche, j'ai une empreinte sur le sachet !

★

Ted se leva, alluma la torche et se changea rapidement, puis ouvrit le tiroir où il avait replacé la sacoche.

Edward survolait *Congo*, de Crichton, voûté sur une chaise inconfortable qu'il avait tirée près de la cheminée. Il allait arrêter sa lecture, les grands singes du livre lui faisant vraiment trop penser à Ted, quand les marches craquèrent.

Le colosse sortit de la pénombre, vêtu d'un pantalon et d'un tee-shirt, les yeux vitreux, un paquet à la main. Edward devina que le moment était important. Pour la deuxième fois l'ours descendait au milieu de la nuit. La première s'était très mal terminée. Le policier souffrait d'insomnie, apparemment. Son agressivité, l'agitation maniaque de ses pièces, l'instabilité de son humeur… il avait tous les signes d'une personne atteinte de… non, pas de schizophrénie… Le juge creusa dans ses souvenirs. Qu'avait diagnostiqué le psychiatre chez cette femme ayant ces symptômes et qui comparaissait pour meurtre ? Bouffées délirantes.

C'est ça ! L'accusée parlait même à sa mère décédée. Un cas sordide ! Il fit semblant d'être absorbé par sa lecture, tout en songeant que son avenir dans cette cabane était bien sombre.

Ted alla se servir un verre d'eau à la bonbonne, le but d'un trait puis se resservit. Edward l'entendit se vider les poumons à plusieurs reprises. Inquiet, il leva les yeux sur le policier, qui paraissait éprouver des difficultés à reprendre le contrôle. Leurs regards se croisèrent.

— Vous ne dormez pas ? jeta Ted.

Edward avait fait le lien entre ce qu'avait raconté le policier et les articles de journaux. Des souvenirs douloureux étaient revenus frapper à la porte de sa mémoire.

— Je me souviens de l'affaire Marocco : pendant les émeutes de 2000. On a eu à juger plusieurs affaires d'Indiens pendant cette période, d'où mon trouble tout à l'heure. Le père de ce jeune homme était un Indien, un Sioux alcoolique, la mère une Crow. Le fils, un être malingre.

Sans un mot Ted prit place à côté d'Edward, posant son paquet sur la table basse.

— Tout à fait.

McCarthy souffla intérieurement et poursuivit doucement :

— Il avait usurpé l'identité d'un adolescent, Alan Marocco. Son véritable nom était Ayawamat…

— On s'en fiche.

— J'ai une mémoire d'étudiant, il suffit que me reviennent les deux premiers mots de la leçon, et je peux réciter le livre en entier.

— Réciter ne signifie pas comprendre.

— Ce garçon a peut-être tué un père qui le martyrisait, puis il a disparu durant des années, alors qu'il aurait dû avoir un suivi psychologique. Cas banal, classique, malheureusement. Ensuite il a refait surface, est passé en jugement pour le viol d'une femme.

— Viol et meurtre d'adolescentes. Viol et barbarie !

Ted avait hurlé.

— La fille n'est pas morte, si j'ai bonne mémoire. Vous la connaissiez ?

— Non.

— Je ne comprends pas ! Votre rage…

— La police de Great Falls n'a retenu que cette tentative de meurtre, or il était soupçonné de deux autres assassinats. J'ai insisté, je vous ai même dit qu'il allait recommencer…

— À moi ? Vous ? cria à son tour Edward, incrédule.

— Vous m'avez ridiculisé à la barre. Vous m'avez demandé à quelle université j'avais passé mon doctorat de psychologie. Vous affichiez cette morgue, comme toujours, comme maintenant.

— Où voulez-vous en venir ?

— Je vous avais prévenu que cette petite frappe allait récidiver. C'est un serial killer. Vous m'avez ignoré. Il fallait « donner sa chance » à l'assassin. La police partait avec des a priori… et vous l'avez laissé en liberté !

— Il a été condamné…

— À cinq ans ! Et il a fait trois ans. Il lui restait toute la vie pour récidiver. Vous, vous êtes au-dessus des éprouvettes où vous pratiquez vos expériences.

— Il y a eu un procès, non ?

— Je fais appel. Je n'ai pas les moyens de vous apporter les pièces du dossier ni de convoquer les témoins, j'espère seulement que les informations contenues dans ces articles vous rafraîchiront la mémoire. Vous aviez commencé à les lire, eh bien, terminez !

Ted lança violemment la sacoche à Edward, qui la rattrapa en se tordant un doigt.

— … J'ai enlevé mes notes pour ne pas vous influencer. Rassurez-vous, pour refaire le procès, vous aurez mieux, bien mieux. Vous allez être le premier juge qui va pouvoir vérifier si son jugement était le bon.

Le cartable serré contre sa poitrine, Edward se sentit soulagé : la situation se déplaçait sur un terrain qu'il maîtrisait. Le débat, la parole étaient ses armes, pas celles du colosse. La logique de l'énergumène lui échappait, toutefois s'il ne s'agissait que de réviser un procès pour gagner le droit de connaître la route qui le ramènerait à la civilisation, il allait jouer le jeu !

— Je consens à revoir si la sentence était proportionnée aux délits, néanmoins vous admettrez que réévaluer une opinion uniquement aux vues d'articles de journaux n'est pas satisfaisant pour un magistrat.

— J'en conviens, et c'est pour balayer cette objection que vous allez juger *in situ*, comme disent les latinistes… La responsabilité du juge, c'est pour demain.

Sur ces paroles sibyllines prononcées sur un ton menaçant, Ted relança le compresseur. Edward saisit le message et alluma la petite ampoule qui pendait au-dessus de la table. Il se souvenait de cette histoire et des circonstances exceptionnelles qui avaient conduit à un jugement inattendu. En revanche, cette histoire n'était nullement emblématique, elle ne pouvait justifier à elle seule de commettre un kidnapping. Mais que se passait-il dans un cerveau malade ?

Le policier, perché sur la deuxième marche, vérifia que le juge s'installait pour travailler puis poursuivit son ascension : il avait rendez-vous avec ses cauchemars.

Les bûches dans l'âtre achevaient de se consumer : de temps en temps des étincelles fusaient en crépitant, derniers sursauts d'un feu à l'agonie alors qu'une luminosité naissante nimbait la pièce. Le buste affalé sur la table, Edward ronflait, le nez pincé dans son coude replié. Il avait passé une bonne partie de la nuit à parcourir les articles de journaux ; finalement cette lecture répétitive avait eu raison de sa résistance.

Un choc au plafond, suivi d'un second, le fit sursauter. Il s'ébroua, les reins en compote et, grimaçant, s'étira doucement. L'autre fou allait descendre ! Edward réunit les journaux étalés sur la table et en fit deux piles, séparant ceux qui lui paraissaient dignes d'intérêt des autres. Il aurait peut-être besoin de se référer à un article en particulier, suivant la tournure que prendrait la conversation. De toute façon, il maintenait son verdict.

Les chroniques du *Billings News Paper* étaient remarquablement bien documentées. Une vision d'ethnologue : l'accusé était un Amérindien. Ça avait inspiré le journaliste. Alan Marocco était accusé de deux viols et d'actes de barbarie, suivis de meurtres et d'une tentative de meurtre. Durant le procès, la défense avait exposé l'enfance tragique de l'accusé, rejeté par un père brutal. À douze ans, il avait été obligé de participer à la danse du Soleil. S'ensuivait une description de cet acte traumatisant aux yeux d'un Blanc :

De nouveau autorisé depuis 1934, cette pratique ancestrale des Indiens des plaines se déroule à la fin du printemps. Certains adultes dansent alors que des adolescents offrent leur souffrance au dieu de l'Univers, Wakan Tanka. Les participants à la cérémonie se présentent poitrine dénudée devant le sorcier, qui leur pince la peau du dos ou de la poitrine en plusieurs endroits, puis la transperce en y glissant des bâtonnets en os. L'extrémité d'une fine lanière est ensuite attachée à chaque bâtonnet, l'autre bout étant reliée à un arbre. Le sacrifice consiste à s'arracher la peau en tirant dessus.

Alan Marocco, qui s'appelait en réalité Ayawamat, avait été conduit avec dix autres enfants au pied de l'arbre. Ils allaient danser durant deux jours autour du tronc. Le chaman leur avait transpercé la peau en sept endroits

L'enfant chétif avait pleuré pendant qu'on lui glissait les bâtons dans les plaies. Humilié, son père avait quitté l'assemblée en vociférant.

Les adolescents, fixant le soleil, tiraient sur les lanières pour tenter de s'arracher des lambeaux de peau.

Le supplice dura des heures, ponctué par les mélopées et les tambours. Les guerriers et les femmes dansaient en cercle. Le sang ruisselait sur la peau des suppliciés. Les plus courageux couraient et, prenant de l'élan, se jetaient au sol en souhaitant que la peau cédât. Au fur et à mesure, les danseurs se libéraient des morceaux de chair sanguinolents pendant sur leur torse. Exténués, titubant, ils trouvaient refuge sous la tente du chaman.

Bientôt il ne resta plus qu'Ayawamat, que la douleur et son faible poids empêchaient d'aller jusqu'au bout du décollement. Il ne put se libérer tout seul et glissa, inconscient, jusqu'au sol. Deux morceaux de peau le retenaient encore quand le chaman vint le délivrer. Matoskah, déçu et irrité de l'échec de son fils, déclara qu'il n'était pas un homme mais une berdache[1]*. L'homme médecine voulut le soigner. Son père refusa et l'entraîna à la maison et, pour lui prouver qu'il n'était qu'une squaw, il le viola le soir même alors que l'enfant baignait dans son sang.*

Sitôt rétabli, et pour montrer qu'il était un homme, Ayawamat, profitant que son père était ivre mort, lui fendit le crâne d'un coup de tomahawk. Il avait douze ans ! C'est à ce moment qu'Ayawamat était mort : Alan Marocco était né quelques mois plus tard sur un des innombrables chemins parcourus par l'Indien. Ce qu'il avait fait entre-temps, nul ne le savait.

Des années plus tard, il y avait eu la tentative de meurtre sur la jeune Sheridan.

★

Edward se leva en voyant Ted poser le pied au bas de l'escalier. Il avait revêtu une chemise épaisse, de celle qu'affectionnent les trappeurs canadiens, à gros

---

1. Homme considéré comme une femme et revêtu de vêtements féminins.

carreaux rouges, il ignora le juge, se dirigea vers le buffet et en sortit les bols et les couverts. Sans un mot, les mains occupées, il se planta devant la table encombrée de papiers.

McCarthy comprit le message : il empila les documents et les déposa par terre. Satisfait, Ted se débarrassa des bols et retourna chercher les aliments pour le petit déjeuner.

Les deux hommes prirent place autour de la table. Le policier déchira un emballage de toasts et attaqua :

— Alors, le juge, la mémoire vous revient ? Vous avez su faire le tri entre la romance et la réalité dans ce que vous avez pu tirer de ce fatras ? Vous n'avez pas Alzheimer, cette boue a dû faire remonter des souvenirs. Dites-moi un peu ce que vous avez retenu, pour voir.

En parlant, il tripotait la cellophane qui avait enveloppé les biscuits. Il froissait le papier pour, sitôt après, l'étaler en le lissant avec l'ongle du pouce afin d'en faire disparaître les plis. Satisfait du résultat, il recommençait : il pliait et lissait, encore et encore. Edward détourna son regard de ces mains qui jouaient avec un bout de papier.

— J'ai passé l'âge de réciter mes leçons, et cessez d'être familier ! Depuis, malheureusement, j'ai vu des cas plus horribles !

— Intéressant. Alors, d'après votre échelle de Richter personnelle, Alan Marocco, c'est du combien ? Faible dégât ? Barbarie sans pertes humaines ? Pertes humaines anecdotiques ?

L'eau dans les bols était limpide, à part le liquide au contact direct des sachets qui se teintait. Edward toucha son bol : glacé. Il leva la tête.

— J'ai jugé Ayawamat, pas Alan Marocco. Un être humain est un et indivisible, de la naissance à la mort. Sa jeunesse l'a marqué et elle explique sa vie d'adulte.

— Expliquer a la même signification qu'excuser pour vous !

— Il a été jugé. J'espère que ce jeune homme a su profiter de ce que vous appelez la clémence. Il a purgé sa peine.

— Purgé, c'est le mot ! Et c'est moi qui ai nettoyé derrière ! Savez-vous ce qu'il a fait en sortant de taule, monsieur le juge ?

McCarthy sursauta, bien qu'il s'attendît à ce que Ted se mette à crier. Il avait senti venir l'explosion de colère avec les gestes répétitifs du policier et sa façon de l'interroger pour s'échauffer.

— Il est venu rôder autour de chez moi, votre protégé. À Cheyenne ! Il a bien profité de votre clémence, ça oui ! Vous êtes un être irresponsable ! Vous avez lancé une grenade dans ma maison !

Un frisson parcourut l'épine dorsale d'Edward, Ted était personnellement concerné par l'affaire Marocco. Il craignait la suite.

— Et… et vous avez averti la police ?

— Venant de vous, la question est surprenante ! Les crimes ont été commis dans le Montana, il a été jugé, condamné et libéré dans le Montana. Il a tout à fait le droit de se promener dans le Wyoming. C'est un citoyen qui a purgé sa peine, vous l'avez dit. Ma femme s'en inquiétait, bien sûr… J'ai trouvé les mêmes mots que vous pour la rassurer : « Ce type était libre maintenant, il n'allait pas être assez bête pour refaire une bêtise. »… Cela a duré plusieurs jours. J'ai essayé de l'attraper, mais il était malin comme un singe… Une ombre ! Puis… j'ai… trouvé… ma femme, violée ! Ma Thelma ! Elle avait dû se battre, je la connais ! Votre Sioux a souillé ma femme et l'a tuée.

McCarthy se redressa, désarçonné.

— Qu'est-ce que vous racontez ? Votre femme… ? Ted, je suis désolé pour vous… Êtes-vous certain que c'est Marocco qui l'a tuée ?

Ted hurla :

— Qui voulez-vous que ce soit ? Il l'a violée puis battue… Car c'est lui qui l'a battue… Ça n'aurait jamais dû arriver. La société comptait sur vous. Vous êtes son complice.

— Vous n'avez pas le droit de me tenir responsable de votre malheur. Je n'ai pas laissé un serial killer en liberté, j'ai condamné un adolescent à la peine prévue. Vous voulez vous venger et… et mon fils vous a aidé à me tendre ce piège ?

— Ne détournez pas la conversation. Votre fils m'a aidé, quoique involontairement. Il a joué le rôle de l'appât et maintenant il va être jugé pour un flagrant délit qui, lui, est bien réel. Si vous le rejoignez assez tôt, je vous donnerai de quoi l'innocenter. Alors, la randonnée… ?

McCarthy était sidéré, le policier l'avait enlevé pour ensuite le libérer dans la nature ! Il approuva de la tête, le cerveau parcouru d'un flot d'informations.

Cet acquiescement fut une libération pour Ted. Il jubilait ! Son plan avait exigé un tel investissement, en temps, en argent. Il avait douté. Nul à qui confier ses doutes, ses espoirs. Personne avec qui partager sa haine…

★

À la première heure, Carter avait convoqué tout le personnel dans la salle qui servait de réfectoire. L'heure n'était pourtant pas à la congratulation pour partager le pot de l'amitié ou fêter la promotion d'un collègue. Les mines étaient graves. Certains se mordillaient les lèvres d'énervement.

Carter, pour se donner une contenance, s'était assis une fesse sur la table. Il se frottait les mains, prenait des feuilles agrafées, puis les reposait.

— Voilà, vous en savez autant que moi, je tiens à votre disposition le rapport dans son intégralité. Je vous ai lu les conclusions : Hallen… le lieutenant Hallen a arrêté un dangereux passeur de farine.

— Capitaine…, coupa Hallen.

— Je n'ai pas terminé.

— Peut-être, n'empêche que c'est bien votre téléphone qui nous a mis dans le coup, insista le lieutenant.

— On y reviendra. Vous avez raison de le signaler. Mais chaque chose en son temps. Le sachet intérieur qui contenait le dangereux produit est de marque Etna Production, référence EPM20232. Il correspond aux lots que nous utilisons pour placer les pièces à conviction.

— Merde alors ! dit Maggio.

— Maggio !… Les techniciens ont pu relever une empreinte sur ce sachet. Elle est en cours d'analyse.

— Et on fait quoi ?

— Je peux comprendre que ma nomination ait pu exaspérer certains. De là à fomenter une conspiration…

Toutes les personnes dans la pièce remuèrent ou échangèrent des regards vite escamotés.

— Je trouve cela inadmissible et indigne de l'uniforme que vous portez. Donc, vous allez tous passer devant l'agent Walter, qui procédera à une prise d'empreintes. À moins que quelqu'un ait des informations à me communiquer.

— C'est illégal ! cria Hallen.

— Je vous l'accorde ! De toute façon, il y aura une enquête interne. Si on peut désamorcer la bombe avant…

— Je m'y plierai, mais je pense comme le lieutenant : c'est illégal, soupira Maggio.

— Les relevés seront détruits aussitôt après.

— S'il le faut, je m'y plierai moi aussi ! Mais cela va laisser des traces dans la brigade. Moi-même, sitôt cette affaire éclaircie, je demanderai ma mutation. Il n'est pas sain de travailler dans la suspicion.

— Vous m'ôtez les mots de la bouche, lieutenant Hallen. Quant à mon téléphone, je tiens aussi à votre disposition les relevés de mon abonnement. Vous pourrez lire qu'il n'y a qu'une seule communication. Celle de 7 h 3. Je ne sais pas qui m'a volé mon mobile, mais je le trouverai… et avant qu'il soit muté. En attendant, lieutenant, je vous demanderai de faire paraître un appel à témoins dans le *Chronicle* et le *Diary Montana* sur la disparition du juge. Juste ça. Jouez sur le fait qu'on a retrouvé sa voiture sans occupant. Rien d'alarmant ni pathos. Le truc habituel. Merci.

Le bureau se vida dans un silence lourd de menace.

★

L'hôpital Saint-Patrick où reposait Ben était situé sur Broadway West Street, à cinq cents mètres du central de la police, et Carter avait conseillé à Laura le Red Lion Inn, un hôtel à un bloc de l'hôpital. Il mentit donc très peu quand il affirma à Walter qu'il allait à l'hôpital alors qu'il se rendait à l'hôtel. Il mentait d'un bloc.

Il se fit annoncer à la réception et attendit dans le hall. Il venait à peine de s'asseoir dans un canapé en cuir, face à la cheminée de pierre, quand Laura descendit les escaliers. Elle avait des cernes sous les yeux, même si l'allure était toujours aussi sophistiquée, malgré l'heure matinale. Elle se pinça les lèvres, s'attendant à l'annonce d'une mauvaise nouvelle en arrivant face à Carter.

Il l'accueillit avec son sourire le plus chaleureux.

— Bonjour, madame McCarthy. Je crois que vous allez pouvoir voir votre fils !

Laura chancela. Carter tendit le bras pour la soutenir. Elle s'y appuya et se laissa couler dans un fauteuil.

— Que s'est-il passé ? Mon mari…

— Non, je regrette, on n'a pas de nouvelles informations concernant votre ex-mari. Il n'y est pour rien dans ce revirement. Nous allons probablement abandonner les charges contre Ben.

— Ah, il est innocent.

— Le paquet qu'il transportait ne contenait que très faiblement de la drogue. Pas de quoi écoper d'une incarcération. Une amende, probablement. C'est au juge de décider.

— Je ne comprends pas…

— Nous non plus. On va rapatrier la voiture de votre mari dans nos locaux. Je crains que ce soit lui qui était visé. De plus, d'autres éléments dont je ne peux pas vous parler sont troublants.

— Quand pourrai-je voir mon fils ?

— Tout de suite. Je vous accompagne. Je souhaite le questionner… en tant que témoin.

★

Edward faisait son possible pour mémoriser les détails topographiques des cartes et les indications reportées par Ted sur des feuilles quadrillées d'écolier. Chaque feuille correspondait à l'itinéraire d'une journée et se terminait par l'endroit où il bivouaquerait.

Les haltes devaient se faire précisément à ces endroits-là car Ted y avait enfoui des vivres, de l'eau, une tente polaire.

— Tout le confort, comme il l'avait souligné sans sourire. Vous trouverez les mêmes choses à chaque étape. Vous n'avez absolument pas besoin de vous charger. Juste l'eau et un peu de nourriture pour la journée.

— Je ne vois toujours pas l'intérêt de m'avoir emmené ici pour ensuite me faire faire un parcours de santé. À vous croire, il n'y a aucun risque. Sans compter le travail que cela a dû vous demander. Vous voulez que la nature soit mon bourreau ? demanda Edward. Vous êtes… C'est bigrement tordu.

— Je ne prononce pas de sentence, moi. Pour moi, Marocco est un assassin qui tue chaque fois qu'il en a l'occasion. Pour assouvir ses instincts, par plaisir.

— Je ne pense pas avoir jamais rencontré un être humain qui réagisse ainsi. Admettons. Et alors ?

— Vous allez faire votre petite randonnée avec la crapule que vous avez graciée.

Abasourdi, Edward se leva et se versa un verre d'eau.

— Il est ici ?

— Non, vous le rejoindrez sur le trajet.

Ted fit un geste vague en direction de l'extérieur tandis qu'Edward s'asseyait à l'extrémité du banc, le verre à la main.

— Je l'ai attrapé, seulement je ne suis que policier, je n'ai pas le droit de le juger. Une fois arrêté, je le remets aux mains de la justice, qui doit statuer. Parce qu'à l'école des juges, on leur apprend à différencier celui qui peut encore faire le mal de celui qui n'en fera plus. Le policier, tout le monde le sait, joue au chat et à la souris.

— Ne vous énervez pas !

Le bruit des pièces qui se chevauchaient en crissant sous les doigts habiles de Ted se fit entendre.

— « Bon chien-chien ! il a rapporté ! » C'est le juge qui va trier dans le panier les bons champignons des mauvais. C'est un travail d'intellectuel. Le plus difficile. Faut un cerveau ! Moi qui ai vu des corps éventrés, des fillettes souillées, du sperme plein la bouche, je ne suis pas apte à savoir si le salopard qu'a fait ça est vraiment méchant !

Le visage congestionné, Ted regroupa toutes les pièces dans sa main. Le bruit cessa quelques secondes. Puis il reprit, régulier, lancinant.

— Le juge est-il infaillible ? Comment connaître les gens en quelques heures, il faudrait vivre avec…

– Le policier minaudait, il en était encore plus effrayant. – Il faudrait vivre avec ! Tiens, c'est pas bête, ça ! Au tribunal, on peut tomber sur de super bons comédiens qui t'entortillent un juge vite fait, des Al Pacino des prétoires, des Dustin Hoffman du trémolo qui te violent une adolescente en pleurant sur leur jeunesse malheureuse. Comment savoir si on n'a pas affaire à un imposteur ?

— Il faudrait vivre avec, murmura Edward, qui commençait à entrevoir où Ted voulait l'emmener.

Ce dernier s'en aperçut et le fixa dans les yeux.

— T'as tout compris, monsieur le juge. Tu as cinq jours pour te faire une idée de la personnalité du prévenu. Hors de tout ce qui peut perturber ton jugement. Et, au bout des cinq jours, tu rendras ton verdict. On est au Montana, c'est pas à toi que je vais apprendre que c'est au juge de décider de la sentence.

— C'est dément !

— Tu m'insultes et tu me déçois. Tu ne perçois pas la richesse de l'expérience ? Je ne veux de mal à personne, ni à toi ni à lui. Je veux que justice soit rendue. Or je doute tellement de la justice. J'aimerais tant avoir tes certitudes, le juge ! Je suis flic, j'ai prêté serment. Je ne peux pas toucher à un de vos cheveux, sauf en cas de légitime défense, bien entendu.

— À deux, on pourra s'entraider.

— Je l'espère ! Ce sera une obligation, même. Car si monsieur le juge a le trajet dans sa tête, c'est la crapule qui a les caches des étapes dans la sienne. Vous aurez besoin l'un de l'autre : c'est pour ça que je ne vous donne pas de cartes, monsieur le juge. Il serait capable de vous tuer pour vous les prendre.

— Pourquoi ferait-il ça ?

— C'est un prédateur, mais vous avez besoin de lui. Vous aussi serez obligé de le supporter, vous êtes liés l'un à l'autre. Vous n'avez qu'une chose à faire : confirmer ou revenir sur votre sentence. J'ai fait appel, Votre Honneur, souvenez-vous ! Comme dans tous les procès d'appel, j'apporte des éléments nouveaux : Marocco a tué ma femme, seulement je n'ai pas de preuves. C'est en votre âme et conscience que vous allez juger, je n'attends rien d'autre. Cette fois-ci, pourtant, ce sera après avoir partagé le lit et le couvert dans un environnement… hostile, avec l'accusé.

La situation était folle, saugrenue, choquante, néanmoins, au-delà de tous les adjectifs que McCarthy pouvait trouver, elle lui offrait une chance de fuir, un minuscule espoir !

— Votre vie dépendra de votre mémoire : certains sentiers mènent à des ravins ou à des zones d'avalanche. Vous devrez marcher le matin tôt, jamais l'après-midi s'il a fait chaud. Bien entendu, la cache n'est jamais à l'endroit exact de l'étape. Vous devrez indiquer à votre compagnon le repère qui est sur la carte. C'est à partir de ce signe qu'il pourra prendre ses marques pour trouver la cache. Qui plus est, n'oubliez pas, recouverte de neige.

— Ce jeu de piste me paraît aléatoire. Si je rate l'étape, pas de cache ! Si mon compagnon ou moi avons un accident, l'autre ne peut plus continuer.

— Je ne vous le fais pas dire. Il va falloir être aux petits soins pour votre moitié. Un est la jambe gauche, l'autre la jambe droite. Pour avancer, faudra de la coordination, beaucoup de coordination.

Le petit homme s'était allongé sur la terre froide, hoquetant de rire. La lampe fonctionnait, la lumière était revenue. Il repeignait les murs de sa prison du pinceau de sa torche, heureux, réconforté. Quand il s'était remémoré son combat titanesque contre l'emballage plastique, il n'avait pu empêcher les gloussements, qui s'étaient transformés en une déferlante d'éclats de rire. Quelle dérision !

Il devait rapidement apprendre ces putains de caches et éviter de se retrouver à la merci d'un problème technique. Il lui était interdit de se lamenter, il avait deux objectifs : apprendre par cœur les emplacements des caches et se maintenir en forme.

— Apprends, crapule, apprends où elles se trouvent, c'est tout ce qu'on te demande. L'emplacement, c'est tout ! Tu sauras assez tôt ce qu'elles renferment. Et, n'oublie pas, détruis les papiers, sinon t'es mort. T'entends, crapule !

Eh oui, j'entends ! T'es à peine à un mètre de moi, gros tas de merde ! Qu'est-ce qu'Il avait bien pu foutre dans ces caches ? Des pièges ? Des trucs qui explosent ? Quel intérêt ?

— Crapule, tu crois que je suis fou ? Tu crois qu'un fou aurait pu t'attraper ? Tu m'entends bien, crapule ?

J'entends ! T'es tout près ! La prochaine fois, approche encore un peu plus près. Baisse-toi à mon niveau, que ton haleine de chacal vienne me chauffer les narines. Comme si tu voulais me rouler un patin : et je te saignerai comme un goret ! On peut pas les louper, tes veines, ce sont des tuyaux. On voit que ça sur ton cou quand tu t'énerves. Faudra bien que tu viennes m'enlever ces chaînes. Tu vas devoir t'approcher... Baisser ton cou de taureau... Et s'il faut crever, on crèvera ensemble.

15.

Aux yeux d'Edward, la folie de Ted apparaissait y compris dans son souci du détail : les relevés sur les cartes étaient une mine d'informations.

Des questions perturbaient le juge, penché sur les feuilles, malgré sa concentration. À la fin de la cinquième étape, Edward rendrait son verdict, mais à qui ? Si, par chance, les deux hommes achevaient leur périple, Ted ne serait pas présent. Qu'avait-il concocté pour le remplacer ? Un comparse ? Un piège ?

Il était donc primordial d'étudier la carte, surtout la fin du parcours, afin de dénicher d'autres échappatoires possibles. Beaucoup d'indications très précises étaient notées tout au long du chemin imposé par le policier et rien sur les alentours – il n'avait fourni que des bouts de cartes issues de Google Earth et limitées à la zone qu'il avait jugée utile.

Quelle serait la peine prévue, s'il s'était trompé dans le verdict initial ? Le premier châtiment qui lui venait à l'esprit était qu'il se ferait éliminer par Alan. La preuve et le châtiment en un seul acte. Ensuite, il ne resterait plus qu'à coffrer l'assassin. Ou à le tuer…

En cas de légitime défense, le policier se donnait le droit de tuer, avait-il dit.

Edward reporta son attention sur la feuille qu'il apprenait.

Et si Alan ne le tuait pas et qu'ils se retrouvaient tous deux vivants en fin de cinquième étape, serait-ce la preuve qu'Alan méritait une rédemption ? Au risque de dénoncer Ted et de le faire arrêter ? Cette éventualité n'avait pas été imaginée par le policier, songea McCarthy : pour lui, Alan était un tueur, et il ne pourrait pas combattre ses pulsions dans un environnement sauvage.

Le policier était convaincu que Marocco allait tuer le juge avant le cinquième jour, c'est pour cette raison qu'il était inutile qu'il soit à l'arrivée. Alan en fuite serait abattu tôt ou tard.

— Alors, on apprend ses leçons ?

Ted, arrivé silencieusement derrière le juge, lui posa sa grosse patte sur le cou.

— Il vaut mieux que vous soyez studieux. Une bonne note en récitation pour le salut de Ben ! La prison, c'est l'enfer et, quand on est innocent, c'est pire. Souvent, on pense au suicide.

— Vous êtes…

— Une ordure ? Non ! Je suis un veuf inconsolable. Ça prête à rire, dit comme ça. Ce sont généralement les mots utilisés dans un prétoire. « Le mari de la victime », « les orphelins », « les parents ». Rien que des mots sans visage. La douleur ne fait que passer à la barre ! Il y a trois entités dans un procès : la victime, l'accusé et la douleur des proches. La victime a existé, l'accusé existe, la douleur existera. La douleur, on l'associe à la vengeance, intentionnellement. C'est tellement laid, la vengeance ! L'assassin a un visage que vous voyez durant tout le procès, il bouge, pleure, se lève, sourit. La victime, on l'a en photo, elle est morte. On ne peut plus la faire bouger, sourire. Quoi qu'on fasse, elle est réduite à de la 2D. Elle a perdu de l'épaisseur. La famille de la victime, dans deux jours, elle aura refait sa vie. C'est ce que vous pensez. Il faut sauver ce qui peut l'être : l'assassin…

McCarthy se tassa sur son siège : la randonnée était périlleuse, mais sans doute moins que de rester ici, dans la cabane, avec un colosse qui perdait son sang-froid.

— Laissez-moi, j'ai mes leçons à apprendre.

★

Le temps était gris sur Missoula. Il avait de nouveau neigé. L'atmosphère au central de la police était maussade. Carter et Hallen étaient réunis dans le bureau du capitaine.

— L'affaire de drogue n'en étant pas une, on retombe sur un cas de disparition. Où est passé le juge McCarthy ?

— L'accident est toujours possible.

— Faites rapatrier sa voiture. Une Lincoln Navigator noire. Apparemment, elle est à la fourrière. Avant, faites-vous confirmer les numéros de la plaque. Qu'on se retrouve pas avec un autre véhicule.

— J'y aurais pensé, répondit Hallen, sensible à la pique.

Des coups furent frappés à la porte.

— Oui !

Walter entra, avec en main une pochette.

— Capitaine, les résultats des empreintes de la brigade.

La jeune stagiaire affichait une mine satisfaite. Hallen s'écarta pour la laisser s'approcher du bureau.

— Alors ?

— Négatifs, capitaine. Aucune correspondance.

— Bonne nouvelle ! Même si ça ne fait pas avancer cette affaire.

Le lieutenant se plaça de nouveau en face de Carter. Walter fit un pas de côté pour éviter de se faire marcher sur les pieds.

— Capitaine, avec tout le respect que je vous dois, ces tests sont incomplets.

— Oui, Hallen ?

Les deux hommes s'affrontèrent du regard. L'arc électrique qui se créa aurait permis de griller un T-bone de deux kilos.

— Capitaine, vous n'avez pas donné vos empreintes. Cela me paraît injuste.

Carter se mordilla la moustache.

— Ce n'est pas faux. Walter, apportez-moi le matériel.

— Cent quinze, cent seize, cent dix-sept.

Appuyé sur ses phalanges, le prisonnier effectuait des tractions accompagnées par le bruit stressant des chaînes. Voilà un mois, une année, un siècle que tous ses mouvements étaient suivis du cliquetis métallique des anneaux qui s'entrechoquaient ou frottaient sur le sol. Même la nuit, les serpents de fer qui lui mangeaient les chevilles guidaient ses cauchemars.

Exténué, il se laissa tomber sur le sol, puis rampa contre le fond en évitant de faire résonner ces satanées ferrailles.

Il ralluma la torche et parcourut sa prison, comme il le faisait toujours pour se rassurer après être resté longtemps dans l'obscurité.

Il s'appuya contre le mur, ramena ses genoux contre lui et chantonna. Il avait trouvé ce truc pour mémoriser les lieux des caches, adoptant un air connu pour chacune. Un mot, une phrase de chaque chanson lui faisait penser à un indice de la cachette.

La première, sur l'air de « Honky Tonk » de Webb Pierce, la deuxième sur « On the Bayou » de Hank Williams, ensuite, « Kansas City Star » de Roger

Miller, la quatrième « Blue Train » de Johnny Cash, et la dernière « Cowpoke » de Don Walser. Que de la country, car il ne connaissait rien d'autre.

De temps à autre, son esprit dérapait et il se mettait à hurler « Mule Skinner Blues »[1] *:*

Good morning Captain,
Good morning Shine

qu'il poursuivait avec des iodles à n'en plus finir. Il ne cessait que quand sa voix, cassée, le faisait souffrir.

Il sentait que sa raison le fuyait. Découragé, il retombait dans des moments d'hébétude.

Il gratta les croûtes qu'il avait sur le cuir chevelu et se frotta le front, où la crasse formait des boulettes sous ses doigts.

Sa saleté l'occupait.

---

1. Chanson composée en 1930, reprise depuis par Dolly Parton, Jerry Guthrie, etc. Très entraînante, elle est surtout constituée de iodles.

16.

Ted et Edward se faisaient face de part et d'autre de la table en bois, la carte occupant l'espace qui les séparait. Le colosse avait passé une partie de l'après-midi à confectionner des sandwiches avec du pain de mie. Tartinant méthodiquement chaque tranche, s'appliquant à ne pas déborder, tout en ne laissant pas un millimètre de pain vierge de pâté ou de beurre de cacahuète. Ensuite, il avait égalisé régulièrement l'épaisseur de la matière onctueuse, arasant et reprenant les manques.

Pour le jambon, il avait posé le pain sur une tranche pour vérifier dans quel sens il fallait la découper afin d'éviter que la charcuterie dépasse. Il avait affiché une mine satisfaite quand il avait constaté que le rapport était quasiment de un pour deux dans le sens de la largeur.

Il avait été un bon pédagogue : étape par étape, le policier avait montré les repères des différents endroits et les façons de les retenir. Il avait également étayé son discours de conseils : « Ne jamais prendre une direction sans être sûr de son choix. Il vaut mieux revenir sur ses pas jusqu'au dernier endroit incontestable. » « Si vous vous trompez de direction, vous mourrez. » « Vous trouverez dans le premier coffre une boussole et un altimètre. En cas de perte, vous en trouverez un double dans le coffre trois. »

La météo était stable. Le départ était prévu pour le lendemain huit heures. Edward était certain d'avoir tout mémorisé : les repères, les pistes, les différentes directions. Les endroits sensibles ne manquaient pas, mais, dans l'ensemble, pour un individu habitué à pratiquer la randonnée comme lui, il était certain de pouvoir se souvenir du tracé.

Il ferma ses yeux endoloris, il travaillait maintenant à la lumière jaune de la petite ampoule depuis des heures. Si Marocco avait gardé sa forme physique, peut-être réussiraient-ils à parcourir plus de miles en une journée que Ted ne l'avait prévu. Est-ce qu'en étant plus rapides, ils déjoueraient ses plans ?

Edward réfléchissait à l'attitude à tenir devant Marocco. Comment se présenter ? Il décida de cacher son métier et ferait semblant de ne pas le connaître. La barbe l'aiderait, Ted avait raison. À moins que, par vice, il n'ait averti Alan que le juge serait son compagnon.

— Et les preuves pour innocenter mon fils ?

— Elles sont à la cinquième étape. Révisez ! Je me sers à boire, vous voulez un verre ?

Edward acquiesça, pour une fois. Une pensée le taraudait encore.

— Ted, vous avez monté cette espèce d'usine à gaz pour qu'un seul de nous s'en sorte ? Soit je prononce et exécute une sentence de mort… contraint et forcé par l'attitude d'Alan Marocco. Ou alors, c'est lui qui me tue, ce qui prouve par l'absurde que j'avais tort. Je me trompe ?

— À part mon plan que vous qualifiez d'usine à gaz, c'est ça.

— Je ne voudrais pas passer pour un délateur, mais… et l'avocat Lawford ?

En prononçant ce nom, Edward comprit qu'il n'aurait pas dû aborder ce sujet.

— Oui ? Et alors ? interrogea Ted, les deux verres en plastique à la main.

Le juge garda le silence. Ted, comme s'il n'attendait que ça, haussa le ton, s'excitant tout seul, vociférant.

— Mon plan est une usine à gaz et je suis tellement con que j'ai oublié Lawford, l'enfoiré d'avocat ? Je n'ai retenu que celui qui avait notifié la sentence et j'ai oublié, pauvre petit flic que je suis, j'ai complètement oublié celui qui a retourné le jury, emberlificoté les jurés avec ses histoires d'ADN ? Vous me prenez vraiment pour un abruti, y a pas d'autre mot !

Ted posa les verres et se rapprocha d'Edward.

— Pourquoi devrais-je vous haïr si vous n'aviez fait qu'appliquer la décision prise par un jury ? J'aurais dû m'en prendre aux jurés ! Et à l'avocat ! Pas à vous !

De l'index, Ted martela le front d'Edward pendant qu'il criait.

— Réfléchissez, pauvre petit juge, réfléchissez ! Pourquoi, à mes yeux, vous êtes responsable de la mort de ma femme ? Vous et pas les jurés ?

Edward se mordit les lèvres : le policier connaissait les dessous du procès.

Ted se recula et termina par :

— Vous et pas l'avocat. Vous seul, pas l'avocat.

Edward éprouva un immense vide. Ted Cortino, le flic de Cheyenne, savait des choses qu'il aurait dû ignorer.

L'avocat George Lawford n'était pas réapparu au tribunal d'Helena depuis deux mois. Personne n'avait eu de ses nouvelles. Chose impensable, il avait laissé des dossiers en souffrance. Cette disparition avait fait beaucoup de bruit au tribunal de la capitale, sa famille faisant partie de la bourgeoisie locale. On avait pensé à une randonnée en solitaire qui se serait mal terminée. Un accident.

— Pour les excréments, faudra bien les enterrer, déclara Ted d'une voix enjouée en tendant un verre de whisky à Edward.

— Pardon ?

— L'odeur des excréments attire les animaux. Si vous ne voulez pas finir dans la gueule d'un ours ou d'un loup, pensez à recouvrir rapidement vos déjections. Et profondément.

Edward prit le verre dans un état second.

17.

Pour la première fois depuis la mort de Thelma, Ted éprouvait une once de satisfaction en regagnant son lit. Il ne serait plus jamais heureux mais, au moins, dans quelques jours, il pourrait aspirer au repos.

Le metteur en scène allait s'effacer, la première était pour bientôt. Quand les acteurs connaîtraient leur rôle sur le bout des doigts.

Le juge affichait toujours sa morgue, pourtant il apprenait sa leçon au rez-de-chaussée comme un bon petit écolier. Le reste n'était que façade. Il allait réciter sa leçon en enfer. L'autre petite frappe allait lui faire la peau, c'était un tueur, un fauve.

Ted ne parvenait plus à revoir les visages des jurés. Il ne se rappelait plus la salle d'audience. Petite et lumineuse ? Avec des lambris clairs ? Même la représentante du procureur s'était perdue dans les circonvolutions de son cerveau. En revanche, il se souvenait parfaitement de l'avocat Lawford, du juge McCarthy et de l'accusé. Ah, oui !

Le procès avait repris le lendemain. Cette fois, Thelma et lui s'étaient installés au troisième rang des bancs réservés au public, à l'opposé de la rangée où se trouvait le criminel. L'avocat de la défense avait commencé :

— Ce jeune homme est accusé de viol, barbarie et tentative de meurtre. N'est-ce pas assez ? Faut-il aller chercher des crimes qu'il aurait commis, à, tenez-vous bien, monsieur le juge, à treize ans ! Vous avez des enfants ? Imaginez-vous un gamin de treize ans violer et tuer ? À treize ans ! Qu'avons-nous pour imputer à cet enfant les deux meurtres précédents ? Je vous rappelle que, sans ces affaires qui sortent d'on ne sait où, le prévenu ne serait pas accusé de meurtre.

— Ça, il le doit à la promptitude des secours et à la robustesse de la victime. On ne pourra pas le mettre au crédit du prévenu, intervint l'avocat de Sheryl Sheridan.

— Ne serait-ce pas plutôt que mon client, prenant conscience de son geste, n'ait pas voulu accomplir l'acte ultime ? Il n'y a pas meurtre, il y a intention, je vous l'accorde.

— Et barbarie !

— Vous parlez du scalp ? Coutume ancestrale que nos aïeux ont encouragée. Des primes étaient…

Le juge l'avait rappelé à l'ordre.

— Je vous rappelle que l'État paie les frais de ce procès, je vous prierai de ne pas digresser.

— Bien ! Je souhaiterais que l'on écarte les prétendus meurtres que mon client aurait commis à treize ans, afin de pouvoir recentrer l'attention des jurés sur les violences à l'encontre de Sheryl Sheridan. Qu'avons-nous sur ces meurtres ? Rien ! Faut-il expliquer ce manque de preuves par l'inexpérience du policier chargé de l'enquête ? Policier que nous avons entendu hier, et qui, je dirais… paraît faire une fixation, mener une quête personnelle. Il a échoué dans son enquête et, son ego semblant proportionnel à sa taille, il ne s'en remet pas. Il lui faut un coupable, on le lui donne sur un plateau ! C'est David contre Goliath ! Lui, c'est la police, il représente l'État, vous avez vu son gabarit. Le prévenu est un être chétif, indien de surcroît, peuple spolié et… entendez-vous les manifestants…

McCarthy l'avait interrompu.

— Maître, veuillez vous en tenir à l'affaire. Ne faites pas entrer la rue dans le prétoire ! Allez-vous nous parler de l'ADN ?

— On va en parler, ce que je souhaiterais souligner pour l'instant, cependant, c'est l'âge du prévenu au moment des faits qui lui sont reprochés. Treize ans ! Immature et impulsif, comme tous les jeunes. Assassin, certainement pas. L'âge des consoles de jeu, pas des viols ! De plus, il aurait agi à mains nues ! Avec une pierre, un bâton, une arme quelconque, d'accord. Pas avec ses seules mains. Regardez-le ! À dix-neuf ans, il est malingre, chétif… Imaginez-le, mesdames et messieurs les jurés, imaginez-le avec six ans de moins ! C'est inconcevable !

— Il est petit, certes, toutefois les policiers ont déclaré qu'ils avaient eu la plus grande difficulté à le maîtriser, intervint le juge.

— Il a dix-neuf ans aujourd'hui. Et le témoignage des policiers, on sait ce que c'est. Allez en parler aux gens qui manifestent en ce moment.

Le procès s'était déroulé sur le même ton. Une espèce de comédie entre acteurs frustrés qui avaient fait par erreur des études de droit. Ted avait observé le public. L'auditoire était au spectacle.

Ted avait eu envie de se lever et de crier ; Thelma lui avait serré l'avant-bras. Un expert en psychiatrie était intervenu dans le courant de l'après-midi. Le juge avait énuméré la liste de ses diplômes et les différentes universités où il donnait des cours.

— Docteur, quelles sont les capacités de réinsertion de l'accusé ? avait demandé le juge McCarthy, ajoutant avec une moue : C'est une personne jeune, l'avocat de la défense nous le rappelle assez.

— Il doit être tenu compte de toutes les circonstances atténuantes. Le prévenu souffre d'un syndrome de stress post-traumatique, dû à une éducation violente, marquée par de la maltraitance à répétition. Un manque de repères, une vision du père brouillée. J'ajouterai que, les examens et les tests menés montrent chez le prévenu la compréhension et le jugement d'un enfant de huit ans.

Ted se souvenait surtout de la démonstration qui, à son avis, avait emporté l'adhésion des jurés. Cette démonstration avait été téléguidée par le juge lui-même.

McCarthy était revenu à l'assaut, matois, avec cette histoire d'ADN.

— Il semblerait que la pièce maîtresse de l'accusation soit une preuve scientifique irréfutable : l'ADN. Sans elle, nous n'aurions pas grand-chose dans le dossier.

La représentante du procureur était intervenue avec mollesse :

— C'est largement suffisant. Tout le reste n'est que verbiage.

L'avocat de la défense paraissait attendre ce moment depuis le début. Il s'était éclairci la voix en se raclant la gorge, s'excusant et minaudant comme un acteur de soap-opera.

— Je suis heureux que monsieur le juge souligne que seul l'ADN accuse un enfant de treize ans de meurtre. SEULE PREUVE, en effet. Vous avez utilisé le terme d'irréfutable, donc il ne peut y avoir de discussion. Quand la science parle, il ne nous reste plus qu'à nous taire, nous, pauvres hommes de loi. Pourtant, si ce procès avait eu lieu, ne serait-ce que vingt ans en arrière, et si on vous avait présenté un gamin de treize ans, souffreteux, en criant : « Voici le terrible meurtrier qui a violé et étranglé deux filles », malgré la tragédie, vous auriez haussé les épaules. Inconcevable ! Heureusement que nous sommes dans le troisième millénaire et que l'ADN est arrivé. Qu'est-ce que le test d'ADN ? L'analyse de petits fragments d'acide désoxyribonucléique…

— Maître ! Venez-en au fait.

L'avocat avait alors, dans un long plaidoyer très argumenté, tenté de prouver que ce procédé n'était pas fiable à cent pour cent. Il avait cité des cas où des contre-expertises avaient annulé les analyses précédentes : des cas avérés de faux positifs, des erreurs de manipulation d'échantillons, des non-respects de procédure, des contaminations de l'empreinte par l'ADN d'un tiers.

Et il avait fait venir à la barre le Dr Goldstein, qui avait effectué les prélèvements sur les lieux des deux crimes.

Ted n'avait plus revu le médecin légiste depuis son départ de Billings et l'avait trouvé vieilli. Comme pour lui, le voisinage avec la mort avait laissé des traces.

Après les présentations d'usage, Lawford avait commencé son lynchage.

— Docteur Goldstein, depuis combien d'années faites-vous ce type de prélèvement ?

— Je dirais six, sept ans. La technique n'est pas ancienne.

— Avez-vous effectué les prélèvements sur les sites des deux meurtres qui nous intéressent ?

— Oui. C'était au tout début de cette nouvelle méthode d'investigation.

— Quand avez-vous fait un stage pour améliorer la qualité de vos prélèvements ?

— Ce sont des stages de perfectionnement. La technique évolue. Je dirais : après.

— Vous avez fait cinq stages depuis ! Ce qui est normal quand on veut effectuer un travail de qualité. Il s'agit du cursus classique, je le précise à la cour. On peut penser, docteur Goldstein, que vous avez appris de nouvelles choses et amélioré votre technique ?

— Je l'espère.

— On peut penser que vous êtes meilleur aujourd'hui que lorsque vous débutiez ?

— Je répète : je l'espère.

— Que vous ne referiez plus certaines erreurs ?

— Certainement.

— Objection ! Monsieur l'avocat de la défense suggère sans preuve que le Dr Goldstein a commis plusieurs erreurs dans sa carrière.

— Objection acceptée ! Greffier, effacez la question et la réponse du témoin.

— Excusez-moi, monsieur le juge. Je reformule ma dernière question. Lors de ces deux meurtres, vous débutiez. Maintenant, six ans et cinq stages plus tard, procéderiez-vous de la même façon pour effectuer tous vos prélèvements ?

— N… non, c'est normal, la…

— Merci, docteur Goldstein. J'en ai fini avec le témoin.

À la fin de sa démonstration, un long silence s'était installé. Le juge avait remercié Lawford. La représentante du procureur avait tiré sur sa jupe en signe de gêne. Lawford s'était rassis avec une moue de fausse modestie sur les lèvres.

Ted avait fait confiance à la justice. La justice était représentée par McCarthy, et McCarthy l'avait trompé.

Au début, sa cible avait été l'avocat Lawford. Son éloquence et sa prestance étaient admirables. Un homme brillant, une voix de baryton dans un corps de tennisman avec, en prime, pour les dames du jury, un sourire à la Clooney.

Dès ses premiers mots qui s'étaient envolés dans le prétoire, Ted lui avait envié son aisance, son vocabulaire. Même Thelma avait été sous le charme.

Il avait évacué en quelques phrases ce qui aurait pu gêner son auditoire. Il ne le cachait pas, il y avait eu des actes délictueux, il fallait en parler… mais pas trop ! Le côté sordide des crimes était d'une regrettable banalité à notre époque. Le cas de l'assassin était plus intéressant. Lawford aurait pu faire du théâtre, du cinéma, prêcher ! Il avait envoûté le jury, mis le juge dans sa poche. Si, à la fin du procès, il avait annoncé qu'il allait adopter « cet enfant », tout le monde l'aurait cru.

Ted l'avait admiré et haï.

Puis il l'avait rencontré. Récemment. Même en tête à tête, il avait été brillant. L'avocat lui avait tout expliqué. Tout ! Et sa haine envers McCarthy avait décuplé.

Alors, il avait en partie pardonné à Lawford. En partie seulement.

Car le monde appartenait au Verbe et il avait été celui qui savait en jouer. Un discours émaillé d'un vocabulaire adapté à son auditoire, modulé par une voix agréable, pouvait vous faire avaler des tombereaux de théories fumeuses. La forme, pas le fond ! Cependant, pour que le charme opère, il fallait rester à une certaine hauteur intellectuelle, garder les yeux au niveau du beau parleur. Ne pas les baisser. Ne pas regarder par terre où se trouvait cette enfant, les cuisses écartées, violée. Il ne fallait pas regarder par terre où le sang coulait comme une rivière timide, où la vie s'enfuyait dans un cri ou un long râle.

Un discours était tellement beau quand on regardait dans les yeux de l'avocat. On ne sentait pas les émanations fétides qui s'exhalaient des corps pourrissant au soleil. Et puis, un discours était plein d'espoir, alors qu'un corps martyrisé, boursouflé par les gaz, ça n'inspirait que le dégoût.

Même Thelma, souillée, n'inspirait plus d'espoir… espoir de maternité, de vieillir à ses côtés, de rires. Même Thelma…

Ted n'avait pas écouté alors que Lawford réclamait son pardon, car il voyait encore les mouches qui pondaient leurs larves sur le corps de la petite Graziella.

18.

Les deux hommes partageaient leur sixième et dernier petit déjeuner. Cortino avait pour une fois un visage détendu.

— Vous êtes certain d'avoir bien mémorisé ?

— J'ai eu dans ma vie à retenir des choses beaucoup plus difficiles. Fichez-moi la paix.

— Soyez sur vos gardes. Si vous rendez la liberté à un type normal, il vous en sera redevable. Pas lui. À chaque étape, vous lui indiquerez le repère que vous connaissez. Ne vous trompez pas dans les signes sinon, il ne pourra pas trouver la cache. Ne lui donnez surtout aucune indication sur la direction, ne partagez pas votre savoir, c'est votre survie. S'il sent qu'il peut se passer de vous, vous êtes mort ! Compris ?

Edward trempait un toast dans le thé bouillant.

— Il ne prendra pas le risque de vous torturer, il ne peut pas vérifier si ce que vous dites est la vérité. En plus, il n'aura rien pour le mettre par écrit. C'est valable aussi pour vous.

Edward sourit.

— Torturer ? Six jours à votre contact ne m'auront pas changé à ce point !

— Et la bassine d'eau bouillante ? C'était de la lévitation ?

— Et si je ne renie pas mon jugement et que je m'aperçois que ce Marocco est amendable ?

— Alors, c'est moi qui me serai trompé… depuis toujours. Mais ça, je ne le saurai pas.

— Que comptez-vous faire après mon départ ?

— Cela ne vous regarde pas.

— Et si on n'arrive pas à la cinquième cache ? Qui va pouvoir innocenter mon fils ?

— Personne, je le crains. Faites en sorte d'être à l'arrivée.

— Mais je peux me blesser ou Marocco est… peut-être déjà mort ?

— Eh oui. On fait pas toujours ce qu'on veut.

★

Les stores de la chambre d'hôpital où reposait Ben étaient à demi baissés. La pénombre avait eu raison de la résistance de Laura, qui s'était assoupie en tenant le bout des doigts de son fils. Depuis plusieurs jours elle n'était parvenue à fermer les yeux que grâce à des pilules abrutissantes.

Le capitaine Carter entra dans la pièce. Il allait saluer à la cantonade quand il aperçut la belle endormie. Il s'approcha et, profitant qu'elle ne pouvait le voir, la dévora du regard. Elle avait les traits reposés.

— Bonjour, capitaine, dit-elle sans ouvrir les yeux.

Carter fit un bond en arrière.

— Excusez-moi, madame McCarthy. Je croyais que vous dormiez.

Laura se leva et bâilla en se couvrant délicatement la bouche de sa main.

— Je ne voulais pas vous réveiller, continua l'officier. Comment va-t-il ?

— Bien. Comme on peut aller après une telle chose. Il ne pourra pas parler avant plusieurs semaines. Il a les cordes vocales écrasées.

— Ça revient, non ?

— Quelques séances d'orthophonie. Le Dr Ziegler a prêté une tablette tactile pour qu'il puisse communiquer.

— Bonne idée. Je peux vous offrir un café ?

— C'est que…

— À la machine, dans le hall. Vous ne l'abandonnerez pas longtemps.

Laura et Carter, un gobelet à la main, se retrouvèrent au milieu d'un va-et-vient de personnes et d'employés. Ils trouvèrent un endroit plus tranquille entre une énorme plante verte et un panneau qui donnait les horaires des consultations de spécialistes. Ils étaient assurés de ne pas être dérangés, les gens jetaient un coup d'œil au panneau – ne le lisaient pas – et se dirigeaient aussitôt vers l'accueil.

— Quelqu'un a piégé votre fils, expliqua Carter. Ce Lassiter, probablement. On ignore pourquoi. Il devait bien savoir que l'affaire allait se dégonfler sitôt qu'on aurait effectué l'analyse du produit.

— Ce qui m'importe, c'est l'état de santé de Ben. Le reste…

— Je vous comprends, je ne veux pas vous ennuyer, il reste néanmoins la disparition de votre mari.

— Ex-mari !

— Ne serait-ce pas lui qui aurait été visé ?

— On ne se voyait plus depuis le divorce.

— Je pensais à une affaire liée à son métier…

— J'ai bien compris. C'est pour ça que je vous précise qu'on ne se voyait plus. Et déjà, avant, il ne me tenait pas au courant de ses affaires. Tenez, j'ignorais totalement qu'il avait fini par acheter sa Lincoln Navigator. Il en parlait depuis des années.

— Tant pis. Enfin, si quelque chose vous revient… Vous allez quitter Missoula ?

— Quand Ben sera transportable. Dans vingt-quatre ou quarante-huit heures. J'attends l'avis du médecin.

Carter prit une inspiration et se jeta à l'eau :

— Vous accepteriez une invitation à dîner ? Ce soir ?

— Je… C'est gentil, capitaine, mais je n'ai pas la tête à…

— Bien sûr, bien sûr… Excusez-moi.

— Une autre fois, peut-être. Bon, je remonte auprès de Ben. Merci pour le café !

— À bientôt.

Le capitaine la regarda se diriger vers les ascenseurs et maudit son manque de tact.

L'homme ouvrit une nouvelle boîte en plastique. Des haricots. Comme la précédente, elle avait fermenté. Il était étonné de pouvoir encore sentir le pourri dans un tel cloaque. Il avait déjà mangé de la nourriture avariée dans sa chienne de vie, mais un empoisonnement alimentaire dans cette grotte risquait de le laisser diminué durant plusieurs jours. Il referma la boîte et la rangea de côté. Peut-être qu'à un moment il serait content d'avaler ces haricots. Merci, l'Autre. Merci !

Grâce aux chansons, il pensait avoir retenu les emplacements de toutes les caches. Il ignorait ce qu'elles contenaient, il savait seulement où elles se situaient à partir d'un point qu'on lui indiquerait. Qui était ce on *? Ce ne pouvait pas être le gros balourd, puisqu'Il savait où étaient les caches. Qui, alors ?*

À moins qu'on veuille l'éduquer comme un chien de chasse ! Peut-être était-il devenu un chien ? Il se mit à rire.

Il allait se passer quelque chose dans les jours, les heures à venir. Les aliments pourrissaient, donc on arrivait à la fin de l'expérience. L'Autre avait calculé pour qu'ils se conservent un certain temps, sinon Il aurait pris d'autres précautions. Il avait affaire à un monstre, un monstre intelligent : Il avait tout planifié.

Tout à coup, le petit homme sursauta. Un bruit ! L'Autre revenait. Il l'avait souhaité, pourtant maintenant il craignait sa venue.

Le bruit se fit de nouveau entendre. Un frottement lointain. Depuis combien de temps n'avait-il pas entendu un bruit, à part ces maudites chaînes ?

Il y avait quelqu'un !

Les papiers, les papiers ! Le Monstre ne voulait pas voir un bout de papier… Il lança sa main gauche à la recherche des feuilles. Il en prit une qu'il froissa et fourra goulûment dans sa bouche.

Il paniquait. Où avait-il posé son arme ? Le petit bout de plastique en forme de croissant qu'il avait découpé. Il devait l'avoir à la main pour tuer l'Autre quand Il se présenterait.

Il mâchouillait le papier en essayant de le mouiller avec sa salive, il se dépêchait. Il froissa une autre feuille. Il déglutit, et la boule resta coincée dans sa gorge. Il étouffait. Le bruit recommença, plus violent. Le petit homme ne parvenait plus à respirer. Les yeux larmoyants, il glissa deux doigts dans sa gorge. Il parvint à saisir une extrémité de la feuille, qui céda quand il tira dessus.

Il suffoquait, il battait des pieds. Il prit la lampe électrique et se donna un coup violent au bas du sternum. La boule fut expulsée. Le petit homme vomit entre ses jambes.

Il entendit à ce moment un long grognement, suivi d'un long silence.

Hébété, la tête penchée entre ses cuisses, il ne savait plus ce qu'il souhaitait : revoir l'Autre ou qu'on le laisse crever dans sa crasse.

Le frottement reprit, suivi d'un cri de rage.

Le petit homme se ressaisit. Quiconque arriverait allait être servi ! Il était devenu un animal, peut-être, mais un animal avec des mains. Il alluma la lampe électrique et les détailla. La croûte était surtout épaisse sur le tranchant. Il avait des doigts puissants, des poignets musclés. Il paraissait frêle car toutes ses forces étaient concentrées dans ses membres. Agile et fort comme un tigre. Il n'était pas un chien, il était un tigre, et l'Autre allait s'en rendre compte quand Il ouvrirait la cage.

Le grognement se fit de nouveau entendre, plus fort cette fois.

19.

De plain-pied, le parking de la police de Missoula était entouré des bâtiments abritant les bureaux des différents districts. Il était quasiment vide ; le chauffeur de la dépanneuse put manœuvrer à son aise pour caler la Lincoln Navigator sur un emplacement balisé que lui indiqua Walter.

Frank Maggio branchait une baladeuse électrique à un servant d'atelier. En plus des outils, il y avait posé un ordinateur portable.

Walter l'appela pour qu'il vienne signer la décharge que tendait le dépanneur.

— On nous l'a emmenée comme ça. Rayée et l'aile emboutie, dit l'employé. Il paraît que c'est le gars du nettoyage… enfin, le type du chasse-neige, qu'a fait ça.

— C'est noté sur le papelard ? T'as lu ce qu'il y avait de marqué sur la façade ? *Police*, pas *Compagnie d'assurances*. Nous, on s'en fiche. Je signe où ?

Maggio empocha l'exemplaire qui lui revenait. L'employé grimpa dans son camion et quitta le parking.

— Un peu mastoc, jugea Maggio en s'approchant du luxueux 4 × 4. Bon, je l'ouvre et on l'inspecte.

Les deux policiers avaient enfilé des gants de chirurgien. Maggio approcha son établi roulant, brancha un câble à l'ordinateur, lui-même relié à une télécommande.

Au bout de quelques minutes, le claquement caractéristique de déverrouillage des portes indiqua que le signal infrarouge du SUV avait été trouvé.

— Et voilà ! s'exclama Frank, content de lui.

Le sergent ouvrit la portière. Le marchepied se déploya silencieusement sous l'œil admiratif du policier. Il referma la portière, le marchepied rentra dans son logement tout aussi silencieusement.

Pendant que Maggio s'amusait avec les techniques innovantes des ingénieurs de chez Ford, Walter inspectait le coffre.

Il ne lui fallut que quelques minutes pour se rendre compte que la voiture était récente et ne recelait aucune tache suspecte, ni indice d'aucune sorte. Par conscience professionnelle, Maggio passa la lumière ultraviolette ; aucune trace invisible n'apparut.

— Même pas la peine d'utiliser le Blue Star. Cette voiture est neuve, le coffre n'a jamais été utilisé.

— Le juge McCarthy a garé, au milieu de nulle part, une bagnole qui frôle le PIB d'Haïti ! s'étonna Walter.

— Un rendez-vous ? Drôle d'endroit, d'accord. C'est plus simple de se donner rendez-vous sur un parking, une aire d'autoroute ou je ne sais où… Où on peut laisser une bagnole sans risque de se la faire accrocher.

— Une panne et il est parti à pied ?

— J'y crois pas ! Tu en vois beaucoup, des bagnoles en panne ? Et une caisse à près de cent mille dollars qui serait HS ? Même si tu voulais faire le coup de la panne d'essence, tu pourrais pas. Y a des avertisseurs, je suis sûr que cette voiture, elle te parle dans toutes les langues. On va quand même demander à un gars de l'atelier de venir jeter un coup d'œil, mais j'y crois pas.

— Ouvre-moi le capot, demanda Walter.

— C'est nouveau, tu t'y connais en mécanique !

Malgré son scepticisme, le sergent s'exécuta, plus par curiosité, pour voir à quoi ressemblait un V8 de plus de trois cents chevaux, que par conviction.

— Je m'occupais du Massey Ferguson de mon oncle à la campagne, crut bon d'ajouter Walter.

— À part quatre roues, y a quelque chose de commun entre un tracteur et une Navigator ?

Sitôt le capot relevé, Maggio fut touché par la beauté qui s'offrait à ses yeux. Il garda le silence respectueux qu'on constate dans les lieux de recueillement ou devant certains grands tableaux.

Walter, sur la pointe des pieds, lui gâcha cet instant de grâce.

— De l'extérieur, ça ne sautait pas aux yeux mais, capot ouvert, il faut reconnaître qu'il y a une sacrée différence avec un Massey Ferguson, constata-t-elle, mutine.

— Je m'en doutais ! Bon, on a assez perdu de temps, on va appeler Max.

Max Mellow, surnommé Marshmallow, en plus de sa spécialité au labo de la police était un passionné de mécanique. Il s'était aménagé aux frais du contribuable un espace dans le parking de la police où il entretenait, moyennant finances, les véhicules de ses collègues.

— Il est spécial, très bon technicien. Si cette caisse recèle un mystère, il trouvera.

En effet, il ne fallut qu'une dizaine de minutes à un Max bourru pour repérer le connecteur sur la prise OBD-II et ensuite découvrir dans le coffre un boîtier de la dimension d'un paquet de cigarettes recouvert d'adhésif noir et collé dans un endroit invisible. Il agita le sachet transparent contenant ses trouvailles devant le nez de Frank.

— C'est un truc qui doit communiquer avec la prise. Comment ? Je ne sais pas. Je suis mécano, pas informaticien. À mon avis, c'est l'équivalent de ce que je fais avec une valise de contrôle. Si on se limite à une fonction sur un seul type de véhicule, un mec branché… c'est le cas de le dire, doit pouvoir miniaturiser pour pas bouffer de jus. Voilà, vous êtes contents ?

— Donc, c'est peut-être le juge qui l'a placé, suggéra Walter.

Mallow leva les yeux au ciel.

— Sur une bagnole de ce prix, c'est un pro qui l'aurait fait. Il l'aurait mis dans un autre boîtier de protection. Là, je te l'ai dit, c'était scotché.

— On va le donner aux gars du labo, ils vont se régaler. Merci, Max, coupa Maggio.

Carter invita les deux policiers qui venaient de lui faire leur rapport à s'asseoir. Lui-même se leva, au contraire, et marcha de long en large. Il résuma la situation :

— Ben McCarthy a servi d'appât et le juge a été enlevé. Comme il n'y a pas de demande de rançon, il y a de grandes chances pour que Laura McCarthy ne soit pas divorcée mais veuve.

— De grandes chances ? releva Walter.

Le capitaine haussa un sourcil.

— Excusez-moi…

Il poursuivit :

— Il n'y a plus de raisons de mettre en doute la parole du fils McCarthy. Tous les deux, allez au restaurant où il prétend avoir mangé avec ce Lassiter. Ce Lassiter ou un de ses complices est en contact avec le juge et… mon téléphone. Je veux un portrait-robot le plus précis possible de ce gaillard. Allez-y, tout de suite !

★

Ted tendit un sac à dos à Edward.

— Tenez, celui de l'ordure est dans la grotte.

— Vous êtes obligé de l'appeler ainsi ?

— Excusez-moi, Votre Honneur ! Les vêtements, le sac et les chaussures du prévenu sont à côté de sa cellule. Vous pouvez pas les manquer. Assez bavardé, on va remplir votre sac.

Cortino choisit un certain nombre de sachets de nourriture sous vide, de la graisse pour le visage. En voyant les deux hommes, on aurait cru un randonneur aguerri qui conseillait un novice.

— Vous trouverez dans les caches des boussoles, altimètre, moufles, gants de soie, lunettes de soleil et des sachets qui diffusent de la chaleur quand on les secoue. Je ne voudrais pas qu'il vous arrive malheur…

La graisse est obligatoire à cette altitude. Prenez encore des barres vitaminées.

— Vous pouvez vous taire ! Ça fait vingt fois que vous répétez les mêmes choses.

Pour ce premier jour, il emportait aussi la nourriture et les boissons pour Alan Marocco. Edward répartissait avec soin les paquets que lui passait Ted. Ce dernier l'observait. Il l'apostropha, moqueur :

— Pour un citadin, je trouve que vous rangez plutôt bien votre barda.

Edward haussa les épaules. Ted glissa deux sandwiches et une bouteille d'eau dans son sac à dos. Chacun ferma le sien, puis se saisit des gants, casquette fourrée et lunettes. Edward s'interrompit et se dirigea vers la bonbonne d'eau. Ted, déjà dehors, l'apostropha d'une voix hargneuse :

— Dépêchez-vous, juge, on fait attendre l'accusé

Edward chercha le Zippo qui traînait dix minutes auparavant à côté du réchaud, mais il n'y était plus. Il rejoignit le policier sur la véranda, faisant mine de s'essuyer la bouche.

— C'est ça que vous vouliez ? demanda Ted en brandissant, goguenard, le briquet. Il y en a un dans le premier coffre. D'ici là, vous n'aurez rien de plus.

— Elle est loin, votre grotte ?

— Quand on marche dans la neige, tout est loin.

Un soleil froid les fit cligner des yeux. Ils enfilèrent des guêtres et descendirent les marches de la véranda. Les vêtements polaires étaient efficaces et seules les pommettes piquaient sous les attaques de la brise glaciale. Edward ajusta le gros élastique de ses lunettes de soleil. Ses pensées allaient vers son fils et Alan Marocco.

Ils contournèrent le chalet. Edward prit conscience de la difficulté de l'entreprise : il s'enfonçait dans la neige jusqu'aux genoux à chaque pas.

— C'est impossible ! On a parcouru cinq mètres et je suis en nage !

Ted, avantagé par sa stature, était déjà parvenu au coin de la maison. Il se baissa, fit voler à grands coups de battoirs la neige au pied de la bâtisse. En quelques secondes, il dégagea une surface plane. Il balaya de ses manches les derniers amas de poudreuse, découvrant le couvercle d'un coffre. Il le souleva.

— On dit pas tout ! ironisa Edward, qui l'avait rejoint en pestant.

— C'est pas le coffre de Billy Bones[1]. Il ne contient que des raquettes à neige et les bâtons de marche.

Ted extirpa en effet deux paires de Lightning Ascent. Bizarrement, Edward en avait acheté d'identiques un mois auparavant.

Ted le suivait-il ou était-ce un hasard ? Ce dernier prit un air amusé.

— Vous savez comment les mettre.

Il l'avait donc suivi… Ils prirent appui contre la cabane et chaussèrent les raquettes.

Le changement fut net et la marche aurait pu être agréable si l'issue ne semblait pas aussi dramatique.

Ils avançaient sur un plateau immaculé, morne, monotone. À cette altitude la végétation était inexistante. Ils progressaient en silence.

---

1. Pirate de *L'Île au trésor*, de R. L. Stevenson.

Au bout d'une heure. Ted désigna de la main une direction sur la gauche.

— Nous allons suivre la falaise. Le plateau s est fracturé y a des milliers d'années. Une aubaine pour vous. Vous allez arriver en une minute à deux mille cent cinquante mètres. Un gain de trois cents mètres ! Une fois que vous serez en bas, je ne pourrai plus rien pour vous. On ne peut plus remonter. Vous longerez alors la base de la falaise sur cinq cents mètres à votre gauche. Et vous tomberez sur la grotte.

L'endroit était un immense hémicycle. Une sorte de théâtre antique où, sur le dernier gradin, était située la cabane. Pour parvenir au fond de la vallée, Edward et son futur compagnon devraient descendre chacune des marches de cet amphithéâtre. Des marches de près d'un mile de hauteur. Le passage de l'une à l'autre ne pouvait se faire que selon un itinéraire très précis, sous peine de buter sur des crevasses, des culs-de-sac ou des falaises infranchissables. Des générations d'Amérindiens avaient parcouru ce sentier. Ils se trouvaient au cœur de leurs montagnes sacrées.

Ted le prévint :

— Vous allez arriver sur une espèce de corniche étroite. C'est très dangereux. Restez contre la montagne, ne vous approchez pas du bord. Avec la neige, on voit pas la largeur de la corniche. Devant la grotte, il y a toujours une plaque à vent, faites gaffe. Même si la chute n'est pas mortelle, l'avalanche qui vous tombera sur la tronche vous engloutira.

Ils empruntèrent un large chemin bordé d'un côté par une paroi rocheuse et de l'autre par un précipice.

Ted s'arrêta près d'un monticule recouvert de neige et signalé par une perche bicolore.

— Voilà, c'est ici qu'on se sépare. J'avais juré à Thelma que les criminels seraient châtiés et que ceux qui avaient été leurs instruments seraient punis.

— Belles paroles ! Montrez-moi plutôt comment on descend et cessez de radoter.

Edward était impatient de se retrouver seul. Ne plus entendre la voix de ce malade mental qui donnait des ordres, des conseils, imposait ses choix. Ted haussa les épaules.

— Enlevez vos raquettes et fixez-les solidement sur votre sac à dos. Vous en perdez une et vous êtes mort.

Edward s'exécuta en soupirant d'exaspération, tandis que Ted déblayait la neige amoncelée sur le rocher. Il tâtonna avant de retrouver ce qu'il cherchait : une grosse pochette matelassée contenant deux longues cordes en fibres synthétiques.

Il sortit de son sac à dos un baudrier cuissard qu'il accrocha à l'extrémité d'une corde. Il sortit aussi un ralentisseur et le tendit au juge.

— Vous savez vous en servir ?

Edward acquiesça. Cortino accrocha des mousquetons à des chevilles auto-foreuses fixées dans le rocher. Un travail et une préparation de pro.

— Avant chaque match, le coach nous rappelait sa devise : « Méfiance et Confiance ». Se méfier de l'adversaire, avoir confiance en soi… Vous vous rappelez : la grotte, les affaires à gauche…

« Il va se taire, à la fin ! » grinça Edward entre ses dents. Il avait besoin de se recueillir avant le grand saut. De penser à son fils. De trouver de la force, du courage… surtout du courage !

— Je vais vous assurer pendant la descente. Quand vous serez en bas, je remonterai les deux cordes. Elles sont coupées à la bonne longueur. À un mètre près, suivant la hauteur de neige.

Edward se rapprocha du bord de la falaise. La hauteur, la distance, la nature hostile… Il prit conscience de l'inanité de ses efforts. L'existence de son fils était en jeu, mais est-ce que cela allait le transformer en surhomme ? L'entreprise ne pouvait qu'être vouée à l'échec. Tenter l'impossible, était-ce raisonnable ?

Il avait les yeux fixés sur le vide, le moral aussi bas que la température. Des parents se jetaient dans des brasiers pour sauver leur enfant. Or lui devrait rester cinq jours au milieu de l'incendie !

Ted observa le juge en secouant la tête. Il s'approcha du précipice et, après avoir attaché une extrémité de la corde à un piton, la lança d'un mouvement ample. Elle plana une seconde, puis se déroula dans un sifflement en tombant dans le vide.

— C'est flippant, mais le matériel est sûr. Vous devrez vous jeter dos au…

— Je sais ! Je me concentre ! Je ne fais pas ça tous les matins.

Tout à coup, Edward pensa que Ted n'avait plus aucune utilité. Désormais, il pouvait disparaître. Gommé de son existence ! Le policier se tenait à peine à un mètre de lui, d'une simple bourrade il pouvait le précipiter dans le vide. Le juge voyait la scène : les yeux étonnés de Ted, le temps se ralentissant quand ses deux pieds quitteraient le sol, ses mains battant l'air à la recherche d'une aide, la terreur qui déformerait ses traits, puis sa chute dans un silence total, au ralenti. Ou un hurlement de frayeur.

Ted lui lança un regard moqueur. Edward recula. Justice serait rendue, mais pas de cette façon. Il enfila le baudrier et glissa le ralentisseur dans la corde tandis que Ted agrippait la corde de sécurité.

— Vous pouvez y aller, je vous tiens.

Le juge se baissa et empoigna le second filin. Il fit une rapide prière mentale sans destinataire bien identifié, puis il recula à petits pas, cherchant l'arête de la falaise. Sa jambe droite glissa.

Déséquilibré, il chuta de plusieurs mètres. Quelques kilos de glace se détachèrent et le heurtèrent avec force. Ted, surpris, le freina en criant.

Edward, pétrifié, pendait dans le vide, des amas de neige continuant à lui tomber dessus. Il se trouvait suspendu, trop éloigné de la paroi pour s'y appuyer avec les pieds.

— Ça va ? hurla Ted.

— C'est bon, je descends, répondit Edward, qui tentait de recouvrer son sang-froid.

Il progressait par à-coups en tâchant de dompter le ralentisseur. Il prenait confiance dans ses gestes quand il entendit Ted l'interpeller :

— Faut espérer que Marocco soit toujours vivant. Il est si fragile, Marocco… Vous entendez ?

Ted, en se rapprochant du bord, déclencha de nouveau une chute d'amas de neige qui s'écrasèrent sur les épaules d'Edward. Une rage nouvelle étreignit le juge, il leva les yeux :

— On se retrouvera, Ted !

Il souffla, serrant les mâchoires. Il fit jouer ses muscles : surtout ne pas se tétaniser. Résoudre un problème à la fois. La descente ne devrait pas représenter un danger pour lui. Pour fêter son diplôme de fin d'année, il avait suivi des cours d'alpinisme dans l'Oregon avec un groupe de copains. Des années auparavant, dans une autre vie. Il avait appris à reconnaître les différents mousquetons, les techniques de survie, les prises sur le rocher. S'il demeurait concentré et coordonnait ses gestes, il était sûr de réussir ce premier exercice. Il est vrai aussi qu'à l'époque il avait souffert du froid et qu'au bout de trois jours il avait tout laissé tomber…

Les raclements augmentaient en intensité. Heureusement, ils ne semblaient pas se rapprocher. Les crissements étaient entrecoupés par des grognements.

Ces grondements gutturaux inquiétaient le petit homme. Il ne pouvait pas s'agir de l'Autre. Un animal cherchait à entrer. Et, au volume des grognements qu'il poussait, il était énorme !

Mais quel animal ? Où se trouvait-il enfermé ? Et si l'Autre avait été dévoré ? Et s'il restait seul à la merci d'un fauve ? À moins que cela ne fasse partie de l'épreuve !

L'Autre voulait l'effrayer. Pour le faire chier dans son froc, pour l'avilir. Il voulait le rabaisser, le transformer en une chose pleurnicharde et soumise. Un esclave servile qui réclamerait pitié.

Il voulait le punir. Le punir de quoi ? Comme son père quand il le battait sans lui en donner la raison. Jamais. Il prenait des coups sans explications. Pourquoi, pourquoi, pourquoi lui en voulait-on toujours ? Et après on lui reprochait d'assouvir sur d'autres son désir de vengeance. Pas toujours aux mêmes à souffrir !

Il hurla :

— Pitié, pitié, partez ! Arrêtez ces bruits !

Les raclements s'arrêtèrent net... puis reprirent.

20.

Il maîtrisait le balancement et la rotation de la corde. Suspendu, Edward surveillait à présent la distance qui le séparait du sol. Le policier avait bien calculé : l'extrémité du filin frôlait à peine la surface de la neige. Deux minutes plus tard, il s'y enfonçait jusqu'aux genoux.

Il se décrocha du baudrier. Ted dut sentir un relâchement dans la tension des cordes, car brusquement elles remontèrent.

McCarthy ne perdit pas de temps, il chaussa les raquettes, ajusta son sac à dos et, bâtons bien en main, il prit la direction de la grotte. Il longea le pied de la falaise, comme le lui avait recommandé son tortionnaire.

Le paysage différait déjà de celui du plateau : de petits arbres chétifs poussaient aux endroits abrités. Un amas de neige se détacha de la paroi et s'abattit sur son crâne alors qu'il pensait à Ben. Une scène s'imposa : une fenêtre ouverte, une boule de neige lancée par le gamin qui atterrit dans la pièce. Et sa mauvaise réaction : il l'avait sermonné, comme d'habitude – n'y avait-il rien de plus intelligent à faire ?

La neige allait abîmer le parquet. Le rire de l'enfant qui s'arrêtait net.

Il faillit en oublier d'étalonner son altimètre. Il indiquait deux mille trois cent quinze mètres. À combien Ted avait-il dit que la corniche se trouvait ? Deux mille cent cinquante mètres. Une erreur de cent soixante-cinq mètres ! Une paille ! Suivant les conditions climatiques, ce type d'appareil n'était pas précis, pourtant il eut un doute sur l'information donnée par le policier. Une des deux mesures était peut-être erronée… ou les deux. Ted voulait le faire douter. Il poursuivait de loin son travail de sape.

L'altimètre rangé, le juge reprit sa progression.

Longer la falaise ne présentait pas de difficultés. Il effectuait là les premiers pas qui devaient le conduire vers la liberté. Et aussi vers son fils.

Il entendit le bruit bien avant de parvenir aux abords de la grotte. Il s'immobilisa, les sens aux aguets. Ces grognements provenaient d'un gros animal. Sans arme, Edward hésita sur l'attitude à tenir : se défaire du sac à dos pour être plus libre de ses mouvements, revenir sur ses pas, ou avancer ?

Avait-il le choix ? Retourner sur ses pas et partir seul était l'assurance de mourir de froid dès la première nuit. Il devait continuer.

Il avança, effleurant autant que possible la neige avec ses raquettes.

Ce bruit, ces raclements, cette forte respiration rendaient fou le petit homme.

— C'était quoi, les chansons ? C'était quoi ? Putain, arrêtez ces bruits, arrêtez ces bruits !

Il chantonna :

— La, la, la. Merde, arrêtez ces bruits. Je me rappelle plus !

II

21.

Ted lui avait décrit l'entrée de la caverne. Elle était située à plus d'un mètre cinquante du sol et protégée par une corniche. Pour l'instant, un énorme grizzly tentait de s'y introduire et en obstruait l'ouverture.

Edward s'immobilisa. Il détourna la tête, réflexe enfantin : « Si je le vois pas, il me voit pas. » Appuyé contre le rocher, la respiration bloquée, ses muscles ne lui obéissant plus. Il lui fallait se ressaisir, or la peur avait vidé son cerveau avec l'efficacité d'un virus qui efface un disque dur.

La tête plongée dans la grotte, le grizzly ignorait la présence de l'homme. Les longues griffes de ses pattes arrière égratignaient les rochers avec un bruit métallique. La bête, obstinée, n'avait pas conscience que l'ouverture était trop exiguë. Elle cherchait sans doute à hiberner ou avait été attirée par l'odeur de nourriture.

Immobile, Edward ne parvenait pas à prendre une décision. Devait-il fuir ou avancer ? Il sentait déjà les coups de griffes qui l'éventreraient, les mâchoires puantes qui lui broieraient le cou. Damnée imagination !

Il prit conscience de s'être mordu la lèvre inférieure quand il perçut le goût de fer du sang dans sa bouche. La douleur le fit réagir.

Fuir, c'était se priver des informations détenues par Marocco et la mort assurée. Il disposait d'une chance infime avec l'ours. Il entraperçut en un flash le sourire goguenard de Ted, puis le visage de Ben, broyé par cette machination.

★

Le petit homme sanglotait. Il ne se souvenait plus ni des caches ni des chansons. Comme à l'école, où les leçons apprises la veille s'évanouissaient quand il était interrogé par un enseignant cruel. Il y avait tant d'airs de country qui se ressemblaient !

Il tripotait compulsivement l'arme dérisoire confectionnée avec le couvercle en plastique. Elle ne lui servirait à rien. Plus rien n'avait d'importance. Un animal allait pénétrer dans sa prison et le dévorerait. Le dernier bruit qu'il entendrait serait celui des mâchoires craquant ses os.

Il mourrait avant ! S'entailler les artères à l'intérieur des cuisses et les veines du poignet avec la lame de plastique pour se vider de son sang.

Il se dépêcha pour que la bête ne lacère plus que son cadavre.

★

Edward cherchait une issue. Le terrain était nu. À sa gauche la paroi de la falaise, à sa droite le vide.

Seul un arbrisseau, à quelques mètres du précipice, se détachait sur le tapis blanc.

Il fallait éloigner l'animal pour libérer Alan Marocco. Les raclements de griffes et les cris de rage de l'ours empêchaient Edward de se concentrer.

En priorité, retrouver sa mobilité : il respira, remua ses membres, puis se décolla de la paroi. Ses muscles tétanisés acceptèrent de se mouvoir avec lenteur.

Il entrevit alors une possibilité : le danger que représentait la plaque à vent pouvait être son allié. Il lui fallait trouver l'extrémité qui supporterait son poids mais pas celui du grizzli, puis l'attirer en priant pour qu'il ne l'entraîne pas avec lui dans le gouffre. Mais comment la trouver sous cette épaisseur de neige ?

L'arbre ! Il n'avait pas pu pousser dans le vide ! Ce serait son repère. Edward avança d'une démarche mal assurée. La montagne répercutait les frottements de sa parka. Une goutte de sueur acide glissa dans son œil. Il passa à moins de vingt mètres derrière l'ours en le surveillant du coin de l'œil. Il lui sembla que la bête avait progressé à l'intérieur de la caverne. Ne risquait-elle pas de rester coincée dans l'étroite ouverture ?

Edward l'avait maintenant dépassé et s'approchait du vide. Arrivé près du bord, il se rendit compte combien son plan était aléatoire. Rassuré par les grognements réguliers, le juge se tourna vers le précipice, décrocha son sac à dos, le posa à ses pieds, puis défit les Velcro de ses raquettes. S'il tombait, elles l'empêcheraient de s'extirper de la neige. Il se mouvait au ralenti, comme si les vibrations de l'air pouvaient informer l'animal de sa présence.

Il effectua un pas timide, puis un second, en direction du gouffre, quand il perçut un changement. Le silence !

Les grognements avaient cessé. Il fit volte-face.

Dressé, dos à la caverne, le grizzly observait l'homme de ses petits yeux noirs plantés à deux mètres de haut. Il fixait sa nouvelle proie. Ses pattes étaient terminées par de longues griffes, plus menaçantes que les lames de couteaux de Freddy Krueger.

Il parut encore grandir quand son rugissement envahit la montagne.

Le face-à-face s'éternisa. Le grizzly n'avançait pas ; de temps en temps, il lâchait un grognement profond qui résonnait dans l'atmosphère.

Edward était hypnotisé par la gueule immense aux dents jaunes et par les longues griffes noires. L'ours hésitait, il lançait ses pattes en avant comme s'il avait déjà McCarthy à sa portée sans avancer d'un pas.

Sans doute n'avait-il jamais rencontré d'homme ? Edward se prit à espérer. Et si en agitant simplement un vêtement, la bête s'enfuyait ? En tremblant, il fit glisser la fermeture Éclair de son anorak.

Il était parvenu à enlever une manche quand l'ours, après un dernier cri guttural, se laissa retomber sur ses quatre pattes et chargea. En trois bonds qui soulevèrent des gerbes de neige, il fut à deux mètres de sa proie. Il s'arrêta net, se dressa et projeta sa patte avant droite. Edward bondit en arrière. Les griffes accrochèrent l'anorak à demi défait, l'arrachant au passage. Il sentit une douleur à l'épaule et, déséquilibré, s'affala dans la neige. Surplombant sa victime de toute sa hauteur, le grizzly se dressa encore pour pousser un nouveau rugissement. Edward rampa vers le précipice. L'ours, interprétant la manœuvre, s'interposa entre l'homme et le vide pour l'empêcher de fuir.

Edward vit alors le museau noir se rapprocher de lui. Il ferma les yeux.

Un craquement sec retentit, le sol trembla, puis la plaque de neige s'effondra d'un bloc.

Edward roula sur lui-même et, d'un saut de carpe, parvint à rester sur la partie solide alors que le grizzly, sans un cri, disparaissait dans l'abîme. À plat ventre, il rampa pour s'éloigner du gouffre.

Il se releva près de l'arbre et jeta un coup d'œil dans le vide où, une trentaine de mètres plus bas, la bête, groggy, se relevait. Elle gardait une patte repliée. D'une démarche pesante, elle disparut au fond du ravin.

Edward grelottait. Son anorak en équilibre au bord du trou était hors d'atteinte. Il jugea que la priorité était de délivrer Alan Marocco, ensuite, il aviserait pour récupérer son vêtement.

Il chaussa de nouveau ses raquettes et s'approcha de la grotte en se félicitant d'avoir été plus malin que l'ours. Des odeurs nauséabondes l'assaillirent. Cette puanteur avait dû attirer l'animal.

Le sourire de contentement s'effaça ; Edward comprit : Alan Marocco était mort depuis de nombreux jours et son cadavre empoisonnait l'atmosphère. Il avait affronté un ours pour rien, ce soir, il serait mort de froid.

Le froid ! Il allait entrer dans la grotte et pourrait ainsi récupérer les affaires destinées à Marocco. Peut-être même de la nourriture. Il s'arma de courage pour supporter la vue du cadavre : il n'avait pas le choix.

Il n'avait eu le choix de rien depuis la panne de cette satanée voiture.

Face à l'entrée, de sa main gantée il balaya machinalement quelques poils épars laissés par le grizzly, prit appui sur la roche et se hissa à l'intérieur de la grotte. En inspirant par la bouche au moment de l'effort, il eut l'impression de gober un milliard de microbes transportés par un train de cadavres.

Il se trouvait dans une cavité de quelques mètres carrés. Il patienta le temps que ses pupilles s'habituent à la pénombre. Sur la droite un boyau noir s'enfonçait dans les entrailles de la montagne et, juste à côté, un coffre en bois clair se détachait de la paroi. Ted lui avait énuméré ce qu'il contenait : les raquettes, bâtons de marche, vêtements, la parka du prisonnier, une lampe au lithium et surtout le trousseau de clés ! Une clé pour la porte de la geôle et une clé pour les cadenas des chaînes.

Tout le nécessaire pour un Marocco vivant, pas un Marocco mort. Le juge grelottait. En priorité, récupérer la parka, Alan n'en aurait plus besoin. Il se baissait vers le coffre quand un bruit provenant du boyau le fit sursauter. Un autre animal ? Il recula. Le conduit était étroit. Un ours n'aurait jamais pu s'y glisser. Un loup des montagnes ? Le bruit reprit. Un crissement étouffé.

Edward se précipita sur la boîte. Il lui fallait la torche. Il jeta tous les vêtements par terre et la trouva emballée dans un tissu matelassé. Elle avait la taille d'un gros stylo. Il en actionna le poussoir. La lumière jaillit. Il vit le trousseau de clés. Il crut entendre un cri.

— Marocco ? Vous êtes là ?

Edward n'attendait pas réellement de réponse, simplement, le son de sa propre voix le rassura. Il emprunta la galerie étroite, se frottant aux parois irrégulières. Les émanations étaient insoutenables : elles ressemblaient davantage à des remugles d'excréments qu'à de la charogne. La lampe éclaira alors une porte massive. Le son provenait de derrière le battant.

Il s'approcha. Un cri hystérique le fit sursauter.

— Qui est là ? Pitié, qui est là ?

Marocco était vivant ! Edward oublia les effluves qui l'étouffaient. Tout était encore possible.

— Marocco ! Alan Marocco ? Je viens vous délivrer.

La voix se tut.

— Je suis un ami. Je viens vous délivrer, vous comprenez ?

La voix de Ted murmurait à ses oreilles : « C'est un sournois. Faut qu'il comprenne dès les premières minutes qu'il a besoin de vous, sinon vous êtes fichu. C'est un pitbull, il a pas été logé dans un quatre étoiles comme vous. »

Edward se colla à la porte.

— Marocco ?

Silence.

— Marocco, si vous ne répondez pas, c'est que vous êtes mort. Je m'en vais.

— Non, non ! Ch'uis là !

La voix était juvénile et geignarde. Edward chercha à affermir la sienne : il fallait que l'autre sût qui commandait.

— Très bien, vous me rassurez. Je vais ouvrir.

« Ne vous laissez pas apitoyer par sa jeunesse. »

— J'ai… monsieur, j'ai déchiré les feuilles comme vous me l'avez demandé.

Il pleurait. Edward hésitait à tourner la clé.

— Ce n'est pas moi qui vous ai demandé ça. C'est l'homme qui vous a enfermé. Vous comprenez ? Ce n'est pas moi qui vous ai emprisonné. Je suis seul. Je viens vous délivrer. Je suis un ami.

— Je veux sortir, j'ai fait ce que vous m'avez dit.

— Alan, je ne vous… Bon, avant de vous ouvrir, Alan, je veux que tout soit clair entre nous. On est amis. Nous allons faire équipe tous les deux pendant plusieurs jours ! Vous comprenez ?

— Oui… Oui.

— Si l'un de nous est blessé, on meurt tous les deux. Vous en êtes conscient ?

— Quoi ? Qu'est-ce que ça veut dire ?

— Ted, l'homme qui vous a emprisonné, il vous a demandé d'apprendre des choses ? Des caches, c'est ça ?

— Oui… je crois.

La voix était celle d'un individu apeuré. McCarthy doutait qu'il soit réceptif à ses explications. Il haussa le ton :

— Alan, écoutez-moi, nom d'une pipe ! Moi aussi j'ai dû apprendre des trucs. Moi, c'est le trajet, je sais par où il faut passer. Vous comprenez, maintenant ? C'est dingue, mais on doit faire équipe pour s'en sortir. Compris ?

— Oui, oui. Ouvrez, ouvrez…

Il n'avait pas l'air d'avoir saisi ce que le juge lui expliquait. Edward poussa un soupir d'exaspération et se décida.

— Bon, éloignez-vous de la porte. Je n'ai pas la clé des cadenas de vos chaînes sur moi, donc ce n'est pas la peine de me sauter dessus. Si vous me... m'attaquez, vous resterez toujours prisonnier.

McCarthy poussa la porte. Un faisceau de lumière provenant du fond de la pièce l'éblouit. L'air était irrespirable, il eut un haut-le-cœur.

— Baissez cette lampe, nom de Dieu ! J'y vois rien.

Le prisonnier dévia la lumière. Edward éclaira à son tour le réduit. Un homme recouvert de plusieurs tissus matelassés se recroquevilla contre le mur avec un bruit de chaînes. La puanteur augmenta. Il s'agrippait à une torche et balança de nouveau le faisceau sur le juge.

— Arrêtez avec cette lampe ! tonna Edward.

— Qui êtes-vous ? Un ami à l'Autre ? On est où ? C'était quoi, ce bruit ?

— Je vous le répète, ce n'est pas mon ami, il m'a drogué, comme vous ! On est en pleine montagne et, tout à l'heure, c'est un ours qui cherchait à entrer dans la grotte. Bon, on aura tout le temps pour parler. Dépêchons, maintenant. D'accord ?

— D'accord !

McCarthy jeta le trousseau de clés aux pieds d'Alan.

— Détachez-vous. Ne prenez rien. Y a tout ce qu'il faut à l'extérieur.

Alan ramassa les clés.

— Vous avez dit que vous les aviez pas sur vous !

Le ton était menaçant. Edward frissonna.

— On se connaît pas. Je me méfie. Normal. Je vous attends à l'entrée.

Il recula vers la sortie sans lâcher des yeux la petite lumière qui vacillait entre les mains du prisonnier et buta sur la porte.

Alan, fébrile, dut s'y prendre à plusieurs reprises avant de parvenir à insérer la clé dans le cadenas qui fermait la chaîne. Il changea la torche de place pour éclairer ses chevilles. Edward ne put réprimer un frisson en voyant dans quel état de saleté il se trouvait.

Il quitta l'antre, mais l'odeur le poursuivit.

22.

Pendant que Walter récupérait dans sa déposition l'adresse du Scott's Bar où le jeune McCarthy avait déjeuné, Maggio sortait à l'imprimante un exemplaire de la photo de Ben prise durant sa garde à vue. Ils regagnèrent le parking où était garée la Ford de service. Maggio se mit au volant.

Au moment où il s'intercalait dans la circulation clairsemée, il apostropha la jeune policière :

— Il t'a placée là comme mouchard ?

— Le capitaine ? Pourquoi il ferait ça ?

— Rassure-moi, j'ai l'air si con ? Il croit qu'Hallen veut le dézinguer. Peut-être avec mon aide. Et il veut que tu lui rapportes tout ce que tes grosses oreilles pourront entendre. Alors, tu pourras lui répéter qu'on n'y est pour rien.

— T'es parano !

— Tu étais sur les disparitions des jeunes avec Kransanski et Mulland, et maintenant il t'affecte à l'affaire McCarthy. Le juge, c'est pas tellement une priorité.

— C'est pas à nous de discuter des priorités. Moi, je fais ce qu'on m'ordonne. Quant à tes soupçons…

Tu veux que je te dise le fond de ma pensée ? Tu peux entendre les réflexions d'une stagiaire ?

— J'adore m'instruire !

— Toi et Hallen, vous n'aimez pas le capitaine, et le capitaine vous le rend bien. Du coup, l'enquête en pâtit. C'est typiquement les erreurs qu'à l'école on nous recommande de ne pas commettre ! Nos sentiments ne doivent pas interférer avec nos investigations. Vous merdez tous ! Et le juge est peut-être mort à cette heure-ci à cause de vos problèmes perso.

Sans bouger la tête, le policier lança un coup d'œil de côté en direction de la passagère. Il se demandait depuis quelque temps si son amitié pour Hallen ne lui obscurcissait pas le jugement. La petite avait vu juste. Non, la collègue avait vu juste.

Ils roulaient à faible allure, longeant les pâtés de maisons et les jardinets aux dimensions identiques, le sempiternel sapin devant la porte.

Lorsqu'on découvrait Missoula du « Big M », la colline qui surplombait l'université du Montana, on ne voyait que ces immenses cierges verts et ces carrés qui rappelaient un cimetière européen. La ville était un immense damier.

Le Scott's Bar se trouvait au bout de Livingston Avenue. Sa façade en bois était vétuste, la peinture verte écaillée. L'endroit était peu engageant. Maggio fit la grimace. Le rendez-vous typique des amnésiques ! Le patron et les clients ne sauraient rien, ne se souviendraient de rien et n'auraient rien vu. Une version revisitée des trois petits singes.

Le dallage en ciment qui recouvrait le parking en face du restaurant était défoncé et occupé par trois véhicules ; le policier gara sa Ford Crown Victoria à côté d'une vieille Mercedes à la carrosserie impeccable.

La vitrine était opaque, Maggio poussa la porte d'entrée, suivi de Walter.

Le décor était au diapason de la devanture : pas de fausse note !

Un comptoir à gauche où Billy the Kid avait dû s'appuyer, sur la droite des banquettes usées par des milliers de générations de jeans, un billard et un jeu de fléchettes au fond. Si les éléments de la cuisine dataient de la même époque, ils devaient se faire livrer la glace.

La personne qui avait invité le jeune McCarthy, si elle existait, était près de ses sous. Walter retroussa le nez : il y régnait une odeur forte, peu ragoûtante. Un relent d'arrière-cour.

La femme brune qui se tenait derrière le comptoir se retourna à l'entrée des policiers. La quarantaine banale. Elle leur lança un sourire timide.

— Bonjour, je peux vous servir quelque chose ?

— Sergent Maggio, police de Missoula – Il sortit sa plaque. –, et agent Walter. Je souhaiterais vous poser quelques questions sur deux hommes qui seraient venus dîner la semaine dernière, jeudi soir exactement.

Maggio s'était approché du comptoir. Il n'osait s'y appuyer de peur de rester collé. La fille sourit, amusée.

— Deux hommes, jeudi soir. Oui, oui. Maintenant que vous le dites, il y avait bien deux hommes ici !

Maggio eut l'air enchanté.

— Vous pourriez me les dé…

Comprenant que la femme se moquait de lui, et devant Walter en plus, il se sentit rougir.

— Excusez-moi ! J'enquête sur une affaire criminelle. Un jeune homme prétend avoir dîné jeudi en début de soirée avec un homme plus âgé, la quarantaine, peut-être plus, de forte corpulence. Je cherche à retrouver cette personne. Alors, si vous vous souvenez de quoi que ce soit…

— Pas de chance, je n'étais pas de service jeudi soir. C'est Hans, le patron, qui était là. Et à moins que votre zigue n'ait renversé une table ou ne soit parti sans payer, ça m'étonnerait qu'il se souvienne de tous les clients. Ne vous fiez pas aux apparences, ici, le soir, c'est complet. On est spécialisé dans la cuisine allemande. J'ai vu votre grimace quand vous êtes entré. C'est le chou, pour la choucroute…

— Et votre patron, où puis-je le joindre ?

À cet instant, la porte s'ouvrit sur un grand et gros homme à la mine joviale.

— Vous avez de la chance : voilà M. Hans Gutteinmeyer, le patron de ce bel établissement.

Le dénommé Hans éclata de rire comme s'il avait entendu la plaisanterie du siècle.

— Ach, Gloria, on ze moque pas ! Du verras, abrès les travaux…

Il avait un accent teuton caricatural. Maggio s'approcha.

— Sergent Maggio. – Il ressortit sa plaque. – Bonjour, monsieur.

Le gros homme, sans âge, redevint sérieux. Il était vêtu d'un anorak qui le boudinait et d'une paire de Moon boot à poils qui aurait eu sa place au musée de la chaussure à Milan.

— Ach, hygiène ? Mairie ? Inspection du travail ? Immigration ? Je suis un modèle de vertu ! Éducation germanique ! Tout est à votre disposition : comptabilité, accès aux cuisines, même mon carnet de vaccinations. Y a que Gloria qu'on peut pas toucher, j'ai essayé…

Et il partit d'un nouveau rire tonitruant. Gloria, souriante, le menaça de l'index. Maggio répéta ce qu'il avait déjà exposé à la serveuse et sortit de sa poche l'imprimé avec la photo de Ben. Le patron du bar y jeta un coup d'œil distrait, avança ses lèvres en fronçant les sourcils tout en penchant la tête.

— Cheudi… bonne soirée, encore.

Il leva la tête au plafond, paraissant réfléchir, puis se déplaça dans la pièce, Maggio sur les talons, sous le regard amusé de Gloria.

— *Entschuldigen Sie*[1], faut que je m'assoie. Cent trente-cinq kilos…

Il s'assit à l'extrémité d'une banquette : il n'aurait pu glisser ses énormes cuisses sous la table.

— Jeudi. Je vois bien ! Quatre choucroutes, quinze Wasserspatzen, dix Apfelkuchen, non, douze… non, dix. *Ach, es ist schwer, alt zu werden*[2].

Maggio s'installa en face du gros homme et insista :

— Un gars costaud, à moins que le jeune homme se soit trompé. Vous voulez revoir la photo ?

— Ach, sergent, j'ai une mémoire infaillible : les deux clients, le jeune et le malabar, ils m'avaient commandé deux Apfelkuchen, ensuite ils n'en ont pas voulu, ils ont changé d'avis. Du coup… douze, puis dix !

— Ils étaient donc bien là ?

1. Excusez-moi.
2. Ah, c'est dur de vieillir.

— J'ai repris ce restaurant depuis sept mois. On va tout rénover. Style bavarois. Pas trop chargé, c'est pas le genre d'ici ! Je mettrai pas des nains en vitrine, par exemple, je veux pas d'ennuis avec les minorités.

Maggio s'impatientait.

— Et le jeune homme…

— Je vous en parle, là… Comme je suis ouvert depuis peu, les gens d'ici ne connaissent de la cuisine allemande que la choucroute et le bretzel. Et lui, le gros malabar, il m'a demandé des *Frikadellen*. Vous vous rendez compte, des *Frikadellen* ?

Maggio haussa les épaules, excédé.

— Pas trop !

— Je n'en fais pas encore, mais de voir que quelqu'un, ici, un Américain du Montana, connaissait les *Frikadellen*, ça m'a fait plaisir. Je lui ai demandé comment il connaissait ce plat.

— C'était un Allemand !

— Non ! Il avait été marié à une Allemande. Enfin, à une Américaine originaire d'Allemagne et il en mangeait chez ses beaux-parents.

Le sergent notait sur son calepin.

— Et lui, pouvez-vous me le décrire ?

— Entre quarante et cinquante ans, un visage triste. Des yeux clairs, tristes. C'est pour ça que je n'ai posé aucune question sur sa femme. Une taille et une carrure au-dessus de la moyenne. Genre scieur de bois de la Forêt-Noire.

— Bon, d'accord, c'est tout ?

— Non ! Je suis sorti fumer une cigarette et je les ai aperçus qui discutaient sur le parking. Le jeune était au volant d'une Volkswagen jaune. J'en ai eu une, moi aussi, l'ancien modèle. C'est une voiture robuste, mais avec ma corpulence…

— S'il vous plaît, monsieur, le coupa Maggio.

— *Entschuldigen Sie*. Le balèze, Baloo, était appuyé sur un 4 × 4. Ils sont restés deux, trois minutes à parler, puis ils sont partis.

Maggio fut tout à coup plus attentif.

— Vous avez pu voir la marque du 4 × 4 ?

— Non. Il faisait sombre, vert foncé, il m'a semblé, c'est tout. Je ne parierais pas un repas, mais je crois que c'était un trois portes. Pour moi, les seules vraies voitures sont des Mercedes ou des Audi. J'ai regardé par curiosité, pour connaître ma clientèle. Le 4 × 4 n'était pas récent.

— Monsieur Gutteinmeyer, on vous remercie. Agent Walter, vous avez une question à poser ?

Surprise par l'attitude de son collègue, la stagiaire le remercia d'un sourire et demanda :

— À quel moment le malabar a-t-il quitté la table, seul ?

— Quitté la table ?… Oui, vous avez raison ! Quand le jeune est allé se laver les mains, le bûcheron s'est levé et a dit qu'il avait oublié quelque chose dans sa voiture. Dites, vous ne voulez pas de la choucroute à emporter ? Vous la faites goûter à vos collègues…

Walter et Maggio déclinèrent gentiment l'offre. Ils n'avaient pas l'intention de passer l'après-midi à nettoyer la voiture au karcher pour enlever l'odeur.

— Bravo, belle intuition, Walter, la félicita le sergent en s'installant derrière le volant.

★

Edward, dans la grotte, sautillait d'un pied sur l'autre en pressant Alan. Le froid le transperçait, il ne résisterait pas longtemps. Et s'il ne parvenait pas à récupérer son anorak ? Il fut tenté de prendre celui destiné à Alan. Le jeune homme n'aurait qu'à s'enrouler dans ses couvertures. Puis il songea que ce serait débuter le périple par une action guère reluisante où il se mettrait son coéquipier à dos. C'était suffisamment périlleux sans y ajouter de l'animosité.

Alan le rejoignit, hésitant, le dos voûté ; il fronçait les sourcils, la luminosité toute relative de la pièce agressant ses pupilles. Son visage était recouvert d'une épaisse croûte de crasse noirâtre. Des boulettes sombres s'accrochaient à sa barbe clairsemée ; les yeux qui clignaient derrière ce masque de boue donnaient une dimension encore plus effrayante à la scène. Pas une mèche du casque gominé qui recouvrait son crâne ne bougeait. Instinctivement, Edward recula.

Il désigna le tas de vêtements sur le sol.

— Vos affaires sont là. Passez-les rapidement. Je me gèle, il faut qu'on récupère mon anorak.

Le coup d'œil sournois que lança Alan déplut à McCarthy.

— Vous aimez bien donner des ordres ! dit-il.

À chaque mouvement de Marocco, l'odeur s'intensifiait, prenait corps. Elle était présente, solide, une masse impalpable, compacte, qui emplissait l'atmosphère et qui rampait à l'assaut des poumons d'Edward. Au bord de la nausée, il sauta dans la neige.

Au bout de dix minutes, comme Alan ne le rejoignait toujours pas, il dut se résoudre à regagner la grotte. Plutôt mourir asphyxié que gelé.

Alan le regardait trembler de froid avec jubilation. Il remonta avec application la fermeture de son anorak, s'assit sur le rebord de l'entrée et se laissa glisser à terre. En plein soleil, avec son anorak jaune vif et la crasse marron de son visage, il ressemblait à une marionnette, une *pupi* sicilienne.

Il fit quelques exercices d'assouplissement. Edward trouva que, pour quelqu'un qui avait été enfermé plusieurs jours dans une tombe, il récupérait rapidement. Les vicissitudes de la vie l'avaient sans doute préparé à réagir et à s'adapter. Du darwinisme à l'état pur.

— Et l'ours ? demanda le jeune homme d'un air fuyant.

— Il est tombé dans le ravin, répondit Edward. L'anorak est par là.

— Tout seul ? Et il vous a juste écorché le nez ? Balèze !

Le ton était moqueur.

— Vous allez me donner un coup de main pour attraper ma parka, oui ou non ?

Marocco semblait réfléchir. Il fit un pas et chaussa une paire de lunettes de soleil.

— D'ac ! D'abord faut que je récupère. Mes yeux me font mal.

— Les raquettes ! Vous n'avez pas pris les raquettes ! Vous le faites exprès ou quoi ?

Alan marqua un temps, ouvrit la bouche, hésita puis retourna dans la grotte.

Le juge se dirigea vers la crevasse. Il patienta à quelque distance du trou, attendant le jeune homme. Le froid le gagnait. « Qu'est-ce qu'il fiche, bon sang ? »

Enfin, Alan fit son apparition, un sourire narquois aux lèvres. Cette fois-ci il sauta dans la neige, les raquettes à la main. Il récupérait vraiment rapidement ! Il attacha avec aisance les courroies, dénotant une certaine habitude.

— Mon anorak est juste là, au bord. Vous êtes plus léger, je vais vous tenir pendant que vous vous approcherez. On va s'allonger, comme ça on répartira le poids.

— Pourquoi moi ? Et si je tombe ?

— Vous êtes plus léger, je viens de vous le dire.

— « Faites ci, faites ça. » Un chef ! L'Autre vous a attrapé, pourtant. Comme moi. Donc, vous êtes pas plus malin ! Alors pourquoi c'est vous qui donnez les ordres ?

Il s'échauffait en parlant et hurlait presque.

— Parce que vous êtes plus vieux ? C'est ça ? Va te la chercher, ta merde, gros malin !

Edward leva ses mains en signe d'apaisement.

— Ne vous énervez pas, Alan. J'ai besoin de ma parka sinon je vais mourir de froid. Je vous explique simplement ce qui me paraît la meilleure méthode. Si je prends froid, nous sommes tous les deux fichus. Tous les deux ! Pas que moi.

Alan jeta un coup d'œil dans le précipice et sur l'anorak posé à deux mètres du vide.

— Je vais le faire, mais arrêtez de commander !… Vous me respectez… Bon, on y va.

Alan dépassa Edward. Ce dernier se sentit de nouveau défaillir : le jeune homme empuantissait l'atmosphère.

— Laissez-moi faire, ordonna Alan en enlevant ses raquettes.

Il s'allongea et rampa, se mouvant avec souplesse. Il ondulait comme un serpent sans déplacer la neige. Edward retint sa respiration quand le jeune homme tendit la main vers le vêtement. À peine l'avait-il refermée sur la manche que des blocs de neige glissèrent dans l'abîme. Alan reprit sa reptation à l'envers sous le regard admiratif d'Edward.

Il se releva avec souplesse et tendit l'anorak. Le juge se jeta dessus et l'enfila après avoir ôté ses gants.

— On est quittes, monsieur Je-sais-tout ! Plus d'ordres, maintenant !

McCarthy montra la direction à prendre avec sa main.

— C'est par là… enfin, je crois.

— Vous n'avez pas de carte ?

L'haleine de Marocco était fétide. Edward ne put réprimer une moue de dégoût. Il recula de quelques pas avant de répondre :

— Comme vous, il a fallu que j'apprenne mes leçons. Moi, c'était le parcours.

Alan se rapprocha.

— Vous n'étiez pas enfermé dans une grotte comme une bête ? C'est ça ?

— Non, j'étais dans une cabane, là-bas, sur les hauteurs.

— Et vous n'avez pas pu écrire ? voler un bout de papier ?

— Non ! C'est pas le moment…

— Alors, tout est dans votre tête ?

— Comme vous, je vous dis ! Bon, il faut marcher tant que le ciel est dégagé. S'il neige on va rater des repères.

Sans attendre, Edward tourna le dos à la falaise et sortit du sac à dos une boussole et un podomètre.

— Bien équipé ! s'étonna Alan.

Edward l'observa. L'autre ne souriait pas.

— J'ai aussi un altimètre, si vous voulez tout savoir. Bon, la direction est sud, sud-ouest pendant un mile.

Le jeune homme ne bougeait toujours pas.

— Si vous me donnez les repères de l'itinéraire, je vous dis où sont les caches. On partage. Comme ça si y en a un qui tombe ou quoi… y a moins de risques.

— Ce n'est pas sûr, rétorqua Edward en entamant la descente. Pour l'instant, on reste comme ça.

La pente était faible. Le danger ne viendrait pas de là.

La première heure rassura Edward. Malgré le soleil, le froid cristallisait la surface de la neige et augmentait sa portance, de plus, le relief était peu accidenté. Le seul souci restait le manque d'entrain du jeune homme. Il se traînait à plusieurs dizaines de mètres derrière, s'arrêtant régulièrement pour reprendre son souffle.

Parvenu au sommet d'une petite butte que lui avait conseillée Ted pour faire le point, le juge scruta le paysage en contrebas à la recherche de repères. Alan venait de s'immobiliser sous une crête, où un amoncellement de neige menaçait.

— Alan, il faudrait faire un effort. Sinon, la nuit va nous surprendre. En plus, ne restez pas là, c'est dangereux.

La réponse ne se fit pas attendre.

— La ferme. T'as qu'à courir devant, gros malin.

Edward le rejoignit.

— Faut pas rester là. Je m'appelle Edward... Norton. Vous pouvez m'appeler Edward.

— Edward ? Edward, passez-moi le sucre, mon cher Edward… C'est vraiment un prénom à la con !

Le juge eut un geste d'irritation, avant de se reprendre en inspirant une bouffée glaciale.

— Alan, nous avons quatre jours à passer ensemble, alors autant éviter de nous chamailler. Vous l'avez dit : je vous respecte, vous me respectez.

— Sinon ?

— Sinon, on se fout sur la gueule, et on crève tous les deux ! Abruti ! hurla McCarthy.

Alan recula d'un pas. Il reprit son ton geignard.

— Vous allez trop vite. J'ai plus l'habitude. En plus, j'ai mal aux yeux et j'ai faim ! Vous avez dit que vous aviez apporté à manger : je veux manger.

Il dévisageait Edward. Malgré sa barbe, ses lunettes de soleil et sa casquette fourrée, le juge se sentit mis à nu.

— Edward, le tueur d'ours…

— D'accord, on va manger, mais pas ici.

— Et pourquoi pas ici ? Parce que c'est moi qui ai choisi ? Que vous a raconté l'autre taré sur moi ? Que je m'appelais Alan Marocco, c'est ça ?

Edward trouvait cet endroit dangereux, le soleil ramollissait la neige. Il tourna le dos au jeune homme et voulut reprendre sa marche.

— Continuons.

— Non, on continuera quand vous m'aurez répondu ! Je suis Alan Marocco… admettons, et quoi encore ? Qu'est-ce qu'il a dit ? Hé… arrêtez de marcher, j'ai faim ! Je vous ai dit que j'avais faim !

Edward posa son sac sur le sol. Il allait devoir succomber au caprice de cette puanteur sur pattes. Alan s'approcha. Son odeur répandait même une aura de chaleur. Edward ouvrit le sac, sortit un sachet et le tendit à Alan.

— Voilà, c'est votre part. Deux sandwiches. Je n'ai aucune confiance en Ted, le malade qui nous a foutus dans cette galère, vaut mieux économiser la nourriture. Si on trouve pas la cache… Les miens, je les garde en cas de…

— On aurait pu en parler ! Vous décidez pour tout le monde ! Alors, qu'est-ce qu'il vous a raconté, l'autre taré ?

Il s'était emparé des sandwiches et, après avoir enlevé ses gants, déchira le premier papier. Il mordit dedans comme un affamé. Il le termina en avalant gloutonnement. Il en avait les larmes aux yeux.

Ce n'est qu'en le voyant afficher ce plaisir primaire qu'Edward comprit ce que cet homme avait dû endurer. Il regretta d'avoir été si dur.

— Écoutez, Alan, excusez-moi. Je ne suis pas dans mon état normal. J'ai été enlevé comme vous, j'ai un gamin qui a besoin de moi et… j'ai peur. Peur de ce que cet homme… « le taré », comme vous l'appelez, nous a réservé. Il m'a dit que vous vous appeliez Alan Marocco, qu'il voulait qu'on fasse connaissance durant les cinq jours de descente. C'est tout.

Alan avait déjà entamé son second sandwich.

— C'est tout ? Qu'on fasse connaissance ? Vous me prenez vraiment pour un blaireau !

De rage, il jeta son sandwich au loin. Immédiatement, il parut le regretter, puis se ressaisit.

— Très bien ! Très bien ! Gardez vos secrets, je ne peux pas vous obliger à parler… pour l'instant.

Edward se baissait pour reprendre son sac à dos quand, soudain, un petit craquement suivi d'un frottement se fit entendre. Les deux hommes levèrent les yeux au même moment.

L'amas de neige qui les surplombait s'écroula, les ensevelissant.

23.

Ted avait regagné la cabane. Il ressentait ce qu'éprouvait le jour de sa libération un condamné à une longue peine.

Pas une libération, en réalité, plutôt une fin. Il n'avait eu qu'un objectif depuis la mort de Thelma et il était à quelques heures de l'atteindre. Quatre jours au plus. Le juge et le meurtrier allaient mutuellement régler leurs comptes. Par bêtise pour l'un, par peur pour l'autre. S'il y avait un rescapé, Ted s'en occuperait à la dernière étape, juste avant la descente sur le pont de Canyon Falls qui marquait le retour à la civilisation.

Ces mois d'attente, ces jours, ces matins, ces nuits occupés par une seule pensée, un seul objectif : que le juge prenne enfin conscience de son incompétence et en soit châtié. Pas par lui : Ted était un policier, il ne punissait pas. Il appartenait à la justice d'appliquer la loi, la justice immanente.

Il retira ses raquettes et grimpa les marches de la véranda. Le temps s'était montré clément depuis quelques jours. Si McCarthy suivait ses conseils, les deux randonneurs ne risquaient pas d'être ensevelis sous des congères.

Il poussa la porte. Seules quelques braises rougeoyaient encore dans la cheminée et la température dans la vaste pièce s'était rafraîchie.

Ted posa son sac à dos contre le mur, enleva gants et parka, qu'il accrocha à la patère, puis s'employa à raviver le feu dans l'âtre.

Il resta un instant à fixer les flammes : il fallait faire un bûcher de ses souvenirs, les réduire en cendres s'il voulait repartir de zéro. Craquer une allumette dans son cerveau qui conduirait à un autodafé purificateur.

Après un incendie, seules restent les cendres ; il en avait déjà le goût amer dans la bouche.

Il s'assit en tailleur devant la cheminée. Il quitterait la cabane demain pour se rendre en ville, où il avait une dernière mission à remplir. Un autre homme l'avait trahi, il allait payer.

Après, il pourrait se reposer. Pour toujours.

Il n'avait pas eu besoin de toucher les pièces de monnaie de toute la journée. Bientôt, il lui faudrait en ajouter une de un dollar. Était-ce bien, ce qu'il faisait ? Ne commettait-il pas le mal, lui aussi ? Non, bien sûr que non ! C'était l'intention qui comptait.

La flamme dans la cheminée vacilla.

★

D'un commun accord, Walter et Maggio avaient profité de la proximité du Southgate Triangle, le grand centre commercial de Missoula situé de l'autre côté de la voie de chemin de fer, pour déjeuner.

Autour d'une assiette de sushis, ils avaient signé l'armistice. Il valait mieux laisser les gros poissons se bouffer entre eux. À plus ou moins long terme, ça ne pouvait que bénéficier aux plus petits. La stagiaire était sincère ; quoique un peu moins certaine des nouvelles dispositions du sergent, elle jouerait franc jeu, c'était son tempérament.

Quand ils pénétrèrent dans le bureau du capitaine, celui-ci était de méchante humeur.

Et il avait quelques raisons : Hallen venait de l'informer que ses empreintes correspondaient à quatre-vingt-treize pour cent à celles relevées sur le sachet.

Carter lui avait rétorqué qu'il n'était pas invraisemblable qu'il ait pu avoir en main des sachets de pièces à conviction.

Le lieutenant l'avait pris de haut. Le capitaine pouvait-il préciser à quelle occasion il aurait touché le sachet ? Et si on suivait l'argumentation de l'officier, à quoi ça avait servi de prendre les empreintes de la brigade, puisque tout le monde avait pu, à un moment ou à un autre, tenir le sachet ?

Carter l'avait quasiment mis à la porte de son bureau. Hallen l'avait menacé d'en avertir la hiérarchie.

Heureusement, Maggio et Walter étaient arrivés.

— Un homme grand, costaud, la cinquantaine, ça manque pas dans la région, s'agaça le capitaine, encore cramoisi après son altercation. Avec des yeux de chien battu. Rien d'autre ? Vous passez quatre heures dehors et vous me rapportez une description qui correspond à la moitié de l'État ? Vous avez bien mangé, au moins ?

— Il a un 4 × 4 vert foncé. Un trois-portes. Ancien modèle, précisa Maggio.

— Un 4 × 4, vert foncé ?

Le capitaine se leva. L'indication concernant le véhicule paraissait l'intriguer.

— Quelle marque ?

— M. Guta… Gutt… le gars du restaurant ne sait pas. Pas une voiture allemande, en tout cas.

— Par contre, il est marié à une femme d'origine allemande. Pas Gutteinmeyer, Lassiter, ajouta rapidement Walter.

— Putain ! s'exclama Carter.

— Ah, ça, il a pas dit, sourit Maggio.

Carter le fusilla des yeux.

— Une femme allemande et un grand baraqué…, murmura-t-il. Un 4 × 4 vert. C'est trop d'indices. Attendez-moi deux secondes. Je vais chercher Hallen.

Il revint avec le lieutenant, qui affichait la tête du gagnant de la loterie qui vient de se rendre compte qu'il a allumé sa cigarette avec le ticket. Carter reprit place derrière son bureau.

— Je crois savoir comment mon téléphone m'a été subtilisé et comment mes empreintes se sont retrouvées sur le sachet. Je vous demande de m'accorder la confiance que je n'ai pas eue envers vous. Je sais, c'est beaucoup exiger après mon attitude…

Carter se tourna vers Hallen.

— Je vous ai soupçonné, lieutenant, et si mon intuition est bonne, à tort. Je vous prie de m'en excuser. Donnez-moi quelques heures et je prouverai que je ne suis pour rien dans toute cette affaire. Je ne veux pas encore commettre une boulette. Du coup, permettez que je garde mes soupçons pour moi, jusqu'à ce que j'aie la preuve de ce que j'avance.

— Belles paroles, sauf que le mal est fait, rétorqua Hallen.

— Je sais. Mais on ne peut pas revenir en arrière. Je prendrai les dispositions qui s'imposent une fois que j'aurai résolu cette histoire. Il semblerait qu'il y ait deux affaires : une machination dirigée contre moi et la disparition du juge.

— Reliées par votre téléphone, laissa tomber Hallen, le regard noir.

— Inutile d'insister. Je pense avoir compris la motivation de l'acharnement contre moi, sans pour autant voir le lien avec le magistrat. Donnez-moi vingt-quatre heures.

— Si vous me le permettez, je persiste à dire, et devant témoins, que nous avons des faits auxquels vous n'opposez que votre parole. En tant que responsable, vous nous mettez dans une situation délicate…

— Vingt-quatre heures !

Personne n'acquiesça, cependant Carter prit le silence pour un assentiment.

★

Edward avait l'impression d'être dans un gros shaker avec la glace pilée qui lui rentrait dans la bouche et le nez. Instinctivement il avait fermé les yeux et bloqué sa respiration. Son corps était ballotté, retourné. Il était baratté comme du beurre dans un tonneau. Il sentit que ses lunettes étaient arrachées.

Il agitait les mains, pris dans le maelström d'un amas poudreux qui dura assez longtemps pour qu'il comprenne qu'il allait mourir.

Puis, brusquement, le mouvement s'arrêta.

Le juge sentait la neige sur ses yeux, dans ses oreilles, son cou. Elle brûlait. Il manquait d'air, il voulut respirer, avala de la neige, s'étouffa. Il battit des bras. Il aspira à la recherche d'oxygène. S'étouffa de nouveau.

Avec ses mains, il dégagea une petite poche d'air devant sa tête. Il parvint à respirer tout doucement. L'avalanche ne devait pas être tellement importante s'il pouvait bouger ses membres. Il ouvrit les yeux. Il n'était pas dans le noir total. C'était bon signe. À part ses bras, il avait l'impression que tout son corps était emmailloté. Il se demanda, affolé, dans quelle direction il devait creuser. Il entendit un craquement, puis le bruit sourd de la neige qui tombe. Il allait être encore enseveli ? Il tenta un mouvement des jambes et se rendit compte que, maintenant, il pouvait les mouvoir. Il remua dans tous les sens et, brusquement, son poing creva le plafond qui le recouvrait. Il aperçut la falaise qui le surplombait. Il était sur le dos. Une chance inouïe. Dans son malheur.

Il roula sur le ventre. Voulut se relever, s'enfonça dans la poudreuse. Il se dressa, groggy, tituba, retomba dans la neige. Il n'avait plus de raquettes aux pieds. Combien de temps était-il resté sous l'avalanche ? Il demeura un moment à genoux, tentant de retrouver ses esprits.

Alan ! Il devait chercher le jeune homme. Il savait que les quinze premières minutes étaient primordiales.

— Pas trop tôt !

Il se retourna. Une dizaine de mètres plus haut, Marocco le dévisageait. Il était tête nue et sans lunettes.

— Alan ? Vous… vous me cherchiez ?

— Et puis quoi encore ? J'ai paumé mes lunettes, ma casquette. Par contre, j'ai retrouvé mes bâtons et les vôtres.

— Mais j'ai failli y rester !

— Ça, vous vous y êtes pris comme un gland. Moi, j'ai un peu roulé, c'est tout. Bon, on y va ?

McCarthy respira. Souffla. Il songea qu'il devait excuser ce demeuré. Il n'avait pas encore pris conscience que leurs destins étaient liés.

— J'ai perdu mes raquettes…, dit-il.

Ils parvinrent après une demi-heure de fouille à les récupérer, avec le sac à dos du juge, mais pas les casquettes ni les lunettes. Marocco cherchait sans enthousiasme.

— Moi, j'ai découvert les bâtons et une raquette, à vous de trouver le reste. J'ai froid à la tête, en plus.

— Si vous n'étiez pas resté sous la plaque à vent, on n'en serait pas là.

— Et si tu m'avais donné à bouffer quand je te l'ai demandé ?

Edward décida qu'il était temps de repartir. Il devait aussi éviter de faire des réflexions. Cela n'amènerait rien de positif avec un être fruste comme Alan.

La neige avait eu au moins un effet bénéfique sur le jeune homme : la croûte de son visage laissait désormais apparaître par endroits un peu de peau bronzée.

★

Carter habitait à Stevensville, un village à cinquante minutes de voiture au sud de Missoula. Il parcourut les trente-huit miles légèrement au-dessus de la vitesse autorisée. Il n'avait pas eu à chercher de maison. C'était son prédécesseur qui l'avait habitée jusqu'à son départ à la retraite et son installation dans l'Ohio.

Il se gara dans l'allée.

Comme d'habitude, en entrant, il trouva qu'il faisait trop chaud. Un problème de thermostat. Sans doute pas grand-chose. Encore fallait-il s'y intéresser.

Ce qu'il cherchait était rangé dans les cartons. Ceux qui encombraient son garage. Depuis six mois qu'il avait emménagé, il n'avait pas trouvé l'énergie de les trier. Travail qu'il aurait été plus judicieux de faire en déménageant… Ce qu'on ne fait pas le moment voulu vous revient toujours en boomerang. Il allait perdre un temps précieux.

Il y avait vingt cartons identiques avec le sigle rouge Brownstone Bros sur les côtés. « Le déménageur qui vous donne envie de déménager. » Il dégotta l'album qu'il cherchait dans la huitième boîte. Il savait exactement où était la photo qui l'intéressait. Il tourna les pages rapidement. Une 13 × 18. Les couleurs étaient encore éclatantes. Il l'avait pourtant souvent regardée. Des années auparavant. Puis de moins en moins. Le temps avait fait son travail de sape. Mais au vu des événements de ces derniers jours, pas avec la même efficacité pour tout le monde. Il fut étonné, en contemplant ce cliché : un parfum lui emplit le nez, la bouche. Un parfum capiteux qu'il avait appris à apprécier, à souhaiter, désirer.

Il décolla la feuille transparente qui protégeait la photo et glissa cette dernière dans sa poche.

Il laissa le carton ouvert, avec un peu plus de désordre dans le garage, et quitta la maison. Il avait encore une heure de route à faire et voulait arriver avant la fin des visites à l'hôpital.

À l'accueil, la réceptionniste lui fit signe de la main : « Cinq minutes ».

Devant la porte de la chambre de Ben, un policier paraissait se demander ce qu'il avait bien pu faire pour mériter cette punition.

— Prenez votre mal en patience, dans peu de temps on pourra lever la surveillance, lui assura Carter.

Avant que l'homme en faction ne l'interroge plus avant, l'officier pénétra dans la chambre après avoir toqué légèrement à la porte.

Laura était là, sur le départ. Ben était réveillé. On avait dû lui signifier que l'heure de la fin des visites approchait.

— Excusez-moi de vous déranger. Je n'en ai que pour quelques secondes. C'est important, dit Carter.

Il s'approcha du lit, sortit de sa poche la photo et la tendit à Ben.

Le jeune homme avait repris des couleurs mais déglutissait avec peine. Il fit signe qu'il ne pouvait pas parler.

— Le médecin ne veut surtout pas qu'il fasse d'efforts. En revanche, il y a l'iPad.

— J'ai juste besoin d'un signe. Ben, reconnaissez-vous cet homme ? Prenez votre temps.

Laura se pencha pour apercevoir la photo. Ben n'hésita pas, il hocha la tête. Il réclama la tablette et tapa : *C'est Lassiter.* Il ajouta : *Là, il est plus jeune. Maintenant, il porte une barbe mais c'est lui.*

Laura arracha la photo des mains de son fils.

— C'est vous, à côté !

— Oui.

— Vous le connaissez ? Vous connaissez la personne qui a impliqué Ben dans tout ça ? C'est un ami ?

— C'était.

— Et la femme entre vous ?

Carter recula sans répondre. Il tourna le dos et se dirigea vers la porte.

— Je vais essayer d'obtenir une perquisition. C'est pas gagné, vu l'heure.

— Attendez-moi deux secondes, demanda Laura.

Carter salua Ben et quitta la pièce. Il n'eut qu'à attendre une minute mais, pressé de regagner son bureau, il eut l'impression que Laura avait entamé les trois tomes de *Millenium*.

Elle apparut enfin.

— Si votre invitation tient toujours, on peut aller dîner.

— Ah ?

— Je ne me vexerai pas si vous avez prévu autre chose.

— Pas du tout ! Simplement, je ne m'y attendais pas. Bien sûr. Bien sûr. Je passe au bureau et je vous retrouve à votre hôtel à vingt heures. Ça va, vingt heures ?

— Vingt heures.

★

Edward redoublait d'attention. Il ne devait surtout pas dépasser le repère. Il avait confiance en sa mémoire. Elle ne lui avait jamais fait défaut durant ses études ni durant sa carrière, pourtant, saurait-il reconnaître les marques que Ted avait décrites ? Allait-il voir dans la silhouette d'une montagne un bec d'aigle ou les quatre S que formerait le sentier ? Tout le monde voyait des formes en contemplant les nuages… rarement les mêmes. Cela paraissait évident dans la cabane ; en pleine nature, il doutait. Il restait une heure de clarté, il n'avait pas droit à l'erreur. Ils avaient pris du retard avec l'avalanche et surtout avaient froid à la tête et aux oreilles.

Le juge ralentit, ce qui inquiéta Marocco.

— Tu sais pas ?

— Je ne sais pas si on est allés trop vite ou pas assez. Le podomètre pour la marche en raquette, c'est pas ce qu'il y a de mieux. J'essaie de ne pas rater les premiers repères.

Ted n'avait pas menti, la descente ne comportait aucune difficulté. Ils avaient suivi le lit d'un torrent caché sous la glace et qui serpentait entre des rochers noyés sous la neige. Le colosse avait ajouté qu'ils devraient l'abandonner le deuxième jour, car le torrent tombait ensuite dans une série de cascades dont la première faisait plus de deux cents mètres de haut.

— C'est quoi ?

Marocco avait déjà dû poser la question car il hurlait.

— Pardon ! Quoi ?

— Vos repères, c'est quoi ?

Edward n'hésita pas : il n'y avait aucun risque à partager son savoir à ce stade de la descente.

— Le chemin devrait comporter quatre virages très prononcés. Il faut s'arrêter dans la boucle du troisième et, à mi-parcours, faire vingt-cinq pas plein ouest. À partir de ce nouveau point, je dois vous montrer le nord et vous signaler que c'est par là.

— C'est tout ?

— Comment, c'est tout ? Oui, c'est tout pour mon repère. Vous craignez de ne pas trouver la cache ?

— Et pourquoi ça ? Parce que je suis un newbie ?

Edward soupira.

— J'ignore ce qu'est un newbie ! C'est vous qui avez dit : « C'est tout. » On va pas en faire toute une histoire, trouvons ces virages, on verra après.

— Toi aussi, t'es un newbie, un mec qui sait rien.

★

Ted avait passé la demi-journée à déneiger l'accès à la cave, cachée sous deux mètres de neige.

Une fois la porte métallique déverrouillée, il alluma l'unique ampoule du plafond et ôta ses gants. Il conserva son anorak et sa casquette fourrée : la température demeurait glaciale. Sa tête effleurait le plafond et, instinctivement, il se tenait voûté. La cave était située sous la cabane et occupait une surface identique.

Deux scooters des neiges étaient rangés sous des housses en plastique opaque. Ted retira celle du plus gros : un Yamaha RS Viking à deux places, bleu nuit. On aurait pu le prendre pour un gros insecte sorti tout droit de *Starship Troopers* avec ses trois mètres de long, hissé sur ses patins avant. Il ne demandait qu'à bondir.

Le second était un petit Artic Cat vert clair. Un ZR 440. Celui de Thelma ; il le conservait en souvenir. Il avait récemment remplacé le sien par ce gros engin de près de mille centimètres cubes doté d'un réservoir de plus de quarante litres. Il y avait aussi un traîneau qui pouvait servir d'abri de survie.

Comme n'importe quel garage, le mur du fond était couvert d'étagères remplies d'outils. Des bonbonnes d'essence étaient empilées sur le côté, près d'une patère à laquelle trois fusils étaient accrochés.

Après avoir replié la bâche, Ted sortit d'un tiroir deux couteaux de chasse. Il les soupesa et se décida pour le plus gros. Il prit également deux boîtes de balles Silvertin 358 Winchester qu'il avait achetées pour la chasse au grizzly, puis se tourna vers les fusils. Il décrocha un étui en cuir enfilé sur un ceinturon et y glissa le poignard.

Ted demeura quelques secondes en admiration devant ses fusils. Il opta pour le Remington, un fusil à pompe. Il le graissa avant de le glisser dans une housse synthétique. Demain, il s'équiperait aussi de son holster avec le revolver de service.

Il devrait partir aux premières lueurs de l'aube. Le scooter était puissant, il avalerait facilement les deux cents miles qui le séparaient de la station de White-Fish. Un tel engin pouvait même faire des pointes à plus de cinquante miles-heure, mais Ted n'allait pas rouler sur un lac gelé, c'était de la piste qui l'attendait. Sur un tel parcours, il serait satisfait s'il parvenait à approcher la moitié de la vitesse maximale.

Il fit le plein. Il emporterait deux jerrycans en plus. Les émanations du carburant lui rappelèrent les randonnées avec sa femme, quand il préparait les deux engins. Un parfum de bonheur.

Il fallait éviter les mauvaises surprises : il actionna le démarreur et mit les gaz à fond par trois petits coups rapides d'accélérateur pour contrôler qu'il n'y avait pas de prise d'air. Rassuré, il coupa le moteur et accrocha le traîneau. Il y balança son nécessaire de survie : tente, couvertures, trousse de premiers secours, de l'eau et de la nourriture. Enfin, il coucha délicatement son fusil par-dessus.

Il sortit de sa poche un téléphone mobile et une carte en plastique de même dimension qu'une carte bancaire et glissa ces objets dans une enveloppe.

Il sortit les pièces de monnaie de sa poche et les caressa de son pouce replié.

★

Les deux hommes avaient vainement parcouru un tronçon de quelques centaines de mètres plusieurs fois dans tous les sens. Le soleil disparaissait derrière la montagne.

Edward évitait de montrer son désarroi quand Alan, plusieurs dizaines de mètres au-dessus de lui, hurla. Edward se retourna. Marocco tendait le bras et montrait avec excitation le lit du torrent.

— Là ! Là ! Vos deux S.

Edward regarda dans la direction mais ne vit rien.

— T'es trop bas, Norton. D'ici, je les vois super bien. Descends. Quand tu seras au troisième virage, je te préviendrai. Allez, avance.

— Je ne vois rien.

— On s'en fout ! Fais confiance à celui qui sait. Ça te plaît pas, hein ?

Peut-être que de plus haut, avec la lumière rasante, on percevait mieux le relief. Edward, pas convaincu, avança tout de même. Pourquoi les méandres lui auraient-ils échappé ? S'il remontait pour vérifier, il allait vexer le jeune homme.

— D'accord, cria-t-il.

Edward observait à présent Alan qui pleurait et se mouchait avec sa manche. Il était abattu. Le soleil avait disparu et le froid se faisait mordant. Sans les casquettes, les hommes avaient les oreilles mauves. Depuis plusieurs dizaines de minutes, ils étaient restés quasiment sur place.

— Et pourquoi c'est moi qui me serais trompé ? Pourquoi ?

— Calmez-vous, Alan, et réfléchissez.

— Je savais tout par cœur. J'avais appris avec des chansons. De la country. Mais depuis… j'ai eu tellement peur que j'ai tout oublié.

— On n'oublie pas ce qu'on a appris. C'est simplement rangé dans un endroit qui…

— Fiche-moi la paix. C'est rangé dans un endroit que j'ai oublié. Je ne sais même plus qui je suis.

— On va réessayer ensemble.

— On l'a déjà fait !

— On va recommencer. Allez. Quelles sont les chansons de country que vous aimez ? Votre préférée ?

— Je ne sais pas, je t'dis ! Je n'en connais plus.

— Johnny Cash ? Dolly Parton ? Roy Rogers ?

— Roy Rogers ? Qui c'est ?

— Concentrez-vous.

Edward posait ses questions en fixant la montagne derrière laquelle le soleil venait de disparaître. Son sommet était effectivement incurvé comme un bec d'aigle. La blancheur de la neige reflétait heureusement la lumière ambiante, le clair-obscur allait encore durer plusieurs minutes, puis la nuit engloutirait tout.

L'autre remuait la tête comme un demeuré. Edward se tenait en retrait, redoutant les réactions du jeune homme. Il avait jugé une fois un meurtrier qui tenait sa femme pour responsable de son impuissance. De la même manière, Alan pouvait lui imputer son échec et devenir violent.

— La mémoire, c'est un fil, si on parvient à retrouver la première…

— Tes théories à la con, tu te les gardes pour l'heure du thé ! Ça fait mille fois que tu me le répètes ! Je ne me souviens pas de la première, ni de la deuxième, ni des autres. On va crever de froid et c'est tout. Au moins, dans mon trou de merde, j'avais pas froid. T'es venu pour me sauver ou pour me faire crever ? C'est encore un coup tordu de l'autre taré. Vous êtes de mèche ? Hein, que vous êtes de mèche ?

— Calmez-vous, dit Edward alors qu'Alan avançait, menaçant.

— Ce coup-ci, je ne me laisserai pas avoir comme un lapin. S'il le faut, je te bouffe ! Tu m'entends…

Il leva les mains. Edward, au lieu de reculer, fit un pas en avant.

— Alan ! Si vous avancez, je vous fiche mon poing dans la gueule. J'ai pas l'intention de crever ici. Mon gamin a besoin de moi.

— Criez pas…

— Alors, arrêtez vos singeries. Vous allez m'écouter et retrouver cette putain de chanson à la con !

La violence et la grossièreté de la répartie atteignirent son objectif.

— Et si je trouve pas ?

— Je vous fiche une trempe digne de celles que votre père vous… pardon ! Je ne sais plus ce que je dis.

Alan se mit soudain à bredouiller.

— La chanson, la chanson, c'est… c'est « Honky Tonk », mon père la fredonnait tout le temps… après m'avoir battu…

— Webb Pierce !

— Pourquoi j'ai pris cette chanson ? Mon père c'était un…

Le jeune homme se mit à fredonner. Pour la première fois, sous la crasse, Edward lui trouva un air juvénile.

— Je suis pas si con… Ça y est.

Il ânonna en battant la mesure :

— C'est vingt-cinq est, trente pas au nord, trente pas au nord puis vingt à l'est, vingt oui, vingt au nord.

— Bon, je retourne sur le sentier pour reprendre la bonne distance. Ne bougez pas, lança McCarthy, ragaillardi.

Il se replaça au milieu du sentier et, se fiant à la boussole, compta vingt-cinq pas. Il arriva à quelques mètres d'Alan et, là, montra le nord.

— Faut se dépêcher, je ne vois presque plus l'aiguille.

Alan compta trente pas, bifurqua à l'est et reprit la direction du nord sur vingt pas. Il se trouvait maintenant non loin d'un léger renflement sous le manteau neigeux.

— C'est là, dit-il en se mettant à genoux.

En quelques minutes, ils déblayèrent un coffre de bois. Leurs gants étaient trempés. Les deux hommes, frigorifiés, ne discernaient plus grand-chose.

Marocco tenta vainement de soulever le panneau qui fermait la boîte. Edward le poussa et essaya à son tour, sans succès. Les deux hommes se dévisagèrent, inquiets. Le juge glissa alors une main autour de la boîte et trouva une targette. Rassuré, il la fit coulisser et releva le couvercle.

— Pourvu qu'il y ait des gants, chuchota-t-il en claquant des dents.

— Et une tente. On va crever, on va crever, pleurnicha Alan qui soulevait des objets et les reposait sans savoir que faire.

— Attention de ne rien perdre, on ne voit presque plus rien.

— Tu me fais chier avec tes conseils ! cria le jeune homme en continuant à farfouiller.

★

Carter avait entraîné Laura à l'Iron Horse, pas très loin du central de la police. Le seul quartier qu'il connaissait. Il n'y avait pas ses habitudes, mais Walter lui en avait dit le plus grand bien. Elle avait ajouté : « Les tacos au poisson sont à tomber » et terminé par un : « On vous fait confiance, chef » qui avait réchauffé l'officier.

La salle de restaurant était partagée en deux, avec un côté pub et un côté plus cosy.

Carter avait choisi le second. L'aération d'une cheminée monumentale soufflait un air chaud aux senteurs de bois.

— Je vous remercie, cela me change les idées, dit Laura. Depuis une semaine, j'ai l'impression que chaque journée qui passe est pire que la précédente.

Elle s'était légèrement fardé les joues. Ses grands yeux tristes accentuaient son côté fragile qui donnait envie à tout mâle doté d'un minimum de testostérone de la protéger. Carter ne la dévorait pas des yeux, il picorait chaque parcelle de peau de son visage. Il parvint à articuler :

— Une fois que Ben sera sur pied, cela ira mieux.

— Vous avez raison, plus rien ne compte à part Ben. Quand il sera guéri, tout reprendra son cours normal.

— Vous vouliez vous changer les idées, alors parlez-moi de vous.

— De moi ? Je suis née à Helena, j'ai grandi à Helena, je me suis mariée à Helena, j'ai divorcé à Helena. Pardon, j'ai accouché à Helena, avant le divorce.

Ils sourirent et commandèrent deux bières, des nachos et des frites.

— Ce n'était pas un interrogatoire.

— C'est que je n'ai rien à raconter. Et vous ?

— Je vais essayer de faire plus long que vous. Sinon, dans cinq minutes on est au lit… Je veux dire… Je voulais pas dire…

— J'ai compris, capitaine ! s'exclama Laura en riant. Vous rougissez facilement ! Alors, racontez, et que ça prenne pas cinq minutes.

— Ne m'appelez plus capitaine. Je m'appelle Wallace. Wallace B. Carter. Je suis de Billings, enfin de Lockwood, à côté.

— C'est là que vous avez rencontré le… le gars qui se fait appeler Lassiter ?

Carter garda le silence. Elle n'avait accepté cette invitation que pour le faire parler. Il en fut meurtri. Laura s'en aperçut.

— Ce n'est pas que pour ça. Croyez-moi. Je souhaitais réellement me changer les idées. Mais ma curiosité… N'en parlons plus ! Wallace.

Elle chuchota ce dernier mot. Carter n'avait jamais eu conscience avant cet instant que son prénom était aphrodisiaque. Heureusement, la serveuse vint à son secours en posant les deux Budweiser sur la table.

— Vous avez raison, reprit Carter, mon histoire ne m'appartient plus puisqu'elle est entrée en collision avec la vôtre. Lassiter s'appelle en réalité Ted Cortino. Il s'agit de mon ancien coéquipier.

— Et la femme rousse de la photo, c'est votre femme ?

— Non, c'était la sienne.

Le trouble de Carter était palpable. Ses yeux se vidèrent de toute expression. Il remontait dans le temps, il n'était plus dans le restaurant, il était allongé près d'une femme nue, au corps de mannequin, à la peau mouchetée de taches de rousseur. De minuscules gouttes de transpiration entre les seins.

— Ça ne me regarde pas, excusez-moi, reprit Laura.

Carter dut donner plusieurs coups de rein pour remonter à la surface de sa piscine à souvenirs. Il y avait longtemps qu'il ne s'y était pas noyé.

— Elle a beaucoup compté pour moi. Cortino et moi, on était flics à Billings. Il n'était pas fait pour ce métier. Trop sensible, écorché, fragile. Dans un corps de champion de wrestling[1]. Difficile à croire ! Dès sa première grosse affaire, il a fait une dépression. Thelma, sa femme, est allée chercher ailleurs ce qu'il lui refusait. C'est aussi simple que ça. On s'aimait, pourtant elle a toujours refusé de l'abandonner. Elle prétendait qu'elle avait pitié de lui, mais je pense

1. Catch américain avec des combattants bodybuildés.

qu'elle l'aimait aussi. Il est parti dans le Wyoming. Elle l'a suivi. Moi, je suis parti en Californie. On a fui… J'ai mis du temps à m'en remettre.

Carter termina par un sourire qu'il voulait être un point définitif à ce sujet. Laura revint à la charge :

— Quel rapport avec Ben ? avec Edward ?

— Je ne sais pas ! Je l'ignore totalement. À la cinquantaine, j'ai voulu rentrer dans le Montana. J'ai postulé à Missoula. À peine arrivé, y a six mois, j'ai souhaité renouer avec mon passé. Un réflexe idiot, de la nostalgie, un pré-bilan, appelez ça comme vous voulez. J'ai rencontré d'anciennes connaissances, dont Ted. J'avais envie de savoir ce que le couple était devenu. Thelma…

— Thelma ?

— C'est un prénom allemand. La femme de Ted. Ne croyez pas que j'avais encore quelque espoir. Non, juste pour tirer un trait. La fuite, ça n'arrange rien. Ted m'a annoncé qu'elle avait disparu. Elle l'a quitté et n'a plus donné signe de vie.

Ils se turent pendant que la serveuse leur installait les couverts. Elle revint presque aussitôt avec les plats.

— Le mari, il savait, pour vous deux ?

— Non, je crois pas. Enfin, je ne le croyais pas jusqu'à ces derniers événements. Y a dix jours j'étais encore chez Ted, à Cheyenne. Il m'avait invité. Maintenant, je sais pourquoi. Je me demande quel démon j'ai réveillé en allant le voir.

— Que comptez-vous faire ?

— Il ne répond plus au téléphone. J'ai demandé une perquisition au juge. J'aurai la réponse demain matin. Je ne suis guère optimiste. Je n'ai rien qui rattache Ted à votre mari. Pas de preuve. Rien. Un gamin qui transporte de la farine a reconnu sur une photo un type qui lui a fait une blague. C'est peu. En plus, c'est un autre État.

— Vous croyez que… qu'Edward est toujours vivant ?

— Je ne vois pas Ted faire du mal à quelqu'un. C'est une espèce de mystique. Il m'a assuré qu'il était guéri, mais quand il parle de son métier, la police, la protection du citoyen, le rôle majeur du gardien de l'ordre… On voit qu'il est très perturbé, pourtant je ne crois pas qu'il ait pu attenter à la vie de votre mari.

— Alors, où est-il ?

— On poursuit les recherches sur un territoire immense et, sans élément, on va au petit bonheur… Je ne devrais pas vous le révéler… Mon seul espoir est que Ted retienne le juge chez lui. Si, demain, la perquisition est refusée, j'irai sur place.

— Vous avez le droit ?

— Pour enquêter, non ! Seulement, si on veut retrouver votre mari…

— Ex, Wallace. Ex.

24.

La tente se déplia dans un bruissement d'envolée de moineaux. Légère, isotherme, elle ne mesurait guère plus d'un mètre de haut sur deux de long. À peine l'abri dressé, Alan se réfugia à l'intérieur, refusant d'en sortir. Edward dut terminer seul l'inventaire du coffre, en partie à tâtons, en priant pour ne rien laisser tomber dans la neige.

Il rapporta deux duvets, des paires de chaussettes, des gants et deux polaires. Malheureusement, il ne découvrit ni bonnet ni lunettes. La nourriture se limitait à huit barres de céréales, deux sachets sous vide de quatre tranches de jambon cuit et quatre bananes séchées. Deux bouteilles d'eau gelée d'un litre et demi, une bougie et un briquet Bic rangés dans un sac à part complétaient le trésor.

Une simple chandelle devrait permettre de maintenir la température au-dessus de zéro dans ce type de tente isolante. Un luxe quatre étoiles. Merci, Ted.

Edward ôta sa doudoune et se glissa à quatre pattes dans l'abri. À la lueur du briquet, il vit qu'Alan s'était enfoui dans le duvet, sa tête disparaissant sous le rabat molletonné.

— Vous avez enlevé vos chaussures et votre parka ?

Malgré le froid, Alan répandait toujours une odeur pestilentielle.

— J'attends d'avoir chaud, répondit une voix hargneuse.

— Je vais allumer une bougie et la coller sur une chaussure, alors faites attention de ne pas trop remuer. Faut manger.

La tête réapparut. Alan regarda les rares sachets.

— C'est tout ?

— Qu'est-ce que vous croyez ? Que j'en ai mis de côté ? Allez vérifier dans le coffre.

— Non, j'ai trop froid.

Alan renifla, puis s'essuya la morve du revers de sa manche, selon son habitude. Il s'extirpa de son sac de couchage et se déchaussa, en prenant soin de ne pas déséquilibrer la bougie.

La lumière répandue par la petite chandelle, rassurante, se reflétait dans les bouteilles d'eau placées à côté.

— Nous allons partager, dit Edward. Ça fait deux barres vitaminées, deux tranches de jambon et une banane par personne et par repas.

— Y a à manger que pour un !

— On fera avec.

— Et le reste de tes sandwiches ? J'ai bien vu que tu les as pas bouffés.

Alan s'était dressé sur un coude. Le juge détourna la tête.

— Vous venez de le dire, ce sont mes sandwiches. Je vous avais conseillé de ne pas tout manger… Bon, comme nous formons une équipe, je vous en donne un. Mais retenez la leçon : il faudra être prévoyant, à l'avenir.

Alan lui lança un regard contenant toute la haine qu'il éprouvait.

— Tu peux te le foutre au cul, ton sandwich.

Edward se retint de se lever et de lui foutre son poing sur la figure. Pour son fils, pour sa propre survie, il accepterait les sautes d'humeur de son compagnon de malheur.

— Alan, nous devons être soudés ! Éviter les disputes. On ignore tout de ce que nous a réservé le type qui nous a fichus dans cette galère.

Le jeune homme se taisait.

— Alan, ce type veut notre mort ! Il nous a enlevés pour nous voir mourir. Il nous fait avancer comme des rats dans un tube. À l'extrémité, il y a le couperet.

— On est foutus ?

— On n'a pas le choix de l'itinéraire, en revanche il nous reste à gérer le temps. Ted a certainement préparé sa surprise finale dans cinq jours. Il faut qu'on soit à la dernière étape avant. Il faut essayer de gagner une journée sur celles qu'il a prévues.

— Pourquoi il voudrait me tuer ? J'ai rien fait, moi. C'est peut-être votre faute si je suis là.

L'haleine d'Alan vint se déposer comme un voile sur le visage d'Edward, qui cessa de respirer.

— C'est un fou, Alan ! Faut pas chercher. Demain, on part très tôt et on voit en une journée ce qu'on peut gagner comme temps sur une étape…

Il inspira par la bouche.

— … Cela nous permettra de choisir entre deux options : deux étapes par jour ou une et demie.

— T'es aussi compliqué que l'autre, Norton. Il a peut-être piégé un coffre ou empoisonné la bouffe ?

— Non ! S'il avait voulu nous tuer, on ne serait pas là.

— Y a que vous qui avez de bonnes idées ! Je suis trop con ! J'ai quelle note ? Tu dois être un prof, tu as la tronche d'un mec qui punit. Ouais, une tronche de fouine, tu aimes donner des punitions. Je te vois sur une estrade, monsieur Je-sais-tout. Et vlan, une punition ! Ou alors un flic… Non, plutôt un mec qui se salit pas les mains, un qui aime bien juger. C'est quoi, ton boulot, Norton ?

Edward frissonna et s'allongea dans son sac de couchage.

— Vous devriez dormir. Je vais éteindre la bougie, il vaut mieux l'économiser.

— Hé, tu crois pas que je vais te laisser ma bouffe.

Alan allongea la main pour prendre son sac à dos et le remplit de sa part de nourriture, puis il s'étendit et fit mine de dormir.

Edward souffla la bougie, attendit qu'elle refroidisse et la glissa dans son duvet.

Edward avait enfoui sa tête à l'intérieur du duvet. Sa propre respiration le réchauffait. Il plaqua la mèche de la bougie sous son nez : l'odeur, forte, couvrait au moins les émanations de son compagnon. Depuis qu'il s'était allongé, ce dernier n'avait plus bougé, il ne percevait même pas sa respiration.

McCarthy ne s'en inquiétait pas. Il n'avait rien à redouter de lui durant les trois premiers jours. Après, peut-être. Quand il se sentirait assez proche de la vallée. Le juge s'en ferait un allié avant.

Ses pensées revinrent à Me Lawford, le jeune et brillant avocat qui avait disparu. Ted et lui s'étaient rencontrés dernièrement. Dans quelles circonstances ? Quel moyen avait utilisé le colosse pour faire parler Lawford ? L'avocat était le seul à connaître leurs tractations.

Le doute envahit McCarthy. Il était perdu dans la neige, sous une tente, avec un demeuré, à la merci d'un fou qui voulait se venger. Beaucoup d'obstacles pour un homme habitué à résoudre les problèmes assis confortablement devant un bureau…

Était-ce bien la peine de lutter, de se lever le lendemain, de raisonner ce Marocco ? Accumuler de la souffrance ? Pour quoi ? Pour mourir au bout du compte ? D'ailleurs, tout le monde se fichait de lui. Il mourrait demain et personne ne s'en soucierait !

— Tu es un chieur. Tu crois tout connaître. Tu aimes écraser les autres par ton savoir, tes soi-disant compétences. Je ne t'aime pas ! Personne ne doit t'aimer ! Je suis certain que t'es aussi seul que moi.

Cette voix juvénile qui lui parlait dans le noir, était-ce Marocco ou Ben ? L'avait-il entendue ou imaginée ? Elle s'accordait tellement avec ses pensées.

Il n'avait pas le droit de se plaindre, son fils avait besoin de lui ! Pour une fois, McCarthy serait au rendez-vous. Et même s'il fallait pactiser avec ce diable de Marocco, il le ferait. Ce fou de Ted croyait qu'il allait refaire le procès de Marocco, il se trompait lourdement. On ne revient jamais sur la chose jugée.

— Alan, on est dans la même galère. Vous avez raison, je suis seul. Non, je ne connais pas tout.

J'ignore beaucoup de choses, et certainement le principal. C'est ça que vous voulez entendre ? Je ne connais rien. J'ai besoin de vous ! Vous avez besoin de moi ! Aidez-moi, Alan.

— Norton, t'es un pauvre type !

25.

Ted avait parcouru des dizaines de fois l'itinéraire qui allait le conduire dans la vallée. Avec Thelma, ils passaient des semaines entières isolés du monde dans le chalet. Été comme hiver.

Le chemin en motoneige n'était pas direct. Ted devrait rouler sur quinze miles à l'ouest pour contourner la faille où était descendu Edward. Il longerait par les crêtes le parcours des deux hommes. Un itinéraire sans grande difficulté. Il ne rencontrerait que deux pentes escarpées, que l'engin puissant gravirait sans peine. Avec la puissance du Yamaha, il était certain de pouvoir voler la réserve d'un écureuil à la cime d'un arbre.

Il avait quitté la cabane aux premiers rougeoiements de l'aube. Sa combinaison chauffante le protégeait du froid et le pare-brise aérodynamique renvoyait les turbulences du vent à l'arrière du véhicule. Avec ses lunettes et son masque intégral, aucun centimètre de peau n'était visible.

En roulant à une moyenne de vingt miles-heure, il arriverait avant la nuit à son refuge. Il louait une scierie désaffectée à une veuve. Son mari avait travaillé avec le père de Ted. Cette maison était beaucoup plus accessible que celle du sommet, tout en étant aussi isolée. Elle était cachée au milieu d'une forêt de sapins et à une heure à peine de motoneige de WhiteFish, la station de ski. Il y serait en fin d'après-midi si la météo se maintenait. Les deux randonneurs auraient beau temps, eux aussi. Le danger ne viendrait pas du ciel.

Il se concentra sur la conduite de son engin. Les dévers étaient traîtres et la moindre erreur de pilotage pouvait se révéler fatale. Les yeux de Ted se fixèrent loin devant pour anticiper le moindre obstacle.

La large chenille de l'engin le propulsait comme sur un tapis.

★

Ce fut l'odeur d'excréments sous son nez qui réveilla Edward. Il ouvrit les yeux, conscient d'avoir peu dormi. Il n'avait trouvé le sommeil qu'à l'aube

Il mit quelques secondes à comprendre qu'Alan, à califourchon sur son abdomen et la bouche à quelques centimètres de son visage, lui parlait.

— Tu dors bien, Norton ! Norton, si tu me disais ce que tu fous là ?

La lumière du soleil traversait la toile de tente. Edward voyait distinctement les croûtes sombres, craquelées, du visage d'Alan et les poils agglutinés de sa barbe. Il voulut se dresser mais, emmailloté dans le duvet, les membres collés au corps, il lui fut impossible de bouger. Il agita la tête et sentit un objet pointu contre sa gorge.

— Qu'est-ce que c'est ?

De sa main gauche, Marocco lui enserrait le cou et, de la droite, il lui appuyait son arme en plastique sur la veine. Il postillonna.

— Bouge pas, Norton. Tu sens que je te pique la gorge ? Si tu fais quoi que ce soit, je te saigne ! T'entends, gros tas ? Je te saigne.

Edward réfléchit rapidement. La moindre égratignure occasionnée par les mains sales de Marocco allait s'infecter. Il chercha à tâtons la bougie qui avait glissé dans le duvet.

— Que voulez-vous ?

— Tu vas m'expliquer ce qu'on fiche là tous les deux. Et après tu me diras où on doit aller. Ce que tu sais, quoi !

— Je vous ai déjà tout dit.

— Répète, pour voir.

— Mais croyez-moi ! Ted, l'homme qui vous a enlevé, m'a aussi kidnappé. C'est un policier de Cheyenne.

— Ah, tu vois, tu m'avais pas dit qu'il était flic !

Il appuya la pointe de son arme improvisée sur la jugulaire qui palpitait.

— C'est un flic de Cheyenne. Il enlève les gens au hasard et leur fait parcourir des étapes dans la montagne. C'est le hasard !

— Je crois pas ! Tu veux me faire croire qu'on est dans « Big Brother » ? T'as vu des caméras, Norton ? Hein, t'as vu des caméras ? Je suis pas si con. Maintenant, donne-moi les étapes !

— Reculez-vous, pour l'amour du ciel ! demanda McCarthy en bougeant légèrement pour se saisir de la bougie cachée sous ses fesses. Vous ne pourrez jamais vous en souvenir, il m'a fallu deux jours pour tout me rappeler.

— C'est vrai, je suis tellement bête à côté de toi. N'empêche, on va essayer ! Sinon, on peut pas savoir, comme disait mon copain qui se tapait des petites vieilles. Allez, déballe.

— Et qu'est-ce qui vous prouve que je vais dire la vérité ?

— Mais on sera ensem…

Edward souleva brusquement le bassin. Déjà penché en avant, comme un cavalier s'affalant sur l'encolure du cheval, Marocco rapprocha son visage d'Edward, qui en profita pour lui assener un violent coup de tête. Le sang gicla du nez cassé. D'une nouvelle ruade, Edward parvint à se débarrasser d'Alan, qui avait lâché son arme de plastique et cherchait à la récupérer. Il libéra ses mains du duvet et, quand le jeune homme lui bondit dessus, il lui assena un violent coup de poing, la main fermée sur la bougie.

Alan se traîna à l'extérieur de la tente. À genoux, il pressait de la neige sur son nez éclaté en pleurant. Il avait aussi la lèvre supérieure fendue.

Edward, après avoir revêtu sa parka, le rejoignit.

— Je vais vous donner les informations sur les deux prochaines étapes. Vous verrez bien que c'est impossible à retenir si on n'a pas un papier.

Il énonça un certain nombre de détails, en rajoutant à dessein pour embrouiller le jeune homme.

— La ferme !

Alan se leva et retourna s'habiller dans la tente.

Marocco voulait maintenant emporter avec eux la tente.

— Et si on trouve pas le prochain repère ? Et si je me souviens plus ?

L'air fiévreux, le visage moins sale, il restait figé devant l'abri démonté.

McCarthy haussa les épaules et commença à marcher en mastiquant de la banane séchée. Il avait parcouru deux cents mètres dans une clarté blafarde quand il se retourna pour observer Alan. Celui-ci repliait avec difficulté la tente. Ralentissant le rythme, McCarthy entama la descente dans le lit de la rivière.

Alan lui emboîta le pas ; empêtré avec la tente, il marchait lentement. Il chuta à plusieurs reprises, jurant, entêté, tirant la toile.

Ils parvinrent à un endroit où le lit de la rivière était brisé par une cascade figée dans une énorme stalactite de glace qui plongeait plusieurs dizaines de mètres plus bas. Les deux hommes empruntèrent une corniche qui contournait la chute d'eau. Alan, avec son fardeau, marchait d'un pas peu assuré. Edward, soucieux, le surveillait du coin de l'œil : si Marocco glissait à cet endroit, il serait entraîné par son colis dans le ravin. Il se décida et revint sur ses pas. Le jeune homme eut un regard reconnaissant quand le juge se saisit de la tente. La soulevant au-dessus de sa tête, Edward la jeta aussitôt dans le vide.

— Voilà ! Si vous tombiez avec la tente, je mourrais par contrecoup. Et j'ai besoin de vous.

Alan, essoufflé, baissa la tête.

— Vous avez toujours raison ! Ça vous fait jouir ?

— Avançons, on a du chemin à faire.

— Si j'ouvrais ton crâne, je verrais des rouages, non ? Faut essayer…

— Arrêtez ! hurla Edward. On fait équipe, ce qui est bon pour vous est bon pour moi. On doit se protéger mutuellement et non pas se combattre. Cette tente était une mauvaise idée et vous le savez !

— Tu parles bien.

Marocco éclata de rire. La cicatrice de sa lèvre se rouvrit, le sang coulait dans sa bouche, rougissait ses dents, pourtant il continuait à rire.

★

Carter conduisait sa voiture personnelle. Une Dodge Challenger. Sa seule folie. Il l'avait eue d'occasion pour trente-huit mille dollars. Un coupé rouge aux jantes blanches qui pouvait bondir à deux cent soixante miles-heure. Il roulait en direction de Cheyenne. Il avait plus de douze heures de route à avaler. Pas de quoi passer au *Guinness des records* si la route était déneigée. Il n'arriverait pas avant la nuit. Ça ne le gênait pas, la Dodge était plus confortable que son salon et il avait fait le plein de CD. Des musiques de films.

Le juge du Wyoming lui avait évidemment refusé le mandat de perquisition. Il ne pouvait pas lui en vouloir. Le lien entre un flic de chez eux et la disparition de McCarthy au Montana ne sautait pas aux yeux.

Il avait averti Hallen qu'il quittait l'État et qu'il ne serait de retour que le lendemain. « Non, il ne fuyait pas, il était sur une piste prometteuse. » Le lieutenant avait voulu connaître le nom du suspect. Il s'était refusé à le lui donner. Il avait des soupçons et pas l'ombre d'une preuve. L'autre avait rechigné et menacé. Wallace avait lâché le nom de Ted pour le calmer.

Son plan était des plus simples : sonner chez son ex-coéquipier et exiger des explications. Basique et logique. Il le connaissait assez pour penser qu'il ne prenait pas de risques en agissant ainsi. Ted ne répondait plus au téléphone mais, en voyant Carter sur le pas de la porte, il lui ouvrirait. Il était perturbé, sans être pour autant un criminel.

Et s'il était absent ? Carter irait au bureau du shérif. Peut-être que, de vive voix, il parviendrait à se faire entendre. Cortino l'avait sciemment impliqué dans une fausse histoire de drogue. Si on faisait abstraction de la disparition du juge McCarthy, l'histoire ressemblait à une mauvaise blague d'un esprit dérangé.

Ted n'avait pas besoin d'enlever un magistrat s'il voulait pourrir la vie de Carter.

Il prit son téléphone, hésita. Laura lui avait donné son numéro. La veille, ils étaient convenus de se retrouver le soir même. Cela faisait des années que Wallace n'avait pas vécu un moment aussi agréable. Il ignorait les intentions réelles de la jeune femme ; pour l'heure, il s'en fichait.

Il la préviendrait qu'il était désolé de ne pouvoir être à ses côtés.

Il regrettait seulement d'avoir trop parlé de Thelma.

★

McCarthy marchait comme un automate. La confrontation avec Alan l'avait démoralisé. Il avait froid à la tête et la réverbération, même si le soleil était caché, lui faisait mal aux yeux.

Le passé remontait à la surface comme des bulles de méthane.

Seule sa barbe qui l'irritait le maintenait encore dans le présent. Ses pensées étaient tournées des années en arrière : il entendait les cris des manifestants, les tambours des Indiens. La haine était contenue derrière les fenêtres de son bureau qui donnaient sur Main Street. Jusqu'à quand ? La haine envers la police, la haine de la justice, contre la mairie, envers tout ce qui représentait le pouvoir. Le pouvoir du Blanc.

Le cambriolage qui avait tourné au carnage était l'affaire de trop. Et à présent, il y avait ce procès Marocco. Les manifestants allaient se transformer en émeutiers si ce jeune Indien était condamné. Preuves de culpabilité ou pas. Pour le bon sens populaire, un gamin de treize ans ne pouvait pas avoir commis ces meurtres et ces crimes sexuels.

Le gouverneur avait appelé le juge, le maire avait appelé le juge, tout le monde cherchait une sortie de crise pour ménager l'ordre public. Le doute devait bénéficier à l'accusé.

Le problème, c'est qu'il n'y avait pas de doute. Les flics de Billings étaient allés déterrer ces deux affaires de viols et meurtres avec des tests ADN qui prouvaient la participation d'Alan Marocco. Tout reposait sur les tests ADN.

Les tests ADN !

Soudain, McCarthy avait eu le déclic. Il s'était souvenu d'une conversation avec un confrère lors d'un congrès à Londres. Le juge Preston, qui officiait en Irlande, lui avait cité des cas de prélèvements d'ADN litigieux.

Il l'avait contacté. Pour une fois, les sept heures de décalage étaient un avantage. Preston commençait à peine sa journée et lui avait transmis sans tarder par mail un dossier recensant des cas qui pourraient être utilisés lors du procès. Edward l'avait imprimé, puis avait fait venir l'avocat Lawford. Il lui avait remis le document dans le plus grand secret.

— En insistant sur l'âge du prévenu au moment des faits et avec le talent qui est le vôtre, vous devriez pouvoir rendre un grand service à la communauté.

— Faites-moi confiance.

— Une condamnation, et ce sont des véhicules brûlés, des policiers blessés et des morts possibles. On a déjà connu ça par le passé.

— On va arracher l'acquittement…

— L'acquittement ? N'exagérons pas. Une peine légère. Il a tout de même scalpé une jeune fille.

— C'est vous le juge.

— Je serai avec vous, maître, autant que je le pourrai. Sans me mettre en porte-à-faux. Il faut rester crédible.

— Bien entendu, monsieur le juge.

— Le plus grand secret doit être gardé. N'en parlez à personne, pas même à un proche. Ni vous ni moi n'en sortirions grandis.

— Vous pouvez avoir une entière confiance en moi.

Lawford s'était montré à la hauteur. Il avait obtenu pour Marocco une peine légère avec suivi psychologique. Par la suite, à aucun moment, lors de procès ou de rencontres fortuites, il ne s'était permis la moindre allusion. La grande classe. Il avait tenu sa langue. Jusqu'alors. Or Ted Cortino avait su le faire parler. Comment ?

— Norton, hé, Norton, tu marches plus ?

Edward parut découvrir le monde qui l'entourait. Il cligna des yeux.

— Pardon, je suis fatigué.

— On doit redescendre dans le lit du torrent, non ? C'est quand ?

Alan avait donc mémorisé une partie des informations. Edward se félicita de ne pas avoir menti sur certains détails. Il posa son sac et s'assit dessus.

— Laissez-moi reprendre mes esprits. Je suis fatigué.

— J'ai pas envie de déterrer le coffre dans la nuit comme hier. Allez, Norton, pas le temps de rêvasser. Debout !

26.

Alan avait retrouvé une nouvelle énergie. De temps à autre, il accélérait le pas, distançait McCarthy, puis l'attendait quelques centaines de mètres plus loin, un sourire ironique aux lèvres. Que cherchait-il à prouver ? À étaler une vigueur retrouvée, sans doute pour montrer à l'homme plus âgé qu'il ne tiendrait pas la distance ?

Ils avaient préféré se passer d'un maillot de corps pour se l'entortiller autour de la tête. Ils avaient malgré cela le lobe des oreilles gelé. Alan semblait bien s'en accommoder. Son sourire était crispant.

Ils s'étaient de nouveau écartés du lit du torrent pour emprunter une ravine étroite qui partait à l'est. Ils devraient la gravir et, à mi-pente, reprendre vers le sud en aplomb du torrent. Edward s'arrêta et montra de la main une corniche étroite devant eux.

— Ted m'a dit que…

— Ted, ton copain.

— Ted m'a dit que c'était le passage le plus dangereux. La voie est étroite et ce, sur plusieurs miles.

Quand Alan prit conscience qu'il n'y avait qu'un chemin possible, il accéléra le pas. Bientôt, Edward le perdit de vue.

La pente étant en dévers, les muscles des cuisses étaient fortement sollicités. Les raquettes s'enfonçaient dans la poudreuse et ramenaient de gros paquets de neige, car Edward n'avait plus la force de soulever les pieds. Il était épuisé.

Il avait perdu Alan de vue depuis bientôt deux heures. Ce n'était pas inquiétant : la corniche ne permettant ni de descendre sur le torrent, ni de monter plus haut sur la montagne, il le retrouverait plus loin. Ce scorpion pouvait-il lui tendre un piège ? C'eût été suicidaire ! Néanmoins, il était bien placé pour savoir que, quelquefois, quand on se sent pris au piège, on commet des bêtises. Le scorpion, d'ailleurs, se suicide, raconte-t-on, quand on l'emprisonne dans un cercle de feu.

Il se sentait incapable d'accélérer. Il marqua une nouvelle pause et en profita pour grignoter une banane séchée et boire une gorgée d'eau.

Il reprenait son souffle quand il entendit le premier hurlement.

★

La route longeait les collines de Big Horn. Carter la parcourait pour la troisième fois en six mois. Trois fois de trop.

En rendant visite la première fois à Cortino, il avait dû réveiller des souvenirs douloureux, et le colosse avait cogité le plan tordu de la drogue. Ensuite, Ted lui avait téléphoné pour l'inviter quelques jours chez lui. Carter n'était resté qu'une nuit, un temps largement suffisant pour que Ted lui subtilise le téléphone et lui fasse toucher le sachet. Sur le moment, il n'avait rien trouvé d'étrange à ces photos rangées par thématique dans des pochettes transparentes. En y repensant, son coéquipier s'était longuement absenté après avoir étalé sur la table basse des tirages de Thelma. Wallace était d'abord resté sidéré, puis il avait tendu la main et avait parcouru des années de bonheur. Des instantanés de bonheur ! Une Thelma rayonnante, la lumière jouant dans le reflet de ses cheveux roux. Ted était revenu trop tôt.

Il lui avait encore tendu une pochette, d'où Carter avait extrait les deux seuls clichés où il apparaissait. En y repensant, il s'en était même moqué : tout ça pour ça. Il avait bien ri. Ted aussi, probablement…

De quoi avaient-ils parlé ? En réalité, c'était surtout Wallace qui avait parlé du poste qu'il avait occupé en Californie, à Yuba City. Une ville de l'importance d'Helena, au climat trop chaud à son goût. Il avait tu son désir de trouver un refuge loin de Thelma et de son ami. Ted écoutait, il avait juste développé une théorie fumeuse sur les adolescents à problèmes, sources de drames pour la société. Oui, c'était surtout Wallace qui avait parlé.

Carter se demandait quelle serait son attitude si Ted refusait de coopérer. Et s'il était bien raisonnable de faire tant de miles sans certitude de trouver son ex-ami chez lui.

Au fond, Hallen avait en partie raison : il fuyait ! Il mettait de la distance entre lui et Missoula, son bureau, ses agents, l'ambiance pourrie. Ce périple était un alibi. Fuir plutôt que de sentir l'animosité autour de lui, les silences quand il entrait dans une pièce, voir les dos se tourner.

Le paysage était vallonné, les collines enneigées. Il passa à moins d'un mile du mémorial de la bataille de Fetterman. Du nom du lieutenant-colonel qui avait envoyé ses troupes se faire massacrer par les Cheyennes. Encore un bel officier. Carter s'était rendu auprès du monument lors de son premier trajet. Il se souvenait de la dernière phrase sur la plaque commémorative : *There were no survivors.*

Pourvu qu'il retrouve McCarthy vivant ! Ted avait-il enlevé ce magistrat au hasard pour se venger de l'homme qui avait couché avec sa femme ? Thelma avait eu plusieurs aventures avant Carter, mais leur relation était différente. Ils s'aimaient.

Il repensa à Laura. Une belle soirée. Un bon moment, partagé, lui semblait-il.

Elle l'avait excusé pour sa défection. Cependant, au téléphone, on peut difficilement mentir. L'intonation l'avait trahie. Elle était déçue. Comme lui.

★

Courir était impossible avec des raquettes. Edward se mouvait au ralenti. Il tenta d'allonger la foulée. Les hurlements d'Alan étaient couverts par des rugissements.

Au détour du dernier virage, il tomba sur une scène qui le figea.

Un grizzly se tenait au-dessus du corps de Marcozo, qui ne bougeait plus. L'animal poussait des cris gutturaux, ouvrant une gueule à avaler la montagne.

L'homme arrivait trop tard, l'ours avait dû éventrer Alan.

La bête agitait la patte droite alors que l'autre pendait, inerte, contre son corps. Apparemment, il s'agissait de l'animal qui avait tenté de pénétrer dans la grotte. Il s'était blessé en chutant dans le ravin. Il y avait quelque chose à tenter.

Edward défit son sac à dos et il le fit tournoyer en hurlant. Il avançait droit sur la bête. Cette dernière, nullement inquiète, curieuse, même, tourna la tête. Parvenu à quelques mètres, Edward projeta violemment le sac, visant la patte blessée.

Le grizzly poussa un cri de souffrance et recula. Il voulut se dresser pour menacer son nouvel adversaire, quand la douleur l'emporta. Il se pencha en avant et reposa son membre valide sur le sol.

Edward s'approcha encore en faisant de grands mouvements avec les bras et criant. Il avança crânement : il n'avait rien à perdre. Le grizzly recula doucement en secouant la tête. Edward se baissa rapidement pour récupérer son sac et, le faisant tournoyer de nouveau, il le lança sur le grizzly. Le projectile passa à deux mètres de la cible. L'animal se balançait de gauche à droite, tel un homme saoul. De la bave coulait de sa bouche. Il poussa un cri plaintif, puis tourna lentement sur lui en se dandinant et s'éloigna. Il fit quelques mètres et se retourna. Edward hurla de nouveau, autant pour libérer sa peur que pour effrayer la bête qui reculait.

Il ramassa son sac. Le grizzly préféra abandonner le combat. Marchant sur ses trois pattes, il disparut au détour du sentier.

Edward, trempé de sueur, attendit plusieurs minutes en fixant l'endroit où la bête avait disparu. Des sanglots nerveux l'étouffaient. Il voulait s'occuper d'Alan, mais ses muscles ne répondaient plus. Il reprenait ses esprits lorsque le jeune homme roula sur le côté puis s'assit. Il s'essuya la bouche et le nez de sa manche.

Edward, incrédule, le vit se redresser en titubant. Ses vêtements n'étaient même pas déchirés. Il avait dû s'évanouir de peur, ce qui l'avait sauvé. Edward l'aurait presque embrassé.

— L'ours… ? Il est où ?

— Parti ! Vous êtes vivant… Je vous avais prévenu… On ne doit pas se séparer…

— Putain, j'ai failli mourir. Fais pas chier.

Alan répandait une odeur épouvantable. Edward recula.

— C'est votre odeur qui a attiré ce monstre. Vous devez vous nettoyer ! Je vous passe mon eau, vous prenez la vôtre, de la neige, ce que vous voulez… Lavez-vous !

— J'allais mourir…

Edward, écœuré, regarda le fond du pantalon d'Alan.

— Vous allez choper la crève, mais vous allez nettoyer toute cette merde !

Edward se tenait à distance, aux aguets, pendant qu'Alan tentait tant bien que mal de se décrasser. La température devait avoisiner les moins quinze degrés, pourtant il se dévêtit complètement et se frotta l'entrejambe avec son tee-shirt. Il l'humidifiait dans la neige et se frictionnait énergiquement. Il rinça son pantalon et sa parka rapidement. Edward jeta un coup d'œil dans sa direction. Les mouvements du jeune homme faisaient rouler ses muscles. Nu, il ressemblait à la statue du *David*. Gêné, le juge détourna la tête.

Alan s'habilla promptement. Il frotta ses mains dans la neige.

— Faites un tas de vos sous-vêtements et jetez-les dans le ravin. Avec un peu de chance, l'ours sera attiré.

— Elle va nous suivre.

— Elle ?

— C'est une femelle. Les mâles sont plus gros et ne montent pas si haut. Les femelles hibernent plus tôt, elles grimpent en altitude pour échapper aux mâles.

Edward le regarda, interloqué. Alan continua :

— Même chez les animaux, les mâles sont brutaux. Ce sont des cons. Un grizzly peut bouffer ses petits, c'est pour ça que les femelles montent se protéger… Vous… Vous m'avez sauvé la vie !

Edward fut surpris. Le vouvoiement était nouveau. Il y avait de la douceur dans les yeux du jeune homme.

— Non, oui, sans doute ! Sans vous, je meurs aussi.

— Vous m'avez sauvé. Vous ne vous êtes pas enfui.

Même sa voix avait changé. Edward en fut troublé. Était-il sincère ? Il aboya presque :

— Laissez tomber, j'ai pas fait ça pour vous. C'est l'instinct de survie. On fait équipe.

— Mais…

— C'est normal ! Allez, on continue, on a perdu du temps et il va falloir quitter le sentier. L'ourse peut nous suivre.

Pour une fois, Alan obéit sans faire de remarque.

Le juge McCarthy était sur ses gardes : l'Alan à ses côtés ne ressemblait plus à celui d'avant. Comment pouvait-on changer d'attitude aussi rapidement ? En quelques heures ? Il ne jetait plus ses coups d'œil sournois par en dessous. Auparavant, Edward se sentait épié, continuellement jaugé et, d'une certaine façon, la situation était plus rassurante. Dès le début Alan n'avait pas caché son jeu, il le détestait et le lui montrait. L'épisode de l'ourse avait déclenché quelque chose en lui. Quoi ? Quel stratagème ourdissait-il ?

Il lui avait encore demandé « pourquoi il avait mis sa vie en danger pour lui qui n'était qu'une merde ». Edward en avait eu plus qu'assez d'expliquer qu'ils ne faisaient qu'un dans cette aventure, qu'Edward sans Alan était un mort en sursis, et que l'inverse était également vrai.

Le jeune homme feignait d'être étonné qu'on pût se sacrifier pour lui. Il aurait mérité un oscar à Hollywood, pensa Edward.

Marocco avait repris la tête de l'expédition, quoiqu'il ne marchât plus que quelques mètres devant le juge.

Il inspectait les traces de l'ourse, qui les précédait. Ils n'avaient pas le choix, ils étaient obligés de suivre les méandres du sentier, sur les pas de la bête. Sur leur gauche, le ravin, à droite, la pente abrupte de la montagne. Pas d'échappatoire.

— Elle marche de plus en plus lentement, dit Alan en s'arrêtant. On va tomber dessus.

— Comment le savez-vous ? Elle nous attend ?

Marocco haussa les épaules et répondit calmement :

— L'écart entre les pattes avant et arrière est plus rapproché. Elle marche sur trois pattes. Elle nous attend pas, elle est blessée. À des moments, la neige est écrasée, elle doit se coucher. Vous l'avez blessée ? Avec quoi ?

Il afficha un bref instant son air inquisiteur.

— L'ourse s'est blessée toute seule, hier, dans sa chute. Aujourd'hui je lui ai simplement balancé le sac à dos sur sa patte cassée.

Alan examina encore les traces au sol.

— Quel côté, la patte cassée ?

— La gauche. C'est quoi, ces questions ?

— Il n'y a pas de sang. La pauvre bête se laisse tomber du côté droit. Vous devez dire la vérité. Elle a sans doute la patte ou des côtes cassées. C'est pour ça qu'elle a pas attaqué. Elle est affaiblie.

— Vous voyez, je n'ai rien fait de remarquable, ironisa Edward.

— Vous ne le saviez pas, Norton ! On va pouvoir accélérer, on a pris trop de retard. La nuit va encore nous coincer… et moi, j'ai peur la nuit.

Edward resta sans voix. Marocco reprenait les commandes et ne craignait plus d'avouer ses faiblesses. Le juge ne pouvait croire que ce criminel sadique ait pu se transformer aussi soudainement, avec pour simple explication la peur qu'il avait éprouvée face à l'animal. Il mijotait quelque chose.

Du coup, il se mit à craindre, lui aussi, la nuit qui arrivait.

Alan pointa un doigt en direction du ravin. L'ourse avait basculé une dizaine de mètres plus bas. Elle respirait encore et battait l'air de son antérieur valide. Elle grognait faiblement. Un mouvement plus fort la fit glisser plus bas dans la pente.

— Il faudrait l'achever !

Alan ne semblait pas vouloir repartir. Edward lança un coup d'œil rassuré sur l'animal et dépassa Marocco.

— Avec quoi ? Et puis, on n'a pas le temps et la nuit va tomber.

— Je disais ça comme ça. J'aime pas voir souffrir les bêtes.

Le jeune homme se décida à repartir, mais lentement.

— Et les gens ?

— Les gens ? J'en ai rien à foutre !

Alan se retourna une dernière fois pour observer l'ourse. Elle dut sentir les deux hommes car elle tenta encore de se relever. Doucement, elle parvint en grognant à se mettre debout, puis tout à coup la neige céda sous son poids et elle glissa au fond du ravin sans un cri, échappant au regard d'Alan.

★

Caché sous les branches des épicéas, Ted inspectait les alentours, le fusil à la main. La scierie avait été fermée des années auparavant. La multiplication des règlements sur la protection des espèces et le replantage de jeunes pousses à la place des arbres abattus avaient eu raison de l'activité à cet endroit. Le bâtiment central était vétuste et le toit s'était effondré à l'arrière. La cabane attenante ne valait guère mieux.

Rassuré, Cortino retourna chercher la motoneige qu'il avait abandonnée à plusieurs centaines de mètres en amont, à l'abri d'une butte. Le bruit du moteur aurait pu prévenir des importuns de son arrivée. Ça ne s'était jamais produit, la route pour parvenir jusque-là étant défoncée et guère engageante. Pourtant, on n'était jamais trop prudent !

Ted remit en marche sa machine et roula jusqu'à la scierie. Il rangea l'engin sous un auvent derrière la bâtisse.

Il alla inspecter la porte d'entrée de la cabane. Sa vétusté n'était qu'apparente. Toutes les ouvertures avaient été renforcées. Tranquillisé par le bon état des cadenas, il regagna le bâtiment principal ouvert aux quatre vents. Une grume pourrie attendait toujours qu'on la débite sur le banc de sciage. Deux lames rongées par la rouille se tordaient au milieu d'amas spongieux qui avaient été des copeaux et de la sciure.

En retrait, caché par un vantail de guingois, un vieux Ford transit blanc était garé. Pas de la première jeunesse et chaussé de pneus neufs entourés de chaînes.

Ted se mit au volant et démarra.

Il tâta le sachet dans sa veste : il avait une formalité à accomplir pour refermer le piège sur Carter. Le traître de Carter ! Ensuite, il remonterait surveiller la progression des deux randonneurs.

Il savait que les premiers miles étaient pénibles. Recouverte d'une fine couche de neige, la route était minée de fondrières et entaillée de balafres ravinées par l'eau. La caisse malmenée du Ford grinçait. En roulant au pas, les chocs étaient violents. Ted, agrippé à son volant, assis sur un siège aux ressorts cassés, était ballotté comme si un géant donnait de grandes claques sur la carrosserie.

Le van déboula enfin sur la chaussée goudronnée.

Ted avait prévu de s'arrêter à Little Creek, à cinquante miles. La route, sinueuse, était peu empruntée, personne n'habitant au-delà du village. Ted pouvait retourner dans ses pensées et, comme d'habitude, en tirait la même conclusion. Sa vie avait basculé quand son existence avait croisé celle de Marocco. Sa vie, puis celle de Thelma, puis celle de Carter, puis celle de l'avocat Lawford, puis celle du juge McCarthy, puis celle, puis, puis…

Si Marocco n'avait pas existé, rien ne serait arrivé. Pourquoi, dès le début, personne n'avait pu le mettre hors d'état de nuire ? Ted avait la réponse : parce qu'à l'époque personne ne connaissait le profil du prédateur. Depuis, Ted avait perfectionné son travail de policier. Il avait dressé un profil type de ces êtres qui sont appelés à semer la mort sur leur chemin… si personne ne les arrête.

En une heure, il atteignit Little Creek.

Il se gara de travers sur deux emplacements de parking. Il était vide et Ted n'en avait que pour quelques minutes. Il plongea une main dans sa poche et en sortit la pochette en plastique. Il en retira les objets qu'elle contenait.

Il traversa la route et poussa la porte du Teddy's. L'unique commerce de l'endroit faisait office de bar, restaurant et pompe à essence. Ce n'était pas pour autant qu'il y avait foule. Sous les néons blafards, seuls deux vieux emmitouflés dans des canadiennes jouaient aux dames près d'un poêle alors que le patron derrière son zinc bayait aux corneilles.

Ted se dirigea vers le comptoir, salua et commanda une Budweiser.

— Bouteille ou bouteille ? demanda le barman avec un sourire triste.

— Va pour bouteille.

Alors que le patron posait la bière sur le comptoir, le policier y étala un téléphone mobile et ce qui ressemblait à une carte de paiement.

L'homme lorgna sur les objets.

— On prend pas le plastique. Que du cash.

— J'ai trouvé ça sur le parking.

— C'est bien propre !

— Je les ai nettoyés. Mais ils étaient pas trop sales. Y a pas longtemps qu'ils étaient là.

— Le Motorola, un siècle, au bas mot. Et je fais quoi ?

— Je vais dans la mauvaise direction, en montagne. Donc, je vous les laisse. Si vous pouvez les adresser à Helena, au bureau du shérif. Ils trouveront peut-être leur propriétaire.

— À moins qu'il repasse les chercher…

Le barman, suspicieux, jeta un coup d'œil à la dérobée à Ted, puis à la carte. Il la fit glisser et la prit entre deux doigts.

— Hé ! Y a marqué McCarthy ! C'est la carte professionnelle du juge qui a disparu ! Ils en parlent encore sur le journal d'aujourd'hui.

Ted but au goulot, se montrant moyennement intéressé. Le barman récupéra le *Helena Chronicle* sous le comptoir et le mit sous le nez de Ted.

— Vous sortez d'où ? Vous avez pas entendu parler de la disparition d'un juge et du suicide de son fils ? Le gamin, il s'est fait pincer avec de la drogue plein la voiture !

Ted parcourut le quotidien. Un article en première page annonçait qu'on était toujours sans nouvelles du juge, et un renvoi en avant-dernière page donnait un bulletin rassurant sur l'état de santé du fils McCarthy.

Information confirmée par l'hôpital de Missoula, où le jeune homme se reposait suite à sa tentative de suicide. *Voir l'édition d'hier.*

— Non, je ne savais pas. Je rentre de Calgary.

Le barman ne devait pas avoir eu un interlocuteur depuis la fin de l'automne. Il se positionna face à Ted, les deux mains à plat sur le comptoir.

— Si vous voulez mon avis, le vieux McCarthy, il s'est suicidé. On a beau être juge, on n'en est pas moins homme. Effondré d'avoir une engeance pareille ! Le gosse était drogué. Il a voulu passer à l'échelon au-dessus. L'ambition, ça s'appelle. Il s'est mis à dealer. Le père, il a eu peur de l'avoir un jour en face de lui dans son tribunal. Il s'est balancé dans un ravin.

— Possible.

— Certain ! Et vous savez quoi ? Le gamin, quand il sera remis, sans la peur du père, il fera encore pire. Une branche qui pousse mal reste tordue.

Cortino, pensif, hocha la tête, récupéra la carte que l'autre tenait toujours entre ses doigts et empocha le téléphone.

— Pas faux, pas faux ! J'ai changé d'avis, je les rapporte moi-même. Peut-être, il y aura une récompense.

— Ça fait une trotte, d'ici à Helena. Mais vous avez raison. Et puis je préfère que ce soit vous qui vous en occupiez. Les flics m'auraient questionné. Et dans mon commerce, c'est pas bon… ça fait fuir le client.

Ted quitta le bar et remonta dans son van. Ce barman avait raison.

Il allait faire d'une pierre deux coups ! Il allait impliquer encore plus Carter dans la disparition de McCarthy, dont on ne retrouverait sans doute jamais le corps, en rapportant le téléphone du capitaine accompagné de la carte du juge.

Et, en plus, il allait nettoyer la société d'un Marocco en puissance. Ce gamin, Benjamin McCarthy, avait perdu ses repères. Son père allait mourir, son état allait empirer. Il devenait un danger, comme les autres adolescents qui avaient ce même profil.

Il démarra, heureux de se remettre à l'ouvrage : protéger la communauté.

★

McCarthy hésitait. Était-ce le bon endroit ?

Il se récita les signes distinctifs : le sentier s'orientait à l'ouest, l'angle de la pente augmentait sur cinq cents mètres et ensuite revenait quasiment à l'horizontale. À la moitié du chemin, un autre sentier obliquait vers le nord sur une centaine de mètres. Ce serait un cul-de-sac. À cet endroit, Marocco prendrait la suite.

Edward avait trouvé deux endroits qui semblaient correspondre à la première partie de cette description, sauf qu'à aucun moment il n'avait décelé un sentier partant à droite. Est-ce qu'il l'avait dépassé ? Alan le laissait réfléchir sans le presser.

— Je me demande s'il faut continuer ou rebrousser chemin.

Alan sourit. Edward en fut inquiet.

— Récite ta leçon, Norton !

— Pardon ?

— On va pas coucher là, les repères, c'est quoi ?

Edward réfléchit, puis obtempéra.

— Des pentes prononcées, on en a déjà descendu, souffla Alan.

— Pas à gauche ! s'énerva Edward.

— Pourquoi à gauche ? Vous n'avez pas dit à gauche, tout à l'heure !

Alan avait raison.

— Qu'est-ce que vous avez à me regarder comme ça ? Vous voulez me rouler une pelle ?

— La pente est à gauche sur cinq cents mètres, puis se redresse... Et le sentier remonte ensuite légèrement. Le sentier remonte ensuite ! J'avais oublié ce détail !

— Un détail ? Vous voyez, Einstein, vous avez pas toujours raison ! On n'a pas passé un endroit où le sentier remonte, donc on n'est pas encore arrivés.

Edward était sidéré d'avoir pu oublier une information. Il haussa les épaules en signe d'excuse. Alan le toisa, un sourire conquérant aux lèvres.

— Tu vois, Norton, t'as pas tort : t'es encore vachement besoin de moi.

Ils durent marcher encore plus d'une demi-heure avant de trouver la bonne configuration de terrain. Le sentier qui partait à gauche était peu visible sous l'amas de neige. Il était encaissé dans une ravine. Ils le parcoururent avec difficulté et échangèrent un sourire quand ils constatèrent qu'il se terminait brusquement contre une paroi neigeuse. Le soleil, quoique encore haut, ne pénétrait déjà plus dans le cul-de-sac. Ils avaient moins d'une heure de clarté devant eux.

— *It's here, my boy, it's here*, pose ton balluchon, chantonna Alan. C'est là ! Juste là !

Les deux hommes creusèrent face à la paroi. Il ne leur fallut que dix minutes pour tomber sur un angle de la caisse. En plein jour, la recherche était plus facile.

Frénétiquement, ils dégagèrent le couvercle. Le coffre était identique à l'autre, en bois clair.

Edward passa le gant sur le pourtour à la recherche du crochet, comme il l'avait fait la veille. Il sentit une protubérance. Interloqué, il enleva la neige pour mieux voir.

— Il a mis un cadenas !

— Un cadenas ? – Alan poussa sans ménagement le juge, qui faillit tomber. – Un cadenas ! Où est la clé ?

Sans répondre, Edward s'arc-bouta et tira sur le couvercle. Il parvint à peine à le décoller de quelques millimètres, puis ce fut le coffre en entier qui fut arraché du sol.

— On n'a pas de prise, il a même pas de poignées, dit Alan, énervé.

— Je vais chauffer le cadenas avec le briquet. Le choc thermique peut le briser.

— Bonne idée. Sinon on flambe le couvercle.

Edward ôta son gant pour pouvoir faire rouler la molette du briquet avec son pouce. Il s'agenouilla et chauffa le métal.

— Tiens, c'est biz…

Alan s'était penché sur son épaule.

— Mais, il brûle, ce cadenas !

— Il ne brûle pas. C'est le Scotch qui l'entoure.

Edward de sa main dégantée retourna le cadenas, qui était à peine chaud. Une clé était maintenue en dessous par du ruban adhésif.

— Quel bel enfoiré ! s'écria Alan en crachant dans la neige.

— Dans la nuit, le Scotch aurait brûlé et la clé serait tombée dans la neige sans qu'on s'en rende compte.

— C'est une vraie ordure, ton copain Ted ! Et tu as drôlement vite pigé le coup du Scotch, à mon avis !

— Qu'est-ce que vous insinuez ?

— Rien, je sais pas si j'aurais trouvé aussi vite !

La boîte contenait les mêmes articles que la précédente. Ils déplièrent la tente et déposèrent à l'intérieur la nourriture et les vêtements.

Quand le coffre fut vide, Alan le souleva sans effort. Edward, courbé sur les affaires, le vit passer à quelques centimètres de son visage. Effrayé, il jeta ses deux mains en avant pour se protéger.

— Qu'est-ce que vous… ?

La caisse atterrit deux mètres derrière lui et s'enfonça dans la neige. Alan souriait.

— Vous avez les réflexes un peu lents.

— Vous auriez pu me blesser.

— Mais non, il est passé dix mètres au-dessus de votre tête.

— Et pourquoi ce lancer de coffre ?

— Ça m'a amusé. Regardez…

À l'emplacement de la boîte, le sol était visible. Alan se baissa et choisit des pierres. Il en garda deux, qu'il soupesa. Elles étaient plus ou moins rondes avec des arêtes vives.

— C'est une ravine, les pierres roulent jusqu'ici. J'en prends deux. Ça peut toujours servir. Tu devrais faire pareil.

Edward réfléchit une seconde, puis remua la tête en signe de négation.

— Je n'arrive déjà pas à marcher en portant ce barda, je ne vais pas m'alourdir avec des kilos de plus.

— Vous avez raison, et ça sert à rien qu'on soit tous les deux armés. C'est à mon tour de nous protéger.

27.

Il était plus de vingt-deux heures quand Carter rangea sa Dodge à quelques centaines de mètres de chez Cortino. Il préférait s'approcher en catimini pour vérifier si Ted était bien chez lui avant de sonner. En reconnaissant sa voiture, il aurait pu faire le mort…

L'avenue était bien éclairée, bien que peu de gens dussent se trouver derrière leurs fenêtres à surveiller le voisinage à dix heures du soir – il était sûrement plus intéressant de regarder *Castle*. Le fond de l'air était frais, mais il faisait meilleur que dans le Montana.

La maison de son ex-coéquipier était surmontée d'un étage, comme la cinquantaine d'autres bâtisses identiques alentour. De petits dés fragiles posés sur un gazon jauni par la neige.

Le capitaine Carter remonta l'allée cimentée qui menait à la porte d'entrée. L'absence totale de lumière provenant de l'habitation n'était pas de bon augure. Le bouton de sonnette blanc se détachait à droite de la porte. Il appuya sans trop d'espoir. Attendit. Laissa le doigt appuyé la deuxième fois plus longuement. Il entendait le carillon résonner faiblement à l'intérieur.

Carter songea qu'à cette heure il aurait pu être auprès de Laura. Il ne lui restait plus qu'à reprendre la route en sens inverse. Il pesta : il aurait parié le montant de sa retraite qu'il allait trouver Cortino au bercail ! Peut-être était-il chez des amis ? L'attendre était périlleux : Wallace risquait de dépasser les vingt-quatre heures de délai, et Hallen était à l'affût. D'ailleurs, si les rôles avaient été inversés, lui-même aurait-il été aussi patient ? Il se maudissait. Parcourir deux fois huit cents miles pour rien ? Pas question ! Il n'allait pas partir sans tenter quelque chose : si Ted était chez des amis, il n'avait pas emmené McCarthy avec lui. « Excusez-moi, j'ai pas trouvé de fleuriste ouvert, mais j'ai un juge… » Il serra les mâchoires. Il ne voyait pas comment se sortir de cette mélasse. Dans le meilleur des cas, il passerait pour un salaud qui avait profité de la dépression d'un collègue pour sauter sur sa femme.

L'esprit ailleurs, il longea la façade de la petite maison illuminée par le lampadaire de la rue. Il alluma néanmoins sa lampe torche. Le jardinet situé à l'arrière de la bâtisse, où l'avait reçu Ted dix jours auparavant autour d'un barbecue, était resté dans le même état. Les chaises n'étaient pas rangées, la grille pas nettoyée, les serviettes en papier avaient pris la pluie. Certaines s'étaient envolées et mouchetaient le gazon. Compte tenu de la méticulosité de Ted, ce désordre était inquiétant. Il ne servait à rien de l'attendre.

Il allait rebrousser chemin quand une odeur l'agressa. Il huma l'air. Un relent de viande avariée le fit grimacer. « Il avait laissé moisir la bidoche ! » Il balaya du faisceau de sa lampe les alentours du barbecue. Rien qui ressemble à un bon gros steak racorni. En plus, au bout de dix jours… Le sac de charbon de bois était mouillé. En se baissant, le capitaine trouva que l'odeur venait du sol. Il s'approcha de la façade. Elle provenait de la bouche d'aération de la cave. Une odeur de viande gâtée qui n'émanait pas d'un steak. Carter jura : le juge McCarthy pourrissait dans la cave !

★

Le menu était identique : bananes séchées, jambon cru avec, en variante cette fois, du pain de mie dont la date de péremption était passée, mangeable. Ils avaient attendu que la nourriture perde sa rigidité cadavérique en la collant contre deux pochettes chauffantes, puis ils s'étaient allongés sans la tension qu'ils avaient connue la veille. La nouvelle bougie éclairait parcimonieusement la tente.

— Où étiez-vous quand il vous a enlevé ? interrogea Edward, les deux mains croisées sous sa tête.

— Par là ! Et vous ?

— Sur la route de Thompson Falls. J'allais retrouver mon fils.

— Vous habitez ce bled de naze ?

— Non ! – Edward hésita. – Ben… Mon fils s'appelle Ben, il a vingt-deux ans. Il a été arrêté par la police. Ils ont trouvé de la drogue sur lui.

Alan, interloqué, se dressa sur un coude. La flamme de la bougie vacilla.

— *Fuck !* Un mec comme toi avec tes grands airs, t'as un gamin qu'est accro ! Un junkie ?

— Bien sûr que non ! C'est certainement une erreur, c'est pour ça que je voulais le voir.

— Et qu'est-ce qu'il fait, le père au junkie, dans la vie, pour croûter ? Tu as le look entre directeur de banque et gardien de square.

— Je ne comprends pas.

— Des gens qui se la pètent ! Qui se donnent des airs ! Qui s'y croient, qui jugent ! Ouais, qui jugent !

Edward instinctivement tira le duvet sous son menton. Que voulait dire Alan ? Était-ce le hasard ou l'avait-il reconnu ? Difficile de croire qu'avec sa barbe et son accoutrement, il puisse lui rappeler le juge McCarthy d'Helena. Des années avaient passé. Même Marocco avait changé. Edward ne l'aurait jamais identifié dans la rue. Encore que lui avait sans doute vu plus de prévenus qu'Alan de juges. Ça avait pu le marquer.

— Je suis à la recherche d'un emploi. Racontez-moi comment il vous a enlevé.

— Au chomdu ? C'est la crise ! Tu veux savoir ? Il m'a chopé un matin. Je me déplace que le matin. Les gens bossent, ils font gaffe à personne. Ils font gaffe à rien, d'ailleurs, tu peux crever. J'allais à la Wichita, dans l'Oklahoma. C'est là que Custer a massacré le chef Black Kettle.

— Vous…

— Vous voulez savoir s'il était de ma famille ? L'Indien, bien sûr, pas le Blanc ! Tout le monde croit que je suis indien. Les yeux bridés, les pommettes hautes, le teint de métèque. Ça fait beaucoup de points communs avec un Indien.

— Et vous n'êtes pas un Natif.

— Un Natif ? T'es vraiment trop con ! Ça change quoi, de changer le nom ? Quand j'ai qu'un croûton de pain, c'est pas en disant que c'est du poulet qu'il va être plus nourrissant.

— Vous avez raison ! Alors, vous n'êtes pas indien ?

— Je n'en sais plus trop rien. Peut-être ! Mon père était un Crow, il me foutait sur la gueule. Il me détestait. Il disait que je lui ressemblais pas, que j'étais un bâtard et ma mère une pute. Sympa, l'ambiance, non ? Du coup, il battait aussi ma mère. À cause de moi. Remarque, au moins, pendant ce temps, il me foutait la paix.

— Vous n'êtes pas responsable de la brutalité de votre père.

— Peut-être que cette ordure avait raison et que je suis pas indien. Custer aurait dû tous les tuer. Je serais pas là ! Les Blancs m'aiment pas beaucoup non plus. Comme ce gros ours que vous appelez Ted et qui m'a enlevé.

— Et vous n'avez rien fait qui… ?

— Si j'ai rien fait de mal ? Vous êtes pasteur ou quoi ? Quand un adulte vous fout sur la gueule, vous cherchez quelqu'un de plus fragile pour vous venger. C'est la vie ! Parce que c'est bon, de faire mal !

— Qu'est-ce que vous racontez ?

— J'dis ce que je pense. Quand on a souffert, on aime faire souffrir. Vous savez pourquoi je vous raconte ça ? Vous m'avez sauvé de l'ourse. C'est la première fois qu'on fait quelque chose pour moi. J'y ai pensé toute la journée, toute la journée.

— Je vous ai dit comment ça c'était passé. On est dans la même galère.

— Si vous voulez, Norton ! Mais vous l'avez fait un peu pour moi, non ?

Edward garda longtemps le silence, puis il chuchota :

— Oui, Alan. Un peu.

★

Le policier de garde au *sheriff's office* regardait, la mine réjouie, la retransmission d'un rodéo enregistrée durant les derniers Frontier Days[1] de juillet, et la visite de Carter ne lui fit pas plaisir. Juste au moment où Steven Lowe était à son deuxième passage sur un bronco.

— Vous savez, les odeurs… Vous êtes au pays du cheval et les troupeaux… Ouais, c'est vrai qu'en pleine ville, c'est moins courant… Vous êtes capitaine… Bon… Seulement, il va pas être content, le nôtre, de capitaine.

À peine plus compréhensible, mais heureusement pas encore couché, le capitaine Buchanan finit par se déplacer. Carter joua franc jeu et le mit au courant de toute l'affaire, en omettant toutefois son implication. Buchanan, qui aurait pu doubler, de dos toutefois, Clint Eastwood et cultivait son aspect « cow-boy » avec stetson, boucle de ceinture et ses bottes, prit alors une décision courageuse. Si l'odeur confirmait la présence d'un cadavre, il invoquerait la situation d'urgence, comme le prévoyait la loi, et se passerait de mandat de perquisition.

1. Fêtes se déroulant sur plusieurs jours à Cheyenne, ayant pour thème l'Ouest américain, avec le plus grand rodéo du monde.

— Ouais, y a bien un cadavre là-dedans ! On entre ! dit-il en reniflant près de la bouche d'aération. Vous venez avec nous, Carter, et touchez à rien. On dira que c'est parce que vous connaissiez la maison.

— Pas de souci, c'est vous le chef.

Étaient présents deux policiers de Cheyenne. Tous enfilèrent des gants en latex.

Après les sommations d'usage, l'un des agents crocheta la serrure ; il n'y avait pas d'alarme. Buchanan pénétra le premier. Le fait de perquisitionner chez un collègue aurait pu leur poser problème, mais Cortino n'était pas natif du Wyoming, alors…

La puanteur les agressa en même temps que la chaleur. Le chauffage était poussé à fond. La porte d'entrée donnait directement accès au salon. Les rideaux tirés le maintenaient dans la pénombre. Les hommes allumèrent leurs lampes électriques. La pièce était impeccablement rangée : aucun papier, aucune photo, aucun objet personnel. Hormis ces fortes émanations de viande pourrie et cette atmosphère de serre surchauffée, on aurait pu se croire dans une résidence de vacances. Anonyme et clean.

Buchanan désigna du menton l'étage aux agents, lui se dirigea vers la porte de la cave, suivi de Carter.

Il tourna le bouton, repoussa le battant qui claqua contre le mur, et hurla :

— Police, veuillez ne pas…

L'odeur lui coupa l'envie de poursuivre les sommations. Le cocktail de la mort, un mélange de pourri et de matières organiques, indiquait que toute instruction supplémentaire était superflue.

L'escalier était raide : avant de l'emprunter, Buchanan chercha l'interrupteur. La lumière d'un néon clignota puis se figea, et les deux policiers marquèrent un temps d'arrêt. La pièce était quasiment vide, seul un lit le long d'un mur l'occupait. Le cadavre qui gisait dessus était attaché aux montants métalliques.

Du Scotch gris entourait sa tête et lui fermait la bouche. Il était pincé sur les lèvres du mort. Le pauvre homme avait tenté en vain de se l'arracher. Le visage était émacié et tendu comme celui d'une momie. Les vêtements étaient fripés et affaissés sur ce qui avait été un corps.

Des millions de mouches et autres insectes sans vie jonchaient le sol. Buchanan en tête, les deux hommes descendirent les marches. Ils avaient l'impression d'écraser des chips. Le craquement était répugnant.

Les cheveux du mort ondulaient. Buchanan montra de sa lampe le mouvement.

— Les puces ! expliqua-t-il, écœuré. Avec la clim, le corps s'est carrément séché. Approchez, Carter ! Regardez bien, c'est votre juge ?

Le flic du Montana fit la grimace.

— J'ai juste vu des photos de McCarthy. D'après les cheveux, je dirais que celui-ci est plus jeune.

Buchanan, muni d'un stylo, entrouvrit le veston et glissa deux doigts dans la poche intérieure. Il en retira un portefeuille.

— Avocat George Lawford. Barreau d'Helena. Un juge, un avocat… Vous aimez pas les magistrats, dans vos montagnes, apparemment.

— À première vue, y a pas de sang. On l'a laissé mourir…

★

Ted attendait au volant de son vieux Ford près de l'entrée des fournisseurs de l'hôpital de Missoula. Il allait jouer une partie qu'il n'avait pas planifiée. Il détestait ça. Il avait réussi ses études en fournissant trois fois plus d'efforts que quiconque, ne laissant rien au hasard. Pas d'impasses dans les cours. Un labeur de besogneux, méticuleux à l'extrême, détestant les impondérables. Il ne savait pas improviser. Aujourd'hui, il allait devoir s'adapter à la situation. Un challenge pour lui.

Il récupéra dans la boîte à gants un flacon de chloroforme et de la ouate, qu'il fourra dans ses poches, et quitta son véhicule.

Le chloroforme et la ouate, il savait s'en servir. Il se rassura avec ces objets. Il les caressa à travers le tissu.

Il pénétra dans le hall, désert à cette heure tardive. Le gardien, un homme rond à la Danny De Vito, se leva de derrière son guichet et le regarda venir à sa rencontre, intrigué par ses vêtements de neige. Ted sortit de sa poche le téléphone et la carte professionnelle du juge.

— J'ai trouvé ça sur le parking.

Le gardien tendit la main par-dessus le comptoir et jeta un coup d'œil sur la carte.

— Merci, je vais voir si… Hé, c'est la carte du juge ! McCarthy ! Ah, ils sont forts, ces flics ! C'est eux qui ont dû perdre ces trucs. On a son fils à l'étage, du coup, ils défilent ici toute la journée. Cette antiquité, c'est bien un téléphone de fonctionnaire !

— Vous voyez…

— Vous pouvez rester là deux minutes ? Je monte au second les remettre au policier de garde. Ouais, parce qu'en plus, ils gardent la chambre du malade… C'est dans nos impôts.

— Pas de problème.

Ted suivit le gardien des yeux alors qu'il se dirigeait vers les ascenseurs.

À peine avait-il disparu dans la cabine que Cortino se précipita dans les escaliers. Il gravit les étages sans un bruit.

Parvenu au second, essoufflé, il s'immobilisa dans la cage d'escalier, puis s'approcha du couloir. La chambre du jeune McCarthy était proche car il entendit sur sa gauche le chuchotement du gardien qui s'adressait au policier en fonction. L'échange fut bref.

Alors que l'employé du guichet reprenait l'ascenseur, le policier de garde prit son téléphone.

— Walter ? C'est Kennedy… Un truc bizarre. Le gardien de l'hosto vient de me remettre la carte du juge McCarthy… Oui ! Sa carte professionnelle. C'est bien à lui. Y a tout marqué dessus… Laisse-moi parler, c'est pas fini. Y a aussi un téléphone portable. Tiens-toi bien : c'est un Motorola. Ce serait pas celui du capitaine ?… Faut avertir Hallen. Carter est un bel enfoiré, il était en contact avec McCarthy ! Si ça se trouve, il l'a enlevé… Je termine dans deux heures, mais toi, réveille le lieutenant.

Ted le laissa raccrocher avant d'avancer dans le couloir, la mine joviale. Kennedy, après un court instant d'hésitation, posa la main sur la crosse de son revolver et ouvrit la bouche.

— Police, vous n'avez pas… ?

Cortino ne le laissa pas terminer : il lui lança son poing dans la figure. Kennedy tenta d'esquiver. Le coup l'atteignit sous le nez. Le cartilage écrasé, il trébucha à la renverse et heurta le mur. Il glissa le long de la cloison, les yeux révulsés.

Ted ouvrit la porte de la chambre. Elle était seulement éclairée par une veilleuse. Il y traîna le corps du policier. Le choc contre la paroi avait réveillé Ben. Il tenta de se dresser sur le lit pour voir ce qui se passait, mais en deux pas le colosse fut sur lui.

Malgré la pénombre, Ben reconnut la carrure de Lassiter. Il attrapa la poire pour appeler l'infirmière et ouvrit la bouche pour crier. Seuls quelques gémissements plaintifs en sortirent.

Ted lui plaqua une main sur la poitrine, l'écrasant sur le matelas, et arracha la sonnette. Ben, paralysé, s'enfonça dans les draps, tandis que Cortino prenait le flacon de sa poche et en versait le contenu sur la ouate, qu'il pressa sur son visage.

Ben se débattit mais inhala le chloroforme.

— C'est quoi, tout ce bruit… ? demanda une infirmière qui surgit dans la chambre.

Elle resta interdite. Ted bondit sur elle et la saisit au cou.

— Où je peux trouver un fauteuil roulant ? Vite !

— Qu… quoi ?

— Un fauteuil roulant !

La fille toussa. Ted desserra son étreinte.

— Alors ? Où ?

— Au fond… du couloir. La porte marquée « service ». Y en a un par étage.

Ted lui appliqua le tampon sur le nez. L'infirmière retint sa respiration. L'observant comme si elle était un rat de laboratoire, Cortino jura et, lâchant sa gorge, lui assena dans le ventre un coup qui lui vida les poumons. En reprenant son souffle, elle renifla le produit et perdit aussitôt connaissance.

Le colosse la regarda s'étouffer avec un plaisir inconnu de lui : la jouissance de faire du mal.

Elle n'avait pas encore touché le sol que Ted avait déjà quitté la pièce.

Il revint avec le fauteuil roulant où, sans ménagement, il assit Ben et le recouvrit d'une couverture. Il arracha la feuille de température placée au pied du lit, la plia et la glissa dans sa poche. Il prenait plus soin des objets que des gens.

Il poussait le fauteuil vers la sortie quand l'infirmière remua. Elle ouvrit la bouche et tenta de se redresser. Ted, en passant, l'assomma d'une gifle magistrale qui lui ouvrit la pommette.

Il n'eut pas à s'en prendre au gardien. Le guichet était fermé. Il le regretta.

Il rejoignit sans se hâter son fourgon. Il ouvrit les deux portes arrière. Des chaînes étaient accrochées aux ridelles. Il balança le corps endormi sur le sol métallique, passa un anneau à sa cheville et le verrouilla. Il jeta la couverture sur lui puis donna un coup de pied au fauteuil, qui alla buter contre une voiture.

Le colosse sauta au volant et quitta Missoula. Il était heureux. Même sans plan bien établi, ça s'était bien passé. Dans vingt-quatre heures tout serait terminé. Tout !

Durant le trajet de retour, il se concentra sur la conduite. Il ne devait surtout pas se faire arrêter pour un écart au code de la route.

Il reprit le chemin défoncé et arriva sans problème à la vieille scierie.

Il gara le van à sa place habituelle, sous le hangar, et saisit une lampe torche dans la boîte à gants. Il se dirigea vers la cabane, déverrouilla la porte, qu'il laissa grande ouverte, et retourna à la camionnette. Il ôta la chaîne qui emprisonnait Ben et chargea le corps sur son épaule sans difficulté. Il avait l'habitude.

La salle dans laquelle il pénétra était délabrée, meublée d'une vieille table poussiéreuse. Un sourire illumina son visage.

— Bonjour, Thelma ! Tu vas être contente : je t'amène un Marocco. Lui, c'est le fils du juge. Tu sais, McCarthy ? Tu vas pas le croire, c'est un Marocco en puissance. Un drogué, tu te rends compte ? Comme les autres !

Il s'adressait à un squelette vêtu d'une robe claire en lambeaux et maintenu plaqué contre le dossier d'une chaise avec du fil électrique – un épouvantail avachi. De longs cheveux roux tombaient sur les os à nu. Le côté gauche du crâne était défoncé.

La porte qui se découpait dans la cloison du fond était récente. Cortino posa le corps de Ben par terre et débloqua l'énorme cadenas qui la fermait. Puis il traîna Ben dans la salle plongée dans le noir. À tâtons, il reconnut la barre de fer qui courait tout le long du mur. Il chercha une menotte qui pendait. Il ne la trouva qu'après quelques minutes et pesta contre lui et le monde entier. Il se décida à rallumer sa lampe pour repérer le poignet de son prisonnier qu'il enserra dans l'autre extrémité de la menotte. Fébrile, il s'y reprit à deux fois. Excédé, il se tourna vers la salle principale. Son ton devint menaçant quand il parla :

— Thelma, tu vas te taire ! Fini les caprices ! Regarde ce qu'ils t'ont fait ! Car c'est eux les responsables ! Ils t'ont violée, tous ! À Billings, à Cheyenne, tous ! C'est Marocco et eux ! J'y suis pour rien. C'est pas ma faute ! Tu réponds pas… Pourquoi, pourquoi… ?

Ted glissa le long de la cloison, pleurant sur ses souvenirs.

Il avait été réquisitionné avec sa brigade pour assurer le premier tour de surveillance du rodéo de Cheyenne. Trois équipes allaient se relayer durant les dix jours que dureraient les festivités. Trois jours non stop par groupe, avec interdiction de retourner dans les foyers. Puis il y avait eu cette insolation qui l'avait obligé à revenir chez lui… À moitié inconscient et refusant de se faire soigner, il avait été raccompagné à son domicile par un camarade. Il était rentré en titubant, le cerveau en feu.

Thelma était complètement nue sur le seuil de la chambre. Le soleil éclairait ses poils roux comme du sang. Depuis quand n'avait-il plus vu un sexe de femme ? Graziella, Lauren Bear ? Qui avait souillé sa femme ? Il avait tenté d'entrer dans la chambre. Elle l'avait retenu. Elle avait ri. La fenêtre était ouverte. Le violeur s'était enfui ! L'assassin s'était enfui ! « Violeur ? » Elle s'était moquée, avait parlé d'amants, de Wallace. « Oui, même Wallace, ton copain est un sacré bon coup. » Elle avait encore ri. L'avait bousculé en l'insultant. Il l'avait repoussée. Le tonfa, son bâton de service, s'était matérialisé dans sa main. Elle était tombée et ne s'était plus relevée.

À présent, Thelma gisait nue à ses pieds, souillée. Il s'était appuyé contre le mur. Son cerveau le faisait souffrir. Le lit dévasté prouvait que sa femme avait lutté, comme la petite Graziella.

Marocco ! C'était Marocco ? Il était revenu ?

— Thelma, c'est Marocco ? Ce ne peut être que Marocco ! C'est lui ?

Le cadavre, les cuisses offertes à d'autres que lui, avait chuchoté : « Oui. »

Il avait dû perdre conscience un court instant. Quand il rouvrit les yeux, le visage de son ex-coéquipier lui apparut. Il se releva en titubant, la torche électrique toujours allumée à la main.

— Le Wallace, s'il finit pas au trou, l'aura pas bonne réputation… Je vais vérifier qui a survécu. Marocco ou le juge. Le juge ou Marocco. Peut-être, t'auras encore de la compagnie. Ou pas !

Ted récupéra sa parka dans le van, sa casquette fourrée, et remonta sur sa motoneige. Il alluma les phares ; sourire aux lèvres et yeux humides, il fila plein gaz dans la nuit.

★

Les policiers de Cheyenne avaient laissé partir Carter après sa déposition. Il avait rencontré le juge de permanence, heureux de partager l'enquête avec l'équipe de Missoula. Il craignait la publicité qui allait être faite d'un policier de Cheyenne, en maladie, certes, mais du Wyoming, qui avait condamné un avocat à mourir de faim.

En fait, avait-il conclu, ce Cortino était originaire du Montana, comme l'avocat, comme le magistrat McCarthy, comme Carter. À bien y réfléchir, cette affaire était du ressort du Montana. Buchanan, en accord avec lui, s'était engagé à envoyer à Carter des doubles de tout ce qu'ils pourraient trouver au domicile de Cortino et qui serait susceptible de faire progresser l'enquête.

Le capitaine avait pu prendre la route aux premières lueurs du jour. Il était éreinté, n'avait mangé qu'un sandwich au thon gracieusement offert par son alter ego et il lui restait dix heures de route à se farcir. À une station-service, il avait pu faire le plein de café. La découverte du cadavre réorientait l'enquête : Ted Cortino en voulait à la justice.

Pourquoi ?

Il faudrait qu'il appelle à la première heure le lieutenant Hallen afin qu'il lance des recherches sur Lawford. Carter se toucha la poitrine à l'endroit où il rangeait habituellement son portable et constata son absence.

— Nom de…, j'ai pas perdu celui-là aussi…

La dernière fois qu'il l'avait utilisé, cela avait été pour téléphoner à Laura. Laura…

Il se revoyait le poser… sur le siège passager. Il souleva le blouson qu'il avait jeté en entrant dans la voiture. Son Samsung était bien là. Et il clignotait. Deux appels en absence.

Le premier message sur la boîte vocale émanait de Walter et avait été enregistré à minuit douze. Elle l'informait de la découverte de son Motorola et de la carte de McCarthy. Le second message était plus pressant. Il datait de deux heures quinze. Le fils McCarthy avait disparu de l'hôpital et l'agent Kennedy avait été blessé. Elle lui demandait de la rappeler de toute urgence et lui donnait son numéro personnel.

Carter fit quasiment une embardée en apprenant les nouvelles. Un camion lui fit un appel de phares. La circulation reprenait. Il se gara pour passer son coup de fil.

Walter ne dormait pas et elle décrocha aussitôt. Il la mit au courant de sa découverte macabre et, en retour, elle lui relata les événements de la nuit. Ils restèrent un moment silencieux.

— Mon capitaine, que fait-on ?

— Je présume qu'à la première heure Hallen va informer Helena.

— On ne peut pas le lui reprocher. Il pense que vous lui avez menti et qu'en fait vous êtes en fuite.

— Je vais lui téléphoner pour tenter de le rassurer. Écoutez, Walter, la priorité, c'est de retrouver les McCarthy. Le juge et le gosse. Je sais que vous êtes de repos puisque vous étiez de permanence hier soir, pourtant pourriez-vous aller au bureau ? Le capitaine Buchanan, de Cheyenne, va nous transmettre des informations. Essayez de voir en urgence ce qu'il y a d'exploitable. Moi, j'en ai encore pour neuf heures de route et il me faut du concret, sinon je plonge.

— Je cherche quoi ?

— Aucune idée. Je suis dans le brouillard.

— Et Hallen ? S'il me questionne ?

— Expliquez-lui. Ne mentez pas. Surtout ne vous mettez pas en porte-à-faux.

— Je vous fais confiance, capitaine. En revanche, je n'avais aucunement l'intention de mentir.

— Excusez-moi, Walter, si je vous ai vexée, je n'ai pas tout à fait ma tête. Je vais demander à Buchanan qu'il vous mette en copie pour les documents. À tout à l'heure.

— Je vais faire mon possible… Mon capitaine, ce coup-ci, restez près de votre téléphone !

28.

La ravine encaissée était encore plongée dans l'obscurité. Le soleil ne devait jamais y pénétrer en cette saison.

Alan ouvrit les yeux le premier. Il secoua son compagnon. La bougie s'était éteinte, en conséquence l'eau dans les bouteilles avait regelé. Les deux hommes mangèrent du pain glacé sans échanger un mot.

Edward avait l'impression de traîner sa fatigue et celle accumulée par ses ancêtres depuis des générations. Il dormait peu et mal. Il se serait cru plus endurant. Les forces qu'il perdait se transfusaient dans les veines du jeune homme. Ce dernier était à la fois plus énergique et beaucoup plus déterminé.

Après le déjeuner frugal, Alan s'assit sur la caisse en bois et, prenant le tee-shirt avec lequel, la veille, il s'était couvert la tête, il entreprit de le découper. Edward, effaré, l'observait. Le froid lui faisait mal au crâne. Il fallait qu'il bouge. Sortir de cette crevasse. Retrouver un semblant de soleil. Marcher.

Bien qu'elle n'ait pas de tranchant, Alan effilochait le tissu avec sa lame en plastique. Ensuite, il tirait délicatement dessus pour constituer des bandes d'une dizaine de centimètres de large. Le juge n'osait ni le brusquer ni partir devant, comme la veille. Alan paraissait dans de bonnes dispositions, il n'allait pas le fâcher par son impatience.

— Vous comptez étrangler quelqu'un ? questionna-t-il pourtant.

Le jeune homme rangea son bout de plastique et jaugea ses quatre lanières. Il en mit une à part et casa les trois autres dans son sac. Il réunit les deux extrémités de la bande dans sa main droite et plaça un caillou dans la boucle. Debout, il fit tournoyer la fronde le long de sa hanche. Quand elle prit une certaine vitesse, il leva le bras et la fit tourner au-dessus de sa tête. La fronde produisit un son grave qui monta peu à peu dans les aigus. Alan ne lâcha pas le deuxième brin et lentement ralentit son mouvement. Edward était sidéré par son ingéniosité. Alan, fier de sa démonstration, glissa la pierre dans une poche de son sac et la bande dans celle de son pantalon.

— Qu'est-ce qu'il dit, le Norton ? C'est pas à l'école qu'on apprend ça !

— Malin, très malin ! Je suis impressionné. Vous pensez qu'on va être obligés de chasser ?

— Ch'uis pas grand. Un jour où j'avais dérouillé encore plus que d'habitude, le pasteur qui m'a soigné m'a raconté l'histoire d'un gars petit qui doit se battre contre un géant. Et le petit tue le grand avec une fronde.

— David et Goliath.

— Possible, je me souviens pas des noms. Ce que j'ai retenu, c'est que quand t'es petit, tu dois pas laisser les autres t'approcher. Et si tu veux leur faire mal, il te faut une arme qui les touche à distance.

— Vous… vous en êtes servi ?

— Des tas de fois ! Tu veux savoir le bruit que fait un crâne quand il se prend un gadin ? Eh bien, ça dépend des crânes, si c'est des os épais d'adulte ou des…

— Vous me faites marcher ! Bon, on peut y aller maintenant ?

— Deux secondes, je pisse.

Alan se dirigea vers le fond de la ravine et enleva ses gants. Edward le surveillait du coin de l'œil. Savoir que l'autre détenait des pierres le rendait paranoïaque. Alan commença à uriner.

Après deux minutes, le juge constata qu'Alan l'épiait, il se déplaça même légèrement pour qu'il puisse voir son sexe. Edward détourna la tête. Le jeune homme en profita pour récupérer une troisième pierre.

Edward entendit le frottement du vêtement quand Alan se baissa. Il se retourna, brusquement, intrigué. Alan remettait ses gants.

— T'es un voyeur, Norton ! Allez, on y va !

★

Quand Ben se réveilla, une faible lumière s'immisçait entre les planches qui obstruaient un soupirail et il put découvrir sa prison. Un plafond bas, des murs constitués de rondins de bois et…

Ses yeux s'agrandirent de terreur. Il cilla plusieurs fois. Incrédule. La douleur à son poignet lui prouva qu'il ne rêvait pas.

À sa gauche, des corps aux vêtements troués, aux crânes revêtus de lambeaux de peau, coiffés de cheveux bruns ou blonds, des mâchoires ouvertes qui hurlaient en silence, aux orbites vides qui le regardaient sans le voir et pleuraient des milliers d'asticots. Horrifié, il en dénombra trois. Tous étaient menottés par un poignet à une barre métallique qui faisait le tour de la pièce et où lui-même était attaché.

Il poussa un hurlement et tenta de se lever, mais la chaîne qui le retenait à la barre l'en empêchait. Il tira dessus frénétiquement. Il hurla de nouveau en tressautant de frayeur. Puis il ne fut plus qu'un long cri.

★

Carter se demandait s'il allait s'arrêter à Kaycee pour manger un morceau. Il pianota sur son smartphone, ne trouva que les coordonnées d'une station qui faisait bar. Les informations qu'il y lut ne l'encouragèrent guère à s'arrêter. À ce moment, Hallen l'appela. Contre toute attente, il lui avoua qu'il commençait à envisager que son supérieur avait pu être la victime d'un coup monté. Ce qui l'avait fait changer d'avis ?

— Walter m'a dit que vous l'aviez appelée dans la nuit et m'a raconté la découverte du cadavre de cet avocat, Lawford, chez votre ancien coéquipier. Du coup, j'ai demandé à Billings qu'on me communique une photo de ce Ted Cortino.

— C'est bien.

— J'ai montré la photo à Kennedy. Il a reconnu le balèze qui l'avait agressé. On a lancé un avis de recherche. Pour l'instant, il n'a rien donné. Pourquoi vous en veut-il autant ?

— Allez savoir.

Le visage de Thelma s'imposa à lui.

— Capitaine ?

— Oui. Je suis toujours là.

— Ce n'est pas tout. On a fait des recherches, aussi. Walter a mixé les noms de McCarthy et Lawford au fichier. Tenez-vous bien, on a eu plus de chance avec Google. Ils apparaissent ensemble sur trois affaires relatées dans des journaux et, c'est là où ça nous intéresse, dans au moins un procès le nom de Cortino apparaît. Il est cité comme témoin.

— Quel procès ?

— Pendant les émeutes, un Amérindien. On poursuit les recherches. Il y en a peut-être d'autres. Vous êtes où ?

— Je viens de passer Kaycee. J'espère arriver en fin d'après-midi. Quand j'aurai quitté l'État du Wyoming, je pourrai tenter quelques pointes de vitesse.

— Pas d'imprudence, on est à cheval sur les excès, dans le Montana.

Wallace prit la remarque pour une boutade.

— Merci, Hallen ! Pour tout…

Il raccrocha et regarda sur l'écran du GPS où il allait bien pouvoir manger. Cette conversation l'avait ragaillardi. Buffalo ! Encore soixante miles. Il bâilla. La route était droite et ennuyeuse, le combat contre le sommeil allait être rude.

★

À onze heures, Walter n'avait reçu de Buchanan que des scans de documents administratifs : des relevés bancaires, des factures, des polices d'assurances, des prescriptions médicales. Un fatras de documents bureaucratiques. Elle ne s'attendait pas à trouver des aveux circonstanciés avec l'endroit où Cortino avait caché les corps, mais au moins du courrier personnel. Elle se plongea tout de même courageusement dans les feuilles qu'elle venait d'imprimer. Elle ne parvenait pas à travailler à l'ordinateur. Ce n'était pas une question de génération, juste une question de méthode de travail. Elle adorait marquer, surligner les supports et mémorisait plus efficacement sur papier que sur écran.

Heureusement, les documents étaient remarquablement bien tenus. Elle ne savait pas s'il fallait admirer ou plaindre la personne qui avait annoté tous les relevés. Ted Cortino était méticuleux : en face de chaque prélèvement, il y avait l'identification du créditeur ou du débiteur. Y compris quand il revenait à échéance fixe, comme l'abonnement au câble.

Elle fit son rapport à Carter qui s'était arrêté pour déjeuner.

— Pour l'instant, rien de bien consistant. Ted Cortino se fait suivre par un psy qui lui prescrit un tas de neuroleptiques. Je dis « prescrit », car le policier de Cheyenne m'a appris que les boîtes ne sont pas entamées. Je ne suis pas médecin, mais, sur Google, ils expliquent que c'est pour soigner la schizophrénie, entre autres.

— Pauvre Ted… Merci pour votre aide, Walter. Hallen est prêt à me croire victime, ce qui est déjà une bonne nouvelle. Il n'a pas su ou pas voulu me préciser dans quelle affaire Cortino est cité.

— Un adolescent accusé de viol. Barocco, non, Marocco ! Le procès a eu lieu à Helena, il y a une dizaine d'années.

— Marocco ? Marocco… Ça ne m'évoque rien. J'étais déjà en Californie à cette époque.

— Cortino était déjà dans le Wyoming, or le tribunal a rattaché une affaire sur laquelle il avait enquêté quand il était à Billings. Bon, capitaine, la paperasserie m'attend. Même si je ne sais pas quoi chercher.

— Merci, Walter.

Alors que Carter remontait plus de dix ans dans le passé, à Billings, tentant de se remémorer l'affaire qui avait fait craquer son coéquipier, Walter, un bout de pizza à la main, se replongea dans ce qu'elle estimait le plus facile : les relevés détaillés de la banque. Au moins, ils étaient renseignés.

Tous les mois, Ted avait des rentrées identiques : une pension d'invalidité payée par la ville de Cheyenne, deux complémentaires de sociétés d'assurances et une somme minime émanant d'un fonds de pension. En sortie, dans les frais réguliers, il avait son loyer hebdomadaire, ses frais d'alimentation, dont les sommes quasiment analogues prouvaient qu'il ne s'accordait aucune fantaisie, son assurance maladie, ses abonnements au câble, Internet et téléphone mobile.

Elle trouva un gros achat, une motoneige payée cash six mois auparavant. Certaines lignes comportaient les titres des vidéos qu'il avait achetées. Des westerns et de la science-fiction, apparemment. Pas de films X. Quand il n'y avait pas assez de place sur la ligne, il avait agrafé une feuille pour y inscrire un complément d'informations. « Un maniaque », estima la jeune femme.

Elle remonta plusieurs mois en arrière pour contrôler. Toujours les mêmes entrées et sorties. Elle trouva des achats au Mountain and Ice de Great Falls, magasin spécialisé dans les articles de montagne. La liste jointe faisait mention de plusieurs parkas, paires de raquettes, gants, lunettes. Étrange, ces articles en plusieurs exemplaires !

La somme était importante. Walter nota la date et l'adresse du magasin sur son carnet. Cortino s'occupait peut-être d'un club de montagne. Une piste à creuser.

Elle trouva aussi des abonnements à une association de propriétaires. Il était également membre bienfaiteur de l'association d'entraide de la police de Cheyenne.

Walter se redressa, fatiguée, se demandant si elle n'avait pas perdu son temps. Elle fit un paquet des copies des relevés de banque et les glissa dans une pochette transparente. Elle allait la fermer quand elle retint son geste. Une pensée lui était venue à l'esprit, aussitôt disparue. Elle avait lu quelque chose qui n'était pas… qui n'était pas quoi ? Zut, elle n'allait pas être obligée de se retaper tous ces relevés ! Elle posa le paquet sur son bureau et tenta de faire le vide dans son esprit. Cela allait lui revenir. Comme à l'université, quand elle cherchait une date, une citation. Il ne fallait pas forcer sa mémoire. C'était venu, cela reviendrait.

Elle était là, à la recherche de ce qui l'avait intriguée, quand Kransanski s'installa devant son ordinateur. Il l'interpella :

— Walter, il paraît que votre mec utilise un van blanc ?

— C'est le type de véhicule qui a été aperçu hier au soir, près de l'entrée de l'hôpital. À minuit, y a pas trop de véhicules sur le parking, on pense qu'il s'agissait du sien. Pourquoi ?

— Peut-être rien, peut-être beaucoup. Oubliez pas que, quand les jeunes adolescents disparaissent, y a toujours un van blanc à proximité.

— Hé, faut pas lui mettre sur le dos tous les péchés du monde, à notre Cortino !

— Je m'intéresse à tous les propriétaires de van. Tous les propriétaires !

— Les propriétaires !

La stagiaire poussa un cri de joie.

— Champion, Kransanski !

Alors que ce dernier secouait la tête en signe de résignation, elle se précipita sur son téléphone. Carter en était au café, il décrocha aussitôt.

— Capitaine ? Cortino, il est propriétaire ou locataire de sa maison ?

— D'après ce qu'il m'a confié, il l'a achetée quand il est arrivé à Cheyenne. Pourquoi, elle vous intéresse ?

— Sans la cave, alors ! Non, capitaine, sérieusement, sur les relevés, il paye un loyer mensuel. Il a marqué « loyer maison ». Le montant est faible.

— C'est tout ce que vous avez ?

— Pour l'instant, oui. Mais s'il a une deuxième maison, peut-être qu'il séquestre le juge là-bas.

— C'est notre seul indice à l'heure actuelle. Si vous devez y aller, pas d'imprudence. Je ne pense pas que Cortino soit un violent, voyez malgré tout avec Hallen pour intervenir. Je suis encore loin.

★

— Il a de la chance, le junkie, d'avoir un père comme toi !

Alan s'était arrêté et attendait Edward, qui peinait. Le juge souffrait maintenant de la faim. Et dire qu'il avait envisagé de parcourir deux étapes en un jour ! Le physique ne suivait plus, et le mental en prenait un coup.

— Hé, Norton, je te parle !

— Je ne vous ai pas entendu. Je suis crevé.

— Qu'est-ce que t'avais prévu de faire pour ton junkie : attaquer le poste de police ? payer un avocat ?

Edward s'appuya sur ses genoux à la recherche d'un second souffle. Alan lui tapota le dos.

— On va marcher plus lentement. Hier, on était en avance et après on a été retardés par l'ourse. Ça sert à rien de courir. Il faut qu'on tienne cinq jours et on est à peine à la moitié du chemin. Tu veux que je te porte ton sac ?

Edward secoua la tête.

— Reste pas immobile ! Faut bouger ! Même des petits pas… Allez, bouge. Tu vas marcher à ton allure, moi, je vais rester derrière toi.

Edward se redressa. Marocco et ses pierres derrière lui ! Hors de question. Il expira et inspira lentement plusieurs fois.

— Merci, Alan, mais je préfère que vous soyez devant, cela me motive. Allez, je vous suis.

Ils marchèrent plus lentement. Le départ trop rapide avait asphyxié le juge. Il se demanda si le jeune testait sa résistance. Surtout qu'il continua :

— Faudrait pas que votre cœur pète ! Si vous avez une attaque, faudra me donner les prochaines étapes avant de clamser. Le problème de ces saloperies, c'est que ça arrive sans prévenir. Mon père en est mort.

Il parlait en regardant autour de lui, l'air de s'ennuyer à progresser si lentement. Cette attitude exaspéra Edward, toujours à la recherche d'un second souffle.

— Votre père est mort d'une attaque ? questionna-t-il, suspicieux.

— Une attaque ou un truc dans le genre. Enfin, un méchant truc qu'il a pas vu venir.

— Ne vous inquiétez pas pour moi, moi, je m'y attends.

Ils se turent et continuèrent à marcher durant près d'une demi-heure. Le vallon où ils progressaient s'élargissait et les collines alentour étaient moins élevées. Le sentier qu'ils empruntaient longeait un torrent. L'endroit où ils devraient bifurquer n'était plus très loin. Fatigué, le juge ne parvenait plus à soulever les raquettes, et à chaque pas elles se chargeaient d'un peu plus de neige. Il allait être obligé de réclamer encore une pause à Alan, qui le surveillait du coin de l'œil. On aurait cru un vautour qui attend que sa proie s'abatte pour venir la charcuter.

La trace se poursuivait trois mètres en contrebas alors qu'une piste abrupte partait sur la droite à l'assaut de la colline.

— Faut descendre ? demanda Alan. On retrouve le torrent plus bas ?

— Non, justement non. On monte, au contraire.

McCarthy expliqua qu'ils devaient gravir ce sentier abrupt naturel.

— On le suit sur cinq cents mètres. Ensuite il faut changer de direction avant de parvenir au plateau, sinon on risque de se perdre. On doit obliquer à mi-pente vers l'ouest et redescendre sur le torrent.

— C'est con ! Pourquoi pas par là ? C'est plus direct. On fait un détour pour rien.

— Parce qu'à un mile maximum, il n'y a plus de chemin. Le sentier aboutit à une falaise qui tombe à pic. *Dixit* Ted.

— Quoi ?

— Ted m'a dit que le seul moyen de rejoindre le torrent était de contourner cette fracture. Alors, on va le faire.

— D'ac, faut pas s'énerver. C'était pour t'éviter de grimper. Tu souffles comme une baleine.

Edward ne répondit rien.

Les deux hommes entamèrent la côte. La neige s'infiltrait dans les chaussures. Edward entendait son cœur battre et les veines de son cou le faisaient souffrir. Alan le poussa dans le dos pour l'aider. Ce geste irrita le juge, puis il l'accepta.

Les deux hommes parvinrent sur une espèce de promontoire, où ils soufflèrent.

Edward combattait un point de côté alors qu'Alan admirait le paysage. Dans la vallée, les arbres devenaient plus nombreux et plus majestueux. Fini les pins chétifs.

Tout à coup, Alan se figea et darda ses yeux sombres en direction du sommet de la montagne. Il se plaça à l'extrémité du promontoire pour mieux voir.

— Qu'y a-t-il ? Qu'avez-vous vu ? Un animal ?

Edward regarda dans la même direction que Marocco et ne nota rien de remarquable.

— Non, rien. Allez, on y va, jeta Alan d'une voix détachée.

Quand il passa à son niveau, Edward l'attrapa par la manche.

— Ne me prenez pas pour un imbécile. Il y a quelque chose ? Ou alors vous voulez me foutre la trouille, pour je ne sais quelle raison.

— Oui, c'est ça ! dit Marocco en se dégageant.

Il accéléra le pas, soucieux. Edward allait l'appeler, puis il se ravisa et tenta de le suivre. En cinq minutes le jeune homme avait déjà parcouru le double de distance. Le sentier faisait des méandres, Edward le perdit de vue.

Il le retrouva un peu plus loin, juché sur une butte. Il était droit comme un coq sur un tas de fumier et scrutait un endroit en altitude. Il n'attendit pas qu'Edward lui pose la question pour l'informer.

— Il y a quelqu'un là-haut.

Marocco tendit la main au juge pour l'aider à grimper sur le monticule. Edward ne remarqua rien de plus que la fois précédente. Il songea qu'Alan avait pu le faire monter pour le pousser au bas du ravin. Il s'éloigna légèrement de lui.

— Je ne vois rien. Vous en êtes sûr ?

— Là, deux petits arbres. À deux doigts à droite, il y a un homme. Il ne bouge pas.

— Vous plaisantez ? Ou alors…

— Ou alors j'ai la vue perçante des Indiens ! C'est possible. Il faut bien que mon père m'ait transmis quelque chose de bien. Il y a un type immobile. Il est peut-être mort, mais je crois pas, il serait tombé.

— Il regarde par ici ? On l'appelle.

— Je ne vois pas ce qu'il fait. Il ne faut pas l'appeler. Je vous ai déjà dit, quand on est faible, on reste à distance.

— Que voulez-vous faire ?

— À mon avis, il nous suit. Pourquoi ?

— Un copain de Ted ? Il veut voir si on s'entretue. Ce soir, faudra se méfier.

McCarthy secoua la tête, découragé : cette histoire ne pouvait que mal se terminer. Il y avait trop de paramètres qu'il ne maîtrisait pas.

★

Ted sentait ses yeux se fermer. Le froid l'engourdissait, pourtant il devait rester éveillé. Il avait pris position à un endroit situé au-dessus du parcours des deux hommes. Pour éviter de les manquer, il s'était rapproché le plus possible du bivouac où ils avaient passé la nuit. Ignorant leur vitesse de déplacement, il n'avait qu'un repère fiable : le point de départ ou celui d'arrivée… En se rapprochant du premier, il augmentait ses chances de les apercevoir.

Il savait d'expérience que le réveil coïncidait avec les premières lueurs de l'aube. Ted s'était posté à un endroit d'où il pourrait les observer sans prendre le risque d'être repéré. Il était arrivé avant eux, pour éviter qu'ils puissent entendre le bruit du moteur de la motoneige.

Il allait devoir attendre plusieurs heures, assis sur ce siège à une température qui frôlait les moins quinze degrés. Heureusement, il n'y avait pas de vent et il n'était pas en contact avec la neige. Il s'emmitoufla dans une couverture isotherme. Si les deux hommes étaient encore en vie, ils mettraient cinq ou six heures pour parvenir jusqu'ici. Il devrait avoir un contact visuel avec la cible, comme disent les militaires, dans peu de temps. Caché par sa couverture blanche, il était invisible, et les deux hommes seraient trop bas pour apercevoir le scooter.

Il patienterait trois, quatre heures, qu'ils s'éloignent, puis irait les attendre au bivouac. Ils auraient alors la surprise du chef !

Thelma aurait été fière de lui. Pardon, Thelma allait être fière de lui !

★

Grâce aux références communiquées, la banque put transmettre à Walter les coordonnées de la propriétaire qui louait une maison à Ted Cortino. Il s'agissait d'une veuve qui vivait à Deemer Creek, à plus de deux heures de Missoula. Elle n'avait pas le téléphone ou bien son abonnement était à un autre nom. Injoignable.

Maggio et Walter décidèrent de lui rendre visite.

Le sergent avait pris la voiture de patrouille, une Ford toute récente. Le panneau *Deemer Creek* était plus grand que le village qu'il annonçait, formé de quelques maisons en bois. Une dizaine à gauche de la route, cinq à droite, à côté d'une vieille chapelle en bois. Un peu plus loin, les ruines d'un soubassement en briques, sans doute l'ancienne banque, jouxtaient des bicoques vermoulues aux toits éventrés. Encore une bourgade qui avait poussé en six mois lors de la ruée sur les métaux et qui avait perdu ses habitants après la crise, quarante ans plus tard.

La maison que cherchaient les deux policiers n'avait pas été repeinte depuis des années et le bois noircissait sous les écailles de peinture qui se détachaient. Maggio rangea la voiture le long d'un trottoir défoncé.

À peine avaient-ils mis le pied sur la première marche de la véranda que la porte s'ouvrit sur une vieille femme. Un tablier bleu protégeait sa petite robe à fleurs. Elle tenait un grand couteau à la main.

— Police de Missoula. Sergent Maggio et agent Walter. Bonjour madame, nous souhaiterions nous entretenir avec Mme Nixon. Mme veuve Lee Nixon.

— Bonjour monsieur, bonjour madame. C'est moi. Jeannette Nixon. Je ne conduis quasiment plus, si c'est pour des PV impayés, c'est quelqu'un qui a volé ma plaque !

Elle agitait son couteau en parlant. Maggio posa la main sur la crosse de son revolver.

— Pourriez-vous ranger ce couteau, madame, commanda-t-il. Nous n'avons que quelques questions à vous poser. Ça nous prendra une dizaine de minutes.

La femme parut se rendre compte qu'elle tenait un ustensile dangereux à la main. Elle le cacha dans son dos et sourit.

— Excusez-moi. J'étais en train de vider un poulet.

Elle les précéda dans une maison à l'intérieur cossu : le salon meublé avec goût, d'un mobilier ancien et de prix, brillait sous les couches de vernis. Elle ouvrit une porte, les deux policiers entraperçurent une cuisine dernier cri, bordeaux avec de l'électroménager en inox, où elle alla poser son couteau.

Elle revint dans la grande pièce et s'amusa de leur étonnement.

— C'est exprès, expliqua-t-elle. Ainsi, je n'attire pas les vautours qui pourraient rôder. Qui viendrait voler dans une maison en si piteux état ?

Maggio se garda de la contredire. Sauf qu'au jour d'aujourd'hui, on tuait pour une fourchette en fer-blanc. Elle termina par :

— Le problème, c'est que ça effraie aussi les prétendants.

— C'est très joli, dit Walter.

— Alors, mademoiselle, commença la vieille dame, qu'est-ce qui vous a attirée dans ce métier d'homme ? Vous êtes de celles qui préfèrent les femmes ?

Walter dévisagea Maggio, hésitant à répondre. Le policier intervint :

— Nous avons de plus en plus d'agents et d'officiers féminins dans la police. Également dans l'armée. On les envoie aussi dans l'espace.

— Ça ne me gêne pas qu'on les envoie dans l'espace, ce qui me gêne, c'est qu'on les récupère ! La femme doit rester au foyer, s'occuper des enfants et de son époux. Une femme sur un chantier, c'est le communisme ! Les enfants ne doivent pas être élevés par la société.

— Madame, nous serions heureux de parler avec vous, malheureusement nous sommes pressés, la vie de plusieurs personnes est en jeu. Vous louez un appartement à M. Ted Cortino ?

— Un appartement ! Ce n'est pas un appartement, c'est une cabane ! Perdue dans la montagne près de WhiteFish. Et ce n'est pas monsieur Ted Cortino, c'est le lieutenant Ted Cortino, sergent ! Il est de la même maison que vous, il me semble. Je ne voulais même pas le faire payer, ce n'est qu'une ruine. Il a insisté. C'est un si gentil petit. Il a eu beaucoup de malheurs.

— Vous le connaissez bien ?

— Je l'ai vu naître. Feu Lee, mon mari, un saint homme, coureur de jupons comme pas deux, était le meilleur ami de Robert, le père de Ted. Ils étaient toujours à la chasse. De sacrés lurons. Quand ils partaient à la traque, à l'ours principalement, je vous parle de ça il y a un siècle, ils couchaient dans cette cabane. Attention, elle n'a aucune commodité. Il n'y a ni le téléphone, ni la télévision, ni l'électricité. C'est du camping.

— Et pourquoi Ted… ?

— Quand sa pauvre Thelma l'a quitté… Vous la connaissiez ? Une créature ! Des cheveux roux comme l'enfer ! Donc, quand cette femme l'a abandonné, il a voulu s'occuper des jeunes qui avaient mal tourné. Des gosses maltraités, afin d'éviter qu'ils tombent dans la délinquance et la drogue. Enfin, c'est ce qu'il m'a expliqué. La réinsertion, qu'il appelait ça, une espèce d'œuvre de bienfaisance. Vous allez prendre un thé ?

Sans écouter leurs dénégations, elle ouvrit un buffet, choisit les tasses et alla à la cuisine sans cesser de parler. Elle revint avec le sucre en poudre et une boîte de biscuits.

— Il cherchait un endroit sauvage où il pourrait faire découvrir la nature à ces adolescents. Il avait pensé à cette cabane qu'il avait connue enfant. Il avait accompagné Lee et son père à la chasse plusieurs fois. Il ne voulait pas y mettre beaucoup d'argent mais tenait à payer. Moi, je lui aurais bien fait gratuit, pauvre petit. De toute ma vie, je n'y suis allée qu'une fois. Avec mon pauvre Nixon, et on n'était pas encore mariés. Je me souviens, y a un puits avec une eau froide, mais froide, ma petite, ça vous faisait des tétons durs comme des noisettes.

Maggio rougit et Walter sourit. Elle profita pour demander :

— Et elle se trouve où, exactement, cette cabane à bonheur ?

Ils regagnèrent la voiture au pas de course.

— Putain, t'es une sacrée stagiaire ! Si on retrouve ce putain de juge ce sera grâce à ton putain de flair. J'en reviens pas.

— Simplement « Félicitation », ça marche aussi.

Maggio tapait sur le volant, admiratif, alors que la policière attachait sa ceinture de sécurité. La courroie écrasait le buste de Walter, faisant ressortir des bourrelets disgracieux comprimés dans la parka. La jeune femme interpréta le regard qu'il posa sur elle.

— Ça boudine, dit-elle avec un sourire désarmant.

— Ouais, c'est ça, jeta-t-il en démarrant.

Quand le réseau gagna en stabilité, le sergent décida :

— Je téléphone à Hallen pour le prévenir. Toi, téléphone à Carter.

— On est les plus près. On a peut-être une chance de sauver McCarthy ou au moins le gosse. Accélère, sergent ! ordonna Walter, surexcitée.

— Oui, chef !

— Il va falloir des moyens, la cabane est en pleine montagne. Un hélicoptère, peut-être ! poursuivit-elle.

★

Les nuages bas protégeaient les deux hommes du froid intense. La neige allait probablement de nouveau tomber. Edward avançait en se concentrant sur ses pas.

Il comptait dans sa tête par paquets de cent. Pour s'occuper l'esprit. Pour se donner du courage. Pour repousser le moment où il abandonnerait la lutte, où il se laisserait glisser au sol. Il avait lu que mourir de froid dans la neige était un simple endormissement. Sans douleur.

— Norton, tu te la coules ? T'es lent comme la mélasse en hiver. Allez, bouge ton cul.

— Je fais mon possible.

— Je me gèle les couilles. Plus vite tu marches, plus vite on sera sous la tente.

Le juge s'arrêta. Il grelottait. Le jeune homme lui donna une tape sur l'épaule.

— Me touchez pas ! Et foutez-moi la paix.

— Si je t'avais pas poussé au cul à la montée, tu serais encore là-bas. Écoute, Norton, tu me l'as assez répété, on fait équipe. Alors ou t'avances ou tu me donnes l'itinéraire et je te laisse crever comme une vieille merde. T'as le choix.

— Laissez-moi.

— Je veux vivre, moi. Je veux retrouver l'autre salope qui nous a enlevés. Allez, Norton, du courage. Pense à ton gamin, le dealer. Il a besoin de son papa pour monter son commerce. Pour choisir de la bonne came. Il va se faire arnaquer, sinon.

McCarthy regarda Marocco qui s'éloignait. Il cria :

— Mon fils n'est pas un dealer. Vous n'avez pas à parler de lui comme ça. Surtout un type comme vous.

Alan revint sur ses pas. Il avait perdu son air moqueur.

— J'ai fait quoi ? Explique, Norton. Qu'est-ce que l'autre salaud t'a raconté ?

— Rien. Rien. Laissez tomber.

McCarthy avança la jambe droite, pour son fils. Puis la jambe gauche, pour son fils. Comme pour faire manger la soupe aux enfants : une cuillère pour papa, une cuillère pour maman. Un pas pour Ben, deux pas pour Ben, trois pas…

— C'est bien, Norton ! Mais on en reparlera sous la tente.

Alan marchait maintenant à quelques mètres devant, ignorant totalement son compagnon.

Le sentier était moins accidenté et la végétation plus fournie. Sans être dense, les pins étaient plus nombreux et surtout plus hauts.

McCarthy se secoua. Il devait se montrer plus attentif. C'étaient les indices pour commencer à chercher le repère d'étape. Il devait dénicher une entaille sur un arbre qui bordait le chemin. Ce fut Alan qui la trouva.

— Hé, le cachottier. C'est pas ça que tu cherches ?

Un morceau d'écorce d'au moins trente centimètres avait été découpé dans le tronc d'un sapin.

— À partir de là, faut compter six arbres et descendre en contrebas entre le sixième et le septième.

— Le gars qui nous surveille est déjà là. Putain, te retourne pas. Il est tout au sommet de la colline. Donc, il savait où on allait marquer l'étape.

— Pour l'instant, il ne représente aucun danger. À moins qu'il ait un fusil à lunettes… Quoique… Quel intérêt de nous tirer comme des lapins ? Faisons comme si nous ne l'avions pas vu. Cherchons le coffre.

— J'veux bien. Pourtant c'est bizarre qu'il soit là !

L'esprit en éveil, ils comptèrent les arbres et se glissèrent dans le bosquet après le sixième. Alan fredonnait sur l'air de « Blind Child » d'Hank Williams :

— À partir de la futaie, cinquante pas en avant et cent pas sur le côté, puis trente pas en avant et t'auras ton jouet.

— Vous n'avez pas trouvé une chanson plus gaie ?

— Je trouve qu'elle te va bien.

Le jeune homme compta, se trompa, ce qui énerva McCarthy. Puis il fut obligé de modifier la direction car il pointait sur des arbres. Après deux essais infructueux, il allongea les pas sur les conseils du juge.

— L'autre enfoiré est un géant.

La boîte avait été placée derrière un arbre à la circonférence plus importante que les autres. Edward l'ouvrit.

— Y a une nouveauté !

Alan regarda par-dessus l'épaule du juge. Deux boîtes à biscuits en métal étaient posées sur la tente. Sur chacune, une étiquette portant un prénom, *ALAN*, *EDWARD*.

— Fallait s'en douter ! Si quelqu'un nous observe, c'est qu'il attend quelque chose.

— C'est fête ! Des cookies ! Une boîte chacun !

— Je crains qu'il n'y ait pas de cookies, là-dedans. Ted a dû placer à l'intérieur des infos, des trucs pour qu'on se dispute.

— Comme des secrets ? M'en fiche. Il peut pas y avoir une bombe. Allez, aboule ma poule, Norton. Ma boîte !

— Attendez ! On devrait en parler avant. On a peut-être des secrets à se dire. Ça désamorcerait la surprise.

— Où qu'tu vas avec tes secrets, Norton ? Je sais bien que l'autre enflure t'a balancé des trucs sur moi. Et alors ? M'en fous ! Et même si y a marqué que t'es une espèce de monstre ou Freddy, on est dans la même merde. On fait équipe, tu l'as dit. Je t'aime comme t'es, Norton.

Il éclata de rire et tapa sur l'épaule du juge, puis s'empara de son paquet.

— Hé, c'est lourd ! Ouvre la tienne, avant… Attends, attends, je m'éloigne, au cas où elle te pèterait à la gueule.

Marocco s'écarta et observa McCarthy qui, à contrecœur, souleva sa boîte. Elle était légère.

— La mienne me paraît vide.

Il l'ouvrit. À l'intérieur se trouvait un papier. Il le déplia.

— C'est un dépôt de plainte.

— Lis !

— *État du Montana […] Devant nous a déposé M. Ted Cortino, né le 5 février 1971, à Folston, État du Montana, domicilié Deming Boulevard à Cheyenne, Wyoming […] déclare la disparition de sa femme Thelma Cortino, née Thelma Feuebach, à Billings, Montana, le 6 avril 1970 […] déclare soupçonner d'enlèvement M. Alan Marocco […]*

— C'est quoi, cette merde ? Ted Cortino, c'est le dingue qui nous a enlevés ?

— Ouvrez un peu votre boîte.

— Hé, il accuse d'enlèvement ? Lui ? L'est gonflé le…

— Ouvrez, on se gèle. On a encore la tente à monter.

Alan fit sauter le couvercle. Il resta un moment interdit, fixant l'intérieur de la caissette. Il y plongea la main et en ressortit un revolver.

— Alan, pas de bêtise !

Le juge, en voyant cette arme noire entre les mains d'un homme qui avait violé et certainement tué, pensa que sa vie s'arrêtait là. L'autre ne résisterait pas à l'envie de tirer. Ils approchaient du but. McCarthy devenait un boulet et, même en ignorant la dernière étape, le jeune homme avait des chances de s'en sortir.

— Il a peur, le Norton, on dirait ! Qu'est-ce qu'ils font, les rouages ? Ils tournent dans la tête… J'ai ma petite idée aussi !

— Alan, le gars en haut attend que vous vous serviez du revolver, mais…

— Et on va pas le faire attendre !

29.

Joint par téléphone, le lieutenant Hallen autorisa les deux policiers à approcher de la cabane pour faire des repérages, en revanche il leur interdit de prendre contact avec le ravisseur ou d'intervenir de quelque façon que ce fût. Il les rejoignait avec des équipes spécialisées.

Quant à Carter, il n'était plus qu'à deux heures de route. Il serait sur place avant le lieutenant, et il confirmait l'ordre d'Hallen : pas d'intervention.

— Espérons qu'on retrouve McCarthy, déclara Maggio.

— Tu veux dire que si on fait se déplacer la cavalerie et qu'il n'y a rien… rien qu'une grange ?

— Ouais !

Une heure plus tard, la Ford se retrouvait à l'embranchement de Grant Creek Road. Maggio conduisait rapidement. La deux-voies s'enfonçait, rectiligne, dans la montagne. Au bout de dix minutes, il quitta Grant Creek Road et tourna à gauche sur Snow Bowl Road. La route grimpait maintenant nettement et de larges épingles à cheveux l'obligèrent à ralentir. La jeune policière commença à s'inquiéter quand elle vit des plaques de neige apparaître sur la route.

— On va être obligés de rebrousser chemin, déclara Maggio, lugubre.

À peine avait-il parlé qu'au détour d'un virage il dut freiner brusquement. Un petit chasse-neige les précédait.

— Quel coup de bol ! s'exclama Walter. On va arriver lentement mais sûrement !

★

Sur la butte, Ted hésitait à se déplacer. Il avait perdu de vue les deux randonneurs. Il s'en voulait d'avoir mal évalué la densité de la futaie. Les arbres cachaient l'endroit où il avait dissimulé le coffre. Il aurait été imprudent de sa part de s'approcher encore. Cette complication l'énervait. Il devenait fébrile. Impossible de toucher ses pièces à travers la poche trop épaisse de sa combinaison.

Il tentait de gérer sa frustration en respirant, comme le lui avait montré sa psychologue, quand il entendit le coup de feu. C'était trop beau. Marocco avait fait feu !

Cortino retourna à sa motoneige. Il aurait voulu courir, mais ses raquettes le freinaient. Il démarra l'engin. Au diable le bruit, maintenant ! Il chercha la pente la plus adaptée pour accéder au sentier. Il dut faire un détour, trouva une piste et remonta le chemin à la rencontre des deux hommes. Un vivant et un mort ! C'était prévisible.

Il stoppa à quelques mètres de la scène qu'il s'était imaginée des centaines de fois. Il en oublia de couper le moteur de la machine. Il profitait de l'instant. Un poids, un masque, une douleur, il ne savait comment qualifier ce qui venait de s'envoler et qui le libérait. Il s'emplit les poumons. L'air était froid, mais tellement bon. Thelma lui caressait les cheveux.

Le corps d'Edward était allongé sur le ventre, près du coffre.

À quelques pas, en retrait, Alan le regardait. Une grimace de haine tordait son visage sale. Il menaçait le nouvel arrivant avec son arme.

Ted tourna la clé de contact. Un silence effrayant s'installa. Il descendit de l'engin et avança en direction de Marocco.

— Police ! Veuillez me remettre votre arme. On vous a donné une chance de vous en sortir, jeune homme, et voilà le résultat.

Alan appuya sur la détente. Clic ! Une deuxième fois : Clic ! Une troisième. Sans succès.

— Vous me croyez assez bête pour vous fournir un arsenal ? Un seul juge, une seule balle. Même si vous ne l'aviez que blessé, en montagne, il serait mort.

L'ancien policier sortit de sa poche un revolver. Détendu, il marchait en prenant son temps.

— Vous êtes en état d'arrestation. Vous pouvez garder le silence. Tout ce que vous direz pourra être retenu contre vous. Si vous ne comprenez pas ce que je vous dis, vous pouvez demander l'assistance d'un interprète. Un interprète en Marocco. Y en a qu'un à la brigade… Et c'est moi. Je les vois, je les sens, je les arrête…

Ted dépassa le cadavre de McCarthy.

— Je vais vous mettre en détention provisoire en attente du jugement.

Le colosse était à présent à deux pas d'Alan, qui paraissait tétanisé.

Edward se dressa alors dans le dos du policier, qui l'entendit et perçut le déplacement d'air. Il se retourna. Alan bondit et lui assena un coup de crosse sur la tête pendant qu'Edward, profitant de la surprise, cherchait à bloquer le bras de Ted qui tenait l'arme.

La casquette en fourrure ayant amorti le coup, Cortino repoussa McCarthy, qui s'étala lourdement sur le sol, puis attrapa de sa main libre la gorge de Marocco.

— Ah, mais on n'a pas rempli son contr…

Le policier ne put terminer : la pierre lancée par McCarthy l'atteignit au milieu du front. Il tituba, hagard, relâcha Alan qui, asphyxié, s'affala dans la neige.

Le juge se saisit de l'arme tombée à ses pieds.

La lutte avait duré dix secondes. Les trois protagonistes restaient hébétés : Alan avait des difficultés à respirer, Ted était KO debout et McCarthy tremblait.

Ce fut Alan qui récupéra le plus vite.

— Faut le flinguer ! Tue-le ! cria-t-il en se relevant.

— Je peux pas.

— Donne-moi cette arme. Faut le flinguer. C'est une montagne, il va nous massacrer.

— Edward, votre fils… J'ai enlevé votre gamin, murmura Ted.

Du sang coulait sur son front et se figeait dans l'air glacial.

— Ben ? Ben est en prison. Vous êtes bien placé pour le savoir. On va vous laisser ici. Il y a la tente. On vous enverra des secours.

— Prenez le papier que j'ai dans la poche. Regardez la date. C'est une feuille de température de l'hôpital. Il a fait une tentative de suicide. Il est enchaîné. Il va mourir de froid.

Edward hésitait. La situation était si étrange qu'il ne parvenait pas à prendre une décision.

— Tue-le ! hurla Alan.

— Non. Faut savoir si c'est vrai… Cette histoire, pour Ben… Alan, prenez la feuille.

— Non ! Si je m'approche, il me casse en deux.

— Ted, jetez la feuille aux pieds de Marocco.

La feuille atterrit dans la neige.

— On s'en fout, de sa merde. Norton, il va nous rouler.

— Norton ? Monsieur Marocco, Norton s'appelle McCarthy et il est juge à Helena. Eh oui, c'est un juge ! Ça vous rappelle rien ?

— C'est pas le moment, coupa Edward. Qu'y a-t-il de marqué, Alan ?

— Alors t'es juge ? – Alan se baissa en surveillant Ted et ramassa l'imprimé. – Y a marqué : *Hôpital de Missoula, jeudi 12 octobre, Ben McCarthy, entré le 10 octobre*. Y a des courbes.

— Il est hospitalisé. Pourquoi, dites-vous que vous l'avez enlevé ?

— Je peux prendre mon téléphone ?

Sans attendre de réponse, Ted sortit de la poche à rabat de sa parka un mobile. Il tituba et ôta ses gants.

Alan s'approcha du juge.

— Il va vous avoir. Donnez-moi ce revolver.

— Tenez, regardez la photo.

Ted lança le téléphone en direction d'Edward. Alan l'attrapa au passage.

— Il vise bien pour un mec blessé. Il va te niquer. Tire.

— C'est la photo de votre fils. Enchaîné chez moi. À vous de voir.

Marocco jeta un coup d'œil curieux sur l'écran.

— Y a un mec enchaîné. Un blondinet. Merde, l'écran s'est éteint.

Ted leva les mains en l'air en signe de paix et s'adressa au juge :

— Le deal, c'est qu'on part tous les deux sur la motoneige. Je vous mène à votre gamin et vous me laissez partir. On laisse Marocco ici.

— Pas question, dit Edward.

Le jeune homme recula vers Edward.

— T'es pas louf, pourriture. C'est nous qui avons l'arme, pas toi. Tu obéis.

— Très bien, laissez-moi ! Vous trouverez la route pour redescendre tout seuls ? La nuit va tomber. L'itinéraire que vous suivez est pour une balade en raquettes, pas pour un engin de trois cents kilos. Et comment retrouverez-vous Ben ? Vous savez où je l'ai enfermé ? Ben qui meurt de froid.

McCarthy recula à son tour. Il voulait avoir les deux hommes dans sa ligne de mire. Marocco comprit.

— Tu fais quoi, là, Norton ?

— Ted, montez sur la motoneige. Ne mettez pas les gaz. Marocco, dressez la tente et abritez-vous. Dès que possible, je vous envoie les secours.

— Norton, on fait équipe ! Norton, tu vas pas tirer ?

— Ne bougez pas, Alan. Je le fais pour mon fils… Je ne suis pas bon tireur, même si je ne veux que vous blesser, je risque de vous tuer.

— Si tu reviens pas… Je connais pas le chemin…

Ted était déjà juché sur sa motoneige. Edward grimpa en croupe, le revolver collé contre les reins du colosse.

Alan avait l'air effondré. Il marmonna :

— On faisait équipe…

L'engin démarra dans une gerbe de neige. Le jeune homme sortit la lanière de sa poche, plaça une pierre et fit tournoyer sa fronde. Il lâcha une bride alors que Ted braquait le guidon de la motoneige pour reprendre la piste. La pierre fusa.

Le projectile atteignit Edward au moment où il pivotait pour apercevoir une dernière fois Alan. Sonné, il releva le revolver.

— Foncez, Ted. Il va recommencer.

Sciemment, le colosse immobilisa le scooter des neiges. Alan replaça une nouvelle pierre et fit tournoyer la fronde, plus longuement cette fois. La cible était immobile, il avait le temps d'ajuster.

Edward s'affola. Le jeune homme ne pouvait le rater à cette distance. Il voulut sauter de son siège. Ted lui agrippa un bras. Marocco sourit. Le sourire qu'il avait au début. Le sourire du prédateur.

Le juge tira. Le bruit lui fit exploser les tympans.

Une expression étonnée s'afficha sur le visage d'Alan, et il s'affala dans la neige.

— Merde, merde ! cria Edward en descendant de l'engin. Ted, allez voir… voir s'il est mort.

Cortino s'exécuta sans hâte. Il se baissa sur le corps et souleva la tête du jeune homme. McCarthy, l'arme le long de son corps, n'osait s'approcher.

Alan toussa, cracha du sang, eut un spasme, et sa tête se renversa.

— Vous l'avez exécuté.

— C'était… de la légitime défense. Vous témoignerez… de la légitime défense.

— Il n'avait qu'une pierre, vous un .357 Magnum. Vous avez jugé en votre âme et conscience.

★

La nuit était tombée quand Walter et Maggio empruntèrent le chemin défoncé qui menait à la scierie. De légères traces parallèles se devinaient sous une fine couche de neige.

— Quelqu'un est passé par là. C'est bon signe. Essaie de joindre Carter.

— Pas de réseau. Même Lewis et Clark[1] ne sont jamais venus ici !

Ils s'enfoncèrent dans la forêt sans enthousiasme.

— Une arrivée en pleine nuit, dans un tel endroit, c'est comme sonner une charge de cavalerie.

— Ça, on doit nous entendre à des miles à la ronde. On est à combien de la cabane ?

— Aucune idée. Le GPS nous a menés jusqu'ici, mais après on n'a pas la distance. C'est aussi bien à moins d'un mile qu'à dix. On peut pas se tromper, y a que ce chemin pourri.

La lumière sautait au rythme des cahots provoqués par les nids-de-poule.

— La voiture est neuve… S'il n'y a pas McCarthy et qu'en plus on pète la caisse…

Walter scrutait avec appréhension à travers sa vitre la densité de la forêt. Même la neige ne parvenait pas à enlever au sous-bois son aspect lugubre.

---

1. Premiers explorateurs et cartographes de l'ouest des États-Unis, dont le Montana (expédition 1803-1806).

— Ici, on pourrait facilement croire aux vampires, dit-elle. Il fait froid, non ?

Maggio augmenta le chauffage.

— Et si on se retrouve nez à nez avec le van, on fait quoi ? ajouta Walter.

— Les ordres sont de ne pas rentrer en contact. Et si on n'a pas le choix, on applique le règlement. Sommation, si refus et risque confirmé pour l'agent, tir ! Faut qu'on trouve un endroit où attendre le capitaine et où l'on puisse faire un demi-tour.

— C'est pas gagné.

Le chemin n'était pas étroit, même si les bas-côtés disparaissaient sous la neige. Au vu de la profondeur des ornières il eût été inconscient de quitter la voie centrale.

— On ne devrait pas continuer. En toute logique, ils ont pas dû construire la scierie à des miles de la route.

— T'as pas…

Maggio laissa sa phrase en suspens. Devant la Ford Crown la route s'était soudain élargie et, à une centaine de mètres, un immense hangar aux portes béantes apparut.

— Merde. On y est.

— Y a personne…

— Tais-toi… Baisse ta vitre… T'entends pas ?

— Une motoneige ! Elle approche.

★

Le faisceau de lumière du phare central se reflétait sur la neige immaculée. La vision était parfaite, surtout que le scooter des neiges se déplaçait à vitesse réduite.

Ted aurait pu désarçonner Edward à plusieurs reprises lors de passages délicats, de pentes très prononcées ou de pistes en dévers. Pourtant il n'avait rien tenté. Le juge en était conscient.

Surtout que sa vigilance avait baissé. Ses pensées étaient tournées vers Alan. Alan qu'il avait abattu ! Il n'était pas dupe : il se mentait en se trouvant des circonstances atténuantes. Oui, il avait été menacé. Oui, Alan avait de lourds antécédents. Cependant McCarthy avait l'intuition d'être passé à côté de quelque chose. Il avait eu affaire à deux Marocco. Celui des deux premiers jours, infect personnage, un animal sauvage, puis le second, presque attachant. « On fait équipe. » Un être récupérable dans d'autres circonstances. Il avait tué cet espoir ! Alan avait violé, peut-être, néanmoins il était amendable.

Depuis plus d'une demi-heure, ils traversaient une forêt de sapins. Cortino précisa qu'ils ne tarderaient pas à arriver.

L'engin ralentit puis s'immobilisa. McCarthy appuya le canon dans le dos du colosse.

— Calmez-vous, dit Ted. Regardez devant vous. La cabane où est logé votre enfant est juste là en dessous. On voit le toit qui dépasse. Pas très beau, mais j'ai jamais dit que c'était le Belaggio.

— Police ! Veuillez ne plus bouger et mettre vos mains bien en vue.

Walter se tenait campée sur ses jambes écartées face au scooter, son pistolet calé dans sa main droite et la gauche en soutien. Une photo à placarder au pas de tir de la police. Alors que Maggio investissait la cabane, elle avait grimpé le talus en entendant le bruit du moteur.

— Police. Les mains bien en vue, je ne le redirai pas.

McCarthy n'eut pas le temps d'être rassuré, ni d'envisager de descendre de son siège, Ted accéléra brutalement. Le lourd engin fut projeté en avant et vint à la rencontre de Walter, qui hésita entre tirer et se jeter sur le côté. Néfaste hésitation. Le patin gauche du gros Yamaha la déséquilibra et la chenille lui laboura le corps en lui passant dessus. McCarthy, désarçonné par le choc, tomba dans la neige.

L'engin poursuivit sa route, décolla au bout de la butte et s'écrasa contre le mur du hangar. Ted sauta au dernier moment et fit un roulé-boulé. Il se releva aussitôt et, claudiquant, s'engouffra dans son van.

Maggio, qui sortait de la cabane en soutenant Ben, ne put que voir la camionnette démarrer sous ses yeux.

— Walter, Walter… Anny, putain ! Écoutez, jeune homme, vous n'êtes pas blessé, je vous laisse deux minutes, ma collègue a peut-être besoin de moi.

Il appuya Ben contre le talus.

— Ne m'abandonnez pas, pleurnicha McCarthy.

— Non, non…

Le policier grimpa sur la butte. Le corps sombre de Walter se détachait sur la neige immaculée. Seule sa main tressautait.

— Tu… vois, sergent… ça sert, les bourrelets… ils ont… amorti…

Son visage se crispa en une grimace douloureuse.

— Parle pas, les secours arrivent, lui murmura le sergent en s'agenouillant.

Walter aspirait l'air glacé par petits coups rapides, puis ses yeux s'agrandirent, elle voulut parler, mais seul du sang coula de sa bouche. Elle hoqueta, avant de s'immobiliser.

— Walter, Walter… putain, Walter !

Faisant fi des recommandations prônées pour les premiers secours, il enlaça la jeune femme et la berça.

★

Ted, agrippé à son volant, se maudissait. Ça ne devait pas se terminer de cette manière ! Normalement, il devait placer le juge avec les autres. Et là, tout aurait été terminé. Que venaient faire ces policiers ? En plus, il en avait blessé un, peut-être tué. Ce n'était pas sa faute et ce n'était pas prévu. Pas prévu !

On allait trouver Thelma. Dans cet état. Ce n'était pas correct ! Marocco avait été puni. Ce n'était pas la fin qui avait sa préférence, mais bon, on ne fait pas toujours ce qu'on veut. Il ne fallait pas qu'il oublie d'ajouter une pièce d'un dollar dans sa poche. Une par Marocco. Le fils du juge, lui, allait être libéré. Ce n'est pas ce qui avait été prévu ! On ne fait pas toujours ce qu'on veut !

Il tapa sur son volant.

Il était arrivé à la fin du sentier sans s'en rendre compte. Le van tressauta une dernière fois en mordant sur l'asphalte de la route.

Il allait retourner à Cheyenne.

Sitôt passé la frontière avec le Wyoming, Carter avait franchi allègrement à plusieurs reprises la vitesse autorisée. Quand il reçut le dernier appel téléphonique de Walter, il était encore à deux heures du lieu où elle pensait que Ted se terrait. Depuis qu'il avait obliqué sur la route de montagne, il n'avait plus croisé de véhicule.

Le trajet longeait un torrent qui charriait des tonnes de rochers à la fonte des neiges et qui, pour l'heure, était noyé dans la nuit noire. Le GPS indiquait qu'il arriverait à l'intersection dans moins de trois miles.

Il espérait que la jeune policière avait bien interprété les indices et qu'ils parviendraient au moins à sauver Ben McCarthy. Il n'avait plus beaucoup d'espoir quant au sort réservé au juge depuis qu'il avait vu l'état de Lawford.

Il avait téléphoné à Laura. Elle attendait des nouvelles de son fils…

À la sortie d'un virage, il se retrouva face à un Ford transit blanc qui roulait au milieu de la chaussée. Il donna un coup de volant et reconnut le chauffard.

Ted Cortino conduisait, penché en avant comme s'il allait attaquer le pare-brise à coup de tête. Lui aussi le reconnut, car il accéléra.

Carter pila et braqua au maximum les roues de sa Dodge pour tenter de faire un demi-tour sur place. Les cinq mètres de la Challenger et la route étroite ne faisaient pas bon ménage. Il pria Martin, saint patron des policiers, pour qu'aucun véhicule n'arrive car il occupait entièrement la voie.

Après quelques manœuvres précipitées, et moult regards dans le rétroviseur, il se retrouva dans l'axe. Il accéléra à fond pour tenter de rattraper son retard sur le Ford. Le V8 rugit, Carter sentit son corps aspiré par le siège. L'utilitaire ne pouvait rivaliser avec la bombe qu'il avait entre les mains. Ted serait rejoint dans quelques minutes. Sans doute y avait-il Ben

McCarthy à l'arrière, Carter allait donc essayer de l'arrêter en douceur.

L'enchaînement des virages lui cachait le fuyard. Tout à coup, à la sortie d'une épingle à cheveux, au moment où il se disait que la propulsion arrière était magique en montagne, il se trouva face à un mur : le Ford Transit barrait la route. Le capitaine freina à fond, et se contracta en voyant l'obstacle se rapprocher.

Il percuta le van. Le bruit assourdissant de métal écrasé fut bref. Les airbags se déclenchèrent. Le silence s'installa.

Sonné, le policier reprenait connaissance quand il ressentit un léger choc contre la carrosserie. Des secours ? On venait le désincarcérer ? Puis son véhicule remua. La dépanneuse ? Il chercha à s'extirper de l'habitacle, seulement la ceinture de sécurité le coinçait. Il ne comprenait pas ce que signifiait ce mouvement.

Un bruit de tôle, des grincements, un moteur en surrégime lui firent saisir la situation.

Cortino au volant de son van poussait la Dodge.

Quand la voiture balança d'avant en arrière, Carter comprit que sa voiture devait avoir deux roues dans le vide. Il parvint à ouvrir sa portière alors que la Challenger glissait. Le dessous de la caisse racla les rochers, puis elle bascula dans le torrent.

Ted frappa son volant. Qu'avait-il fait ? Il venait de donner la mort, comme une demi-heure auparavant en fonçant avec le Yamaha. Il avait tué ! Un policier n'agissait pas ainsi ! À la scierie, il était directement menacé, or là, c'est lui qui avait tendu un piège. Il était devenu un meurtrier ?

Des personnes étaient mortes. Thelma, Lawford, les adolescents. Mais il ne les avait pas tués. Thelma, c'était un accident, un coup malheureux. Et puis il n'était pas responsable ! C'était un Marocco. Ted l'avait quasiment surpris en flagrant délit : un Marocco avait été sur Thelma ! Une Thelma impudique, nue ! Il avait dû la violer ! C'était certain ! Elle avait démenti en riant et il y avait eu ce coup malheureux. Un accident.

Les jeunes attendaient d'être jugés. Il ne les avait pas tués. Non, il n'avait jamais tué, jusqu'à aujourd'hui…

Il était face au torrent, à l'endroit où avait disparu la voiture de son ex-coéquipier. La nuit cachait son forfait.

Il passa la marche arrière, le moteur hoqueta, puis s'arrêta. Ted tenta de le redémarrer, sans succès. Il descendit du van. Une forte odeur d'essence lui donna l'explication. La Dodge, en le percutant, avait dû percer le réservoir. Il décida de marcher, il finirait bien par croiser un camion.

Il avait un pied sur le marchepied avec l'intention d'éteindre les phares et de prendre une torche quand il entendit des pas derrière lui, puis une sommation :

— Ted, ne bouge pas.

Le colosse remit le pied au sol et se retourna. Il discernait sans réellement la voir la silhouette de Carter.

— Wallace ? Wallace, je suis content !

— Ted, je t'arrête pour tentative d'assassinat sur un officier de police, enlèvement et séquestration, suivi de mort, enlè…

— J'ai rien fait, Wallace. Je voulais pas.

— Tu as enfermé Ben McCarthy, là-dedans ?

Carter apercevait la masse imposante de Cortino qui se détachait à contre-jour sur la carrosserie du van, mais la luminosité était trop faible pour qu'ils puissent voir ses mains.

— Décale-toi sur la gauche et lève les mains. Rapproche-toi de la lumière des phares.

— Qu'est-ce que tu comptes faire ? demanda Ted en obtempérant.

— Cette question ? T'arrêter.

— Et après ?

— Probablement la piqûre à Deer Lodge[1].

— Comme un criminel !

— Tu es un criminel.

— Que va dire Thelma ? Je suis un policier

— Thelma ?

Ted baissa rapidement les mains. Carter entendit le zip de son anorak. Il tira deux fois.

Ted fut projeté contre le Ford.

— M… merci, Wal… lace.

Il se laissa glisser sur le sol, demeura assis un bref instant, puis bascula sur le côté.

Carter se précipita. Une des mains du mort était glissée sous son blouson. Il la retira. Elle tenait une photo. Le policier s'en saisit et se déplaça à l'avant du Ford pour profiter de l'éclairage des phares. Il reconnut Thelma.

En fouillant le corps, il ne trouva que trois pièces de un dollar.

---

1. Au Montana la peine de mort est exécutée par injection létale à la prison de la ville de Deer Lodge.

Épilogue

Le ciel était bleu. Un bleu de Floride. Une Floride entourée de montagnes enneigées. Le fond de l'air était glacial.

Les obsèques de la stagiaire Anny Walter étaient célébrées en présence de la brigade au grand complet. Des officiers supérieurs qui ne l'avaient jamais vue venaient de terminer son éloge. Le capitaine Carter, en uniforme d'apparat, s'avança auprès des parents de la jeune fille. Le couple, effondré, était assis sur des chaises face à la tombe béante et au cercueil recouvert du drapeau américain.

Après un mot de réconfort, Carter leur remit une médaille censée rendre hommage au courage, à l'abnégation et au sens du devoir de la jeune stagiaire. Ils la mettraient probablement à côté du diplôme qu'elle avait obtenu. Comme ils avaient moins de cinquante ans, ils auraient une quarantaine d'années pour profiter de ces objets qui leur rappelleraient leur fille.

Laura, Ben et Edward McCarthy étaient présents. Laura et Ben d'un côté de l'assemblée, Edward de l'autre.

À l'issue de la cérémonie, le capitaine glissa à l'oreille de Laura qu'il venait d'obtenir un poste à Helena. Elle lui serra le bras. Ils échangèrent un long regard. La vie continuait.

Edward s'approcha d'eux. Il s'appuyait sur une canne et boitait. Il avait l'air encore plus fatigué que quand il avait été secouru cinq jours auparavant. Il flottait dans son costume et les poches sous ses yeux ressemblaient à des sacoches du Pony Express.

Il était soigné pour des engelures aux orteils et les médecins ne se prononçaient pas sur la préservation de deux d'entre eux.

— Je pourrais vous poser deux questions, capitaine ?

— Faites ! Si je peux…

— On a dénombré trois cadavres d'adolescents dans le charnier. Trois, comme le nombre de pièces de un dollar qu'aimait tripoter Ted. Un journaliste en a parlé, sans donner d'explications.

— Une blague qui avait cours à la brigade des homicides de Billings. On disait de certains prévenus récidivistes qu'ils ne valaient pas un dollar. La pièce à laquelle ils avaient droit pour téléphoner à leur avocat.

— À ses yeux, ces gosses ne valaient pas plus…

— Et la deuxième ?

— Savez-vous si le cadavre de Marocco a été retrouvé ?

— Il ne le sera jamais. Les infos sur la localisation du corps que vous nous avez données sont trop imprécises…

— Excusez-moi.

— Ce n'est pas un reproche. Vu les circonstances… La surface est immense. En plein hiver, un cadavre ne reste jamais bien longtemps sur place. Les animaux sont à la recherche du moindre ver de terre. Alors, pensez, un cadavre ! Il a dû être dévoré par les loups ou les ours. En quoi est-ce un souci, pour vous ? C'était au minimum un violeur, et même si vous n'en avez pas tenu compte lors de son procès, les preuves qu'il a assassiné deux jeunes filles existaient.

— Ce n'est pas un souci… C'est par curiosité. Oui, c'est vrai… c'était un assassin…

McCarthy baissa la tête, les yeux humides, et s'éloigna rapidement sous le regard interloqué de Carter.

Le juge Edward McCarthy du tribunal d'Helena n'allait pas dire qu'il avait eu le temps de réfléchir au cours de ces derniers jours. Qu'il s'était repassé le film de son périple avec Alan Marocco.

Il n'allait pas dire qu'il revoyait très nettement la scène où le jeune homme, torse nu, s'était nettoyé après l'attaque de l'ourse.

Il n'allait pas dire que ni le ventre ni le dos du jeune homme avec qui il avait « fait équipe » ne portaient les cicatrices qu'avait laissées la danse du Soleil sur la peau d'Alan Marocco.

Pourtant partager sa douleur lui aurait fait tellement de bien… « On fait équipe », crut-il entendre. Non, ce n'était pas un souci, c'étaient des remords.

À tous ceux qu'on prend pour des Alan Marocco
et qui ne sont que des enfants malheureux.

Remerciements

Ce roman m'a été inspiré par mon amour pour les grands espaces américains et l'expérience acquise au travers de mes formations, où souvent les idées préconçues sont prises en défaut. Il est d'ailleurs dédié « à tous ceux qu'on prend pour des Alan Marocco et qui ne sont que des enfants malheureux ». Je revois des gens qui, de prime abord, paraissaient frustes et qui, après quelques jours, mis en confiance, parlaient avec talent de Hugo, Verlaine ou Maupassant.

Le récit a pour écrin le Montana. C'est le Cervin avec des ranchs, c'est aussi la terre sacrée des Amérindiens et un mélange de XXIe siècle posé sur des étendues virginales. Je souhaitais faire partager le souffle de cet État sauvage.

Je tiens à remercier les membres du jury du Grand Prix des Enquêteurs, qui, forts de leurs compétences précieuses et malgré un emploi du temps chargé, ont pris le temps de lire très attentivement mon manuscrit, de le choisir et d'y apporter leurs commentaires éclairés, mon éditeur Glenn Tavennec, des éditions Robert Laffont, sans qui ce livre serait resté confidentiel et surtout celle qui a eu un œil bienveillant et une plume sévère pour polir le manuscrit et le rendre éditable, Nathalie Théry.

Pour m'avoir supporté, dans tous les sens du terme, pendant toutes ces années, je ne peux que remercier Danielle, ma femme, ainsi que mes enfants, Stéphanie et Jean-Noël. Je dois aussi avoir une pensée pour mon premier lecteur autre que mes proches, Jean-Pierre Usai, qui a su trouver les mots pour me redonner du courage quand il m'en manquait. Je me permets aussi d'associer mon compositeur, Marc Ferrer, et de lui dire que j'allais devoir changer les paroles de « J'ai du talent pour mes enfants ».

En ce qui concerne les informations techniques pour « arrêter ou démarrer un véhicule dont vous n'êtes pas le propriétaire », je ne peux que louer Laurent (« le grand Laurent ») qui bidouille, comme il dit.

Cet ouvrage a été composé et mis en pages
par Étianne Composition
à Montrouge.

Imprimé en Espagne par:
BLACK PRINT
en septembre 2020

Pocket, 92 avenue de France, 75013 Paris

S31243/01